AF304332

Nicoletta Leek ist das Pseudonym der Autorin Nicole Knoblauch. Sie ist fasziniert von romantischen Geschichten und starken Frauenfiguren. Ihre Veröffentlichungen umfassen verschiedene Genres, bei denen es jedoch immer ein verbindendes Element gibt: Die Liebe. Wenn sie nicht schreibt, näht die studierte Germanistin und Historikerin historische Kostüme. Zusammen mit ihrem Mann und ihren zwei Söhnen lebt sie ihr persönliches Happy End im Rhein-Main Gebiet.

NICOLETTA LEEK

EIN KUSS FÜR LADY PENELOPE

Erstausgabe Mai 2025

Copyright © 2025 dp Verlag, ein Imprint der
dp DIGITAL PUBLISHERS GmbH
Made in Stuttgart with ♥
Alle Rechte vorbehalten

Ein Kuss für Lady Penelope

ISBN 978-3-98998-615-2
E-Book-ISBN 978-3-98998-614-5

Covergestaltung: Anne Gebhardt
Umschlaggestaltung: ARTC.ore Design

Unter Verwendung von Abbildungen von
elements.envato.com: © digiselector
periodimages.com: © Maria Chronis, © VJ Dunraven Productions,
© PeriodImages.com
stock.adobe.com: © Rawpixel.com, © Debu55y
Lektorat: Sandra Florean

Satz: dp DIGITAL PUBLISHERS GmbH
Druck und Bindung: Books on Demand GmbH, Norderstedt

Küssen will gelernt sein

Windham Manor Sommer 1811

Penny

»Glaubst du, es hat uns jemand gesehen?« Unbehaglich drehte Penny den Kopf in alle Richtungen und verspürte gleichzeitig den vertrauten Nervenkitzel. Niemand durfte erfahren, was sie hier trieben, denn es war auf jede nur erdenkliche Art und Weise unangebracht, wenn nicht sogar unanständig. Aber gerade deshalb war es das Aufregendste, was sie mit ihren siebzehn Jahren jemals getan hatte.

»Niemand hat uns gesehen. Heute nicht und die Male davor auch nicht.« George blickte auf sie herab und wie immer zog sich ihre Brust ein klein wenig zusammen.

Sieben Jahre älter als sie und der beste Freund ihres Lieblingsbruders Gabriel, kannte sie ihn schon ihr ganzes Leben. Und wie jedes Mal, wenn sie ihn sah, bewunderte sie unwillkürlich sein gutes Aussehen.

George Burdon, Baron Lighton, war der schönste Mann, dem sie je begegnet war. Sein leicht gewelltes Haar war dunkelbraun und seine graublauen Augen wirkten im Vergleich dazu wie Eis. Allerdings wie welches, das im Mondschein leuchtete und genau deshalb warm und freundlich funkelte. Überhaupt war sein Gesicht perfekt proportioniert. Angefangen von der Stirn, die momentan in leichten Falten lag, bis hin zu den sinnlichen, schmalen Lippen, die das Bild vervollkommneten.

Doch sein gutes Aussehen war nicht der Grund, dass sie ihn darum gebeten hatte, ihr das Küssen beizubringen. Es lag vielmehr daran, dass er ein Gentleman und ein echter Freund war, dem sie bedingungslos vertraute. Er würde sie niemals verraten oder gar versuchen, die Situation auszunutzen. Außerdem verfügte er über eine Menge Erfahrung, was das Küssen anging.

Denn er war sich seiner Attraktivität wohl bewusst und scheute sich nicht, sie einzusetzen, um beim weiblichen Teil der Gesellschaft zu punkten. Vor allem bei gelangweilten Ehefrauen.

Kein Mann, in den sie sich verlieben wollte und erst recht keiner fürs Leben. Nein, sie hatte einen anderen im Auge, einen, der nicht nur ihr Herz schneller schlagen ließ, sondern auch Sicherheit und Glück versprach: Tom, den Verwaltergehilfen. Sobald dieser mit seiner Ausbildung fertig war, würde er genug Geld verdienen, um sie beide zu versorgen.

Und damit es bei ihrem ersten Kuss, der zweifelsfrei kurz bevorstand, nicht zu unschönen Überraschungen kam, hatte Penny George um Unterricht gebeten. Den gab er ihr seit ein paar Tagen und heute war ihre letzte Stunde.

»Wie beruhigend«, führte sie das Gespräch fort und setzte sich auf die schmale Bank, die zu der versteckt liegenden Lichtung zwischen den Grundstücken ihrer Familien gehörte.

Er nahm neben ihr Platz und wie selbstverständlich schob sie ihm die Jacke von den Schultern und begann damit, sanft seinen Nacken zu massieren. Er hatte ihr erklärt, dass Männer es schätzten, wenn sich eine Frau um ihr Wohl sorgte. Genaugenommen hatte das nichts mit Küssen zu tun, dennoch war sie ihm doch dankbar für den Rat.

»Wie war dein Tag?«, fragte sie und drückte mit dem Daumen ein wenig fester an der Stelle kurz unterhalb seines Nackens, von der sie wusste, dass ihm das gefiel.

Prompt erklang ein leichtes Stöhnen und er ließ die Schultern noch ein wenig mehr sinken. »Langweilig wie immer hier auf dem Land«, antwortete er und drehte den Kopf so, dass sie fester zudrücken konnte. »Und bei dir?«

»Das übliche Geplänkel mit meiner Mutter. Sie möchte unbedingt eine Saison in London für mich ausrichten und lässt mich damit nicht in Ruhe. Ich wünschte, ich könnte ihr sagen, dass ich das nicht brauche, weil ich Tom heiraten werde, sobald er eine Stelle als Verwalter gefunden hat. Aber wenn ich das tue, sagt sie es Vater. Der würde ihn umbringen. Und mich gleich dazu.«

Darauf antwortete George nicht, was sie ihm hoch anrechnete. Obwohl sie ihm gestanden hatte, dass sie mit Tom nach dem Ende seiner Ausbildung durchbrennen wollte, hatte er kein einziges Mal versucht, ihr den Plan auszureden. Er hatte nur verständnisvoll genickt und versprochen, ihr den Rücken freizuhalten.

Jetzt drehte er den Kopf, nahm ihre Hand von seinem Nacken, hauchte einen Kuss darauf und sah ihr tief in die Augen. Ein Zeichen, dass er sie gleich küssen würde. Mit pochendem Herzen legte sie die Arme um seinen Hals, wie er es ihr beigebracht hatte, und öffnete den Mund leicht.

»Egal, was kommt«, sagte er sanft und sah ihr dabei eindringlich in die Augen, »du kannst dich auf mich verlassen. Solltest du jemals Hilfe brauchen, Schutz oder auch nur jemanden, mit dem du reden willst, werde ich für dich da sein. Versprochen.«

Dann senkten sich seine Lippen auf ihre und sie stöhnte ihrerseits leise. Wenn sich Küsse mit George so großartig anfühlten, wie würde es erst mit Tom sein, dem Mann, den sie liebte?

Sieben Jahre später ...
London Juli 1818

George

»Verdammt, George, was hat da so lange gedauert?« Sein bester Freund Gabriel, Viscount Windham, begrüßte ihn mit besorgtem Blick.

»Unvorhergesehene Komplikation«, presste George hervor und versuchte, den Schmerz zu unterdrücken, der jedes Mal durch seinen Körper fuhr, wenn er atmete. Sein Sprint durch die dunklen Gassen Londons hatte seinen Zustand nicht gerade verbessert. »Die haben etwas geahnt und mich verfolgt. Leider ...« Er zischte, weil das Stechen in seinem Brustkorb für einen Augenblick beinahe übermächtig wurde. »Wir müssen hier weg. Ich weiß nicht, ob ich sie abhängen konnte.«

»Was ist mit Helen und dem Mädchen?«

Die Sorge seines Freundes war kaum zu überhören und George dementsprechend froh, sie zerstreuen zu können. »Längst unterwegs nach Sussex. Ich habe für ausreichende Ablenkung gesorgt. Deshalb sind sie mir gefolgt und ...« Die Knie versagten ihm und ohne Gabriels geistesgegenwärtige Unterstützung wäre er zu Boden gegangen.

»Bist du verletzt? Oder betrunken?«

Die letzten Worte sorgten für ein leises Lachen, welches eine weitere Welle Schmerz durch Georges geschundenen Körper jagte.

»Ich wünschte. Mindestens eine gebrochene Rippe würde ich sagen. Sie haben mich erwischt, gerade, als ich dachte, dass ich sie abgehängt hätte.«

Fluchend führte Gabriel ihn zur bereitstehenden Kutsche. Schleppte war wohl das bessere Wort, denn es gelang George kaum noch, sich auf den Beinen zu halten.

»Rein mit dir, mein Freund.« Gabriel schob ihn ins Innere und, bevor er eine halbwegs bequeme Position suchen konnte, setzte sich die Kutsche in Bewegung.

Er hoffte, dass ihm die Männer nicht gefolgt waren. Schlimm genug, dass sie sein Gesicht gesehen hatten.

Seit Jahren half er seinem Freund dabei, Frauen zu befreien, die in zwielichtigen Etablissements gefangen gehalten wurden, um die abartigen Phantasien und Wünsche reicher Männer zu befriedigen. Viele davon so gewalttätig, dass die Frauen dabei schwere Verletzungen erlitten oder gar starben.

Vor wenigen Wochen erst war es ihnen gelungen, eine ganze Gruppe von Männern auffliegen zu lassen, die solche Dinge nicht nur praktizierten, sondern sich dabei sogar zusehen ließen. Einer von ihnen, ein angesehenes Mitglied des Londoner *ton*, hatte versucht, Gabriel eine Falle zu stellen, indem er seine Frau Helen entführte. Der Mann war drauf und dran gewesen, sie auf einer Theaterbühne vor Publikum zu vergewaltigen, um sie anschließend zu Tode zu foltern.

Zum Glück war es ihnen rechtzeitig gelungen, den Übeltäter aufzuhalten und seine Machenschaften aufzudecken. Er war keine Gefahr mehr, vor allem deswegen, weil Gabriel ihn im Zuge der Befreiungsaktion erschossen hatte. Obwohl die Tötung reine Notwehr gewesen und für Gabriel folgenlos geblieben war, hatte sie ihnen dennoch einiges an unerwünschter Aufmerksamkeit eingebracht, was es zunehmend schwerer machte, Rettungsaktionen durchzuführen. Selbst mit Helen an ihrer Seite, die gerettete Frauen in ihre Obhut nahm.

»Bist du sicher, dass Helen nicht in Gefahr ist?«

Auch wenn Gabriel es zu unterdrücken versuchte, hörte George die aufkommende Panik in der Stimme seines Freundes. Verständlich, bedachte man, dass seine ersten beiden Ehefrauen brutalen Morden zum Opfer gefallen waren. In Situationen, die dieser nicht unähnlich waren.

»Zu einhundert Prozent. Sie haben auf mich eingetreten, bis ich ihnen gesagt habe, dass ich das Mädchen halbtot in den Gassen von St. Giles habe liegen lassen.« Mit geschlossenen Augen, eine Hand auf seiner schmerzenden Rippe redete er weiter. »Ich habe so lang durchgehalten, wie es ging, um es glaubhafter zu machen. Sie werden Tage damit zubringen, sie zu suchen.«

»Das war zu knapp«, sprach Gabriel das aus, was George schon eine geraume Weile durch den Kopf ging. »Wir sollten eine Pause einlegen.«

»Ich weiß nicht. Da sind noch so viele, die unsere Hilfe brauchen ...« George merkte, wie ihm die Sinne schwanden, nicht zum ersten Mal an diesem Abend. Doch hier in der Kutsche, an der Seite seines Freundes, konnte er es endlich zulassen.

Als er die Augen wieder öffnete, befand er sich nach wie vor in der Kutsche. Draußen herrschte Dämmerlicht und er fragte sich, ob es Morgen oder Abend war. Stöhnend richtete er sich auf, denn seine Rippe schmerzte nach wie vor höllisch.

»Ich dachte schon, du willst gar nicht mehr aufstehen, du Faulpelz«, drang Gabriels leicht sarkastische Stimme an sein Ohr. »Arbeitsscheu und wehleidig wie immer. Trotzdem schön, dass du dein Ableben noch ein wenig verschiebst, das erspart mir die Mühe, einen neuen Freund suchen zu müssen.«

»Da hättest du ohnehin schlechte Karten. Mit dir will doch niemand was zu tun haben.« Ächzend quälte sich George in eine sitzende Position. »Wie lange war ich weg?«

»Etwas mehr als zwölf Stunden. Wir sind durchgefahren und sollten in weiteren zwölf Stunden in Windham sein.«

»Helen?«

»Wir haben sie eingeholt. Sie ist wohlauf und mit der jungen Frau in der Kutsche vor uns. Die ist völlig verängstigt und Helen bestand darauf, bei ihr zu bleiben.« Gabriel sah aus, als wäre auch er gern in der anderen Kutsche.

»Du hättest dich nicht zu mir setzen müssen.« George versuchte zu schlucken, was ihm aber nicht gelang. Seine Kehle war wie ausgetrocknet.

»Nimm das.« Mit einem mitleidigen Lächeln reichte ihm Gabriel einen Trinkschlauch. »Verdünnter Wein, wobei es bei dem Gesöff auch besser ist, ihn mit Wasser zu strecken. Ich hielt es für klug, keine unnötigen Pausen zu machen, weshalb wir auf das angewiesen sind, was auf die Schnelle beim Pferdewechseln verfügbar war.«

Dankbar nahm George einen Schluck und verzog das Gesicht, ob des essigartigen Geschmacks. »Was qualitativ beklagenswert ist.«

»Gut erkannt. Sinne und Verstand messerscharf wie eh und je.« Gabriels spöttische Miene wurde ernst. »Das war zu knapp, mein Freund. Ich habe mich kurz mit Helen besprochen und wir haben beschlossen, dass wir für den Rest des Jahres keine Rettungsversuche mehr starten werden. Das zwielichtige Gesindel in London soll sich erst einmal beruhigen.«

»Und deine Frau hat zugestimmt?«

Die frisch gebackene Lady Windham mochte zwar aussehen wie ein Engel und sich in gehobener Gesellschaft auch so geben, doch sie besaß eine innere Stärke, an der sich viele Männer eine Scheibe abschneiden konnten. Sie hatte es sogar geschafft, sich gegen Gabriel durchzusetzen, der strikt dagegen gewesen war, sie an irgendwelchen Rettungsaktionen teilnehmen zu lassen. Und das wollte etwas heißen. Sein Freund war nämlich ein alter Sturkopf, wie er im Buche stand.

»Überraschend, nicht wahr?« Gabriel schnippte ein imaginäres Staubkorn von seinem Ärmel. »Müssen die mütterlichen Gefühle sein, die mit ihrem Zustand einhergehen.«

»Mütterliche ... Dann sind Glückwünsche angebracht? Wann ist es denn so weit?«

»Im Herbst oder frühen Winter.« Ganz gegen seine Gewohnheit, sparte sich Gabriel eine sarkastische Antwort, was George zeigte, wie aufgewühlt sein Freund war.

»Das sind doch wunderbare Nachrichten, Gabriel. Du wirst ein hervorragender Vater werden.«

»Danke.« Gabriels Blick traf ihn und George sah seinem Gesicht an, dass etwas nicht in Ordnung war.

»Was verschweigst du mir? Wie geht es Helen? Oder dem Mädchen?«

»Nichts dergleichen.« Müde strich sich Gabriel über die Stirn. »Gestern, kurz bevor wir unsere Mission gestartet haben, kam ein Brief deines Bruders bei mir an. Es geht um deinen Vater.«

»Was hat der alte Mann angestellt, dass Hugh der Meinung ist, mich kontaktieren zu müssen?«

»Er hat entschieden, diese Welt zu verlassen. Dein Vater ist tot, George.«

Eine eigenartige Mischung aus Unglaube, Schmerz und Gleichgültigkeit breitete sich in George aus. Es war Jahre her, dass er mit seinem Vater mehr als ein paar Höflichkeitsfloskeln ausgetauscht hatte. Nichtsdestotrotz spürte er einen Anflug von Traurigkeit. Egal, wie wenig er sich mit seinem Vater verstanden hatte, den Tod hatte er ihm nie gewünscht.

»Was ist passiert? War er krank? Ist er gestürzt?«

»Darüber hat dein Bruder keine Auskunft gegeben. Er bat mich lediglich, dir mitzuteilen, was geschehen ist, und dich aufzufordern, für die Beerdigung und die Testamentseröffnung nach Hause zu kommen.«

»Warum schreibt er dir und nicht mir?« Zorn flammte in George auf. Hielt Hugh ihn für dermaßen verantwortungslos?

»Er hat eine Nachricht an dich schicken lassen, auf die du nicht reagiert hast. Wenn ich raten müsste, würde ich vermuten, dass du sie ungeöffnet ins Feuer geworfen hast. Wäre nicht das erste Mal. Sei froh, dass du mich hast und dass dein Bruder offensichtlich klüger und geduldiger ist als du. Oder ich. Wobei die Latte da zugegebenermaßen nicht besonders hoch liegt.«

Gabriels beißender Sarkasmus half George, die widerstrebenden Gefühle, die in seinem sowieso schon geschundenen Brustkorb tobten, einigermaßen in Schach zu halten.

Denn sie wussten beide, dass sich Georges Leben mit dem Tod des alten Earl of Huddleston drastisch ändern würde.

Ein unerhörtes Angebot

Drei Wochen später

Penny

»George lebt ab heute bei uns.« Diese Ankündigung, in ernstem Tonfall von ihrem Bruder Gabriel ausgesprochen, versetzte Penny einen kleinen Schock. Bedeutete es doch, dass sie dem Freund ihres Bruders nicht länger aus dem Weg gehen konnte. Äußerlich ruhig legte sie den Brief beiseite, in dem sie gelesen hatte, und richtete sich gerade auf. Sie suchte Trost in der vertrauten Umgebung des Salons mit seinen schweren roten Vorhängen und der Kirschholzvertäfelung, was nicht so recht gelingen wollte.

»Warum?«, fragte sie, wohl wissend, wie unangemessen die Frage war. Nicht nur, weil besagter George direkt neben Gabriel stand und sie aus seinen grauen Augen musterte. Seit fast einem halben Jahr gehörte Windham Manor, der Ort, den Penny zeitlebens als ihre Heimat betrachtet hatte, rechtmäßig ihrem Bruder. Er konnte hier leben lassen, wen er wollte.

Zudem war ihr Nachbar, Georges Vater, vor drei Wochen gestorben. Das soeben verkündete Arrangement bedeutete höchstwahrscheinlich, dass Georges älterer Bruder ihn vor die Tür gesetzt und den Geldhahn zugedreht hatte, womit er mittellos dastand. Das traurige Schicksal jüngerer Söhne ohne eigenes Einkommen oder Rücklagen. Besonders von solchen, die bekannt dafür waren, dass sie hohe Summen setzten.

»Auch wenn ich dir keine Erklärung schulde, liebe Schwester«, sagte ihr Bruder mit dem für ihn typischen ironischen Unterton, »ist es so, dass die Bedingungen, unter denen ...«

»Wenn du nichts dagegen hast, spreche ich für mich selbst«, unterbrach George ihn. Er wartete keine Antwort ab und fügte an Penny gewandt hinzu: »Mein hochgeschätzter Bruder ist der Meinung, dass ich meine bisherige Zeit auf Erden vergeudet habe und schon viel zu viel seines Erbes verschleudert hätte. Aus diesem Grund entzieht er mir die Unterstützung, was mich zu dem Punkt bringt, über den ich seit der Beerdigung meines Vaters mit dir sprechen möchte, Penny.« Er warf Gabriel einen Blick zu, der ergeben seufzte.

»Das ist dann wohl der Zeitpunkt, an dem ich mich empfehle.«

Gabriels zusammengezogenen Brauen gefielen Penny nicht. Genauso wenig wie die Tatsache, dass er zwar davon sprach zu gehen, sich aber keinen Inch bewegte. Ganz so, als sei er nicht vollkommen von dem überzeugt, was er sagte.

»Es ist das einzig Vernünftige.« George unterstrich seine Worte mit einem Nicken, das Gabriel erwiderte.

Langsam ging er in Richtung Tür. Dort angekommen drehte er sich noch einmal um.

»Überlege deine Antwort gut, Penny. Niemand setzt dich unter Druck. Wie auch immer du dich entscheidest, du hast meine volle Unterstützung.«

Penny blieb keine Zeit zu antworten, denn Gabriel hatte den Raum verlassen. Sein Appell hallte in ihr nach und verursachten eine leichte Übelkeit. Ihr war bewusst, dass George seit einer Weile mit ihr reden wollte und dass sie ihm einen Gefallen schuldete. Bisher hatte sie erfolgreich jede Begegnung unter vier Augen vermieden. Jetzt hatte er offenbar Gabriel um Hilfe gebeten und sie saß in der Falle. Hatte er ihrem Bruder von dem Arrangement erzählt, welches sie vor so vielen Jahren getroffen hatten? Vermutlich nicht, wenn man seine Ruhe eben in Betracht zog. Sie wünschte inständig, dass George sich nicht mehr daran erinnerte, aber diese Hoffnung war wohl vergeblich. Denn was könnte er von ihr wollen, wenn er nicht gedachte, den Gefallen einzufordern, den sie ihm nun einmal schuldete?

»Penny«, begann George in diesem Moment und unterbrach ihren Gedankensturm. »Wenn ich es nicht besser wüsste, würde ich sagen, du bist mir aus dem Weg gegangen.« Ein Lächeln zog über sein Gesicht, erreichte jedoch seine Augen nicht. Überhaupt schien er deutlich ernster als sonst.

»Das könnte daran liegen, dass es so war.« Warum das Offensichtliche leugnen. »Ich nehme an, du bist hier, um mich an meine Jugendsünden zu erinnern?«

»Wie bitte? Ich … nein.« Seufzend schüttelte er den Kopf. »Ich … ich wollte … Würdest du … Darf ich mich setzen?«

Sie nickte und deutete auf den Sessel ihrem gegenüber. Die Situation war irritierend. Zuerst Gabriels kryptische Aussage und wie der nie um Worte verlegene George vor ihr stand und mit sich rang, hätte man meinen können, er wolle ihr einen Heiratsantrag machen. Doch das wäre völlig lächerlich. Zwischen ihnen hatten zu keiner Zeit romantische Gefühle geherrscht, auch wenn sie sich vor so vielen Jahren geküsst hatten. Mehrmals. Aber nur zu Übungszwecken. George war kein Mann, der eine ernsthafte Beziehung anstrebte oder gar heiratete.

»Deinem Gesicht sehe ich an, dass du ahnst, was jetzt kommt.« Nach wie vor blickte George sie ungewohnt ernst an.

»Du möchtest deinen Gefallen einfordern«, antwortete sie mit gespielter Ruhe.

»Wie bitte? Ach, das.« Er machte eine wegwerfende Handbewegung. »Das hatte ich vollkommen vergessen.«

Penny stöhnte innerlich und schloss die Augen. Warum hatte sie ihren Mund nicht halten können?

George hob beschwichtigend die Hände. »Wenn es dich beruhigt, können wir den Gefallen ab sofort als erledigt betrachten. Alles, was du dafür tun musst, ist, dir in Ruhe meinen Vorschlag anzuhören und darüber nachzudenken.«

Noch erlaubte sich Penny nicht aufzuatmen. Das klang zu gut, um wahr zu sein. »Ich bin ganz Ohr. Was ist so wichtig, dass du unbedingt allein mit mir sprechen musst?«

George räusperte sich und straffte die Schultern. »Ich bitte dich, meine Frau zu werden«, sagte er nüchtern.

Also doch.

»Wie bitte?« Sehr zu Pennys Unmut war ihre Frage eher ein heiseres Krächzen.

»Es ist nichts Romantisches. Und ich würde dich auch niemals anrühren.« Er merkte wohl selbst, wie das klang. »Nicht ohne deine Einwilligung«, beeilte er sich hinzuzufügen. »Betrachte es einfach wie einen guten Handel.«

»Handel? Heißt das, ich würde einen Nutzen daraus ziehen?« Das kam ihr doch eher seltsam vor. Mit einer Hochzeit würde sie ihre Freiheit verlieren und an einen Mann gefesselt sein, der den Großteil seiner Zeit an Londons Spieltischen und in den Betten verheirateter Frauen verbrachte. Worin lag da der Vorteil für sie?

Auch wenn es ihr durchaus schmeichelte, dass der gutaussehende George Burdon, Baron Lighton, sie als Ehefrau in Erwägung zog, verletzte sie die Art und Weise, wie es geschehen war. Hätte er nicht zumindest den Anschein von Romantik wahren können? Und was bildete er sich eigentlich ein? Er war es vermutlich gewohnt, dass ihn die Frauen anschmachteten und er sich alles erlauben konnte. Wenn er glaubte, dass es reichte, mit dem Finger zu schnippen, damit sie angelaufen kam und ihm jeden Wunsch von den Augen ablas, dann kannte er sie schlecht. Sie merkte erst, dass sie wiederholt den Kopf schüttelte, als sich Georges Miene verfinsterte.

»Bevor du ablehnst, hör dir bitte die Vorteile an, die diese Ehe für dich und mich bringen würde.«

Sie hob die Brauen, aber sie hatte versprochen, ihm zuzuhören, und ein Teil von ihr wollte wissen, was diese angeblichen Vorteile waren, weshalb sie huldvoll nickte.

»Ich beginne mit mir, damit du verstehst, in was für einer Lage ich mich befinde.«

Mit einer Handbewegung forderte sie ihn auf fortzufahren.

»Zuallererst solltest du wissen, dass ich kein Lord mehr bin. Als neuer Earl of Huddleston beansprucht mein Bruder den Titel Baron Lighton für seinen zweitgeborenen Sohn. Allerdings hat mich mein Vater zum Missfallen meines Bruders in seinem Testament bedacht. Er hat mir Clay Industries vererbt, die Ziegelei, die südlich an Ländereien meines Bruders grenzt. Das Unternehmen wirft ausreichend Gewinn ab, um mir ein angenehmes Leben zu ermöglichen. Leider gibt es einen Haken.«

»Natürlich gibt es den«, murmelte Penny, was er ignorierte. In den vielen Jahren, die sie sich kannten, hatte sie einige Male mitbekommen, wie er sich mit seinem Vater gestritten hatte. Was ihrer Meinung nach nicht am alten Lord Huddleston gelegen hatte, sondern vielmehr an Georges unstetem und skandalösem Lebenswandel.

»Damit das vollkommen klar ist und einmal laut ausgesprochen: Ich bin nur noch Mister Burdon und meine Frau wäre Mrs Burdon, ganz ohne Titel.« Obwohl er sich bemühte, emotionslos zu sprechen, sah Penny den unterdrückten Zorn in seinem wohlgeformten Gesicht.

»Das zählst du zu den Vorteilen?«, fragte sie, wohlwissend, dass ihm der Kommentar ein Lächeln entlocken würde. Und wirklich, seine Mundwinkel hoben sich ein klein wenig.

»Nein, eigentlich nicht.« Das Lächeln verschwand. »Aber es erschien mir fair, es dir zu sagen. Du solltest dir darüber im Klaren sein, bevor du dich entscheidest.«

»Ich behalte es im Hinterkopf.«

»Gut. Ich erbe also die Ziegelei. Aber nur, wenn ich im nächsten halben Jahr eine standesgemäße Ehe schließe. Das ist mein erster Punkt. Du bist eine akzeptable Partie und wir wären damit finanziell versorgt.«

»Na, immerhin.« Es gelang ihr nicht, ein Lächeln zu unterdrücken. Von seinem Charme merkte sie an diesem Morgen wenig. In ihren Augen stellte er sich eher ungeschickt an.

»Du weißt, wie ich das meine. Als Tochter eines Duke bist du ...«

»Akzeptabel, ich verstehe schon. Fahr fort.«

»Mit dem Geld aus der Ziegelei könnte ich mein Leben weiterführen wie bisher. Mein Stadthaus gehört zu den Dingen, für die bisher mein Vater aufgekommen ist. Die Einnahmen würden mir erlauben, es weiter zu mieten und irgendwann auch zu kaufen, damit könnte ich dir ein eigenes Heim in der Stadt bieten.«

Penny wollte einwerfen, dass sie nicht vorhatte, in London zu leben, schwieg aber. Bevor sie widersprach, sollte er all seine Argumente loswerden, so viel war sie ihm schuldig. »Ich verstehe«, sagte sie deshalb und wartete, dass er weitersprach.

»Ein weiterer Vorteil liegt darin, dass wir uns ewig kennen und stets gut verstanden haben. Ich habe weder Zeit noch Geld, lange nach einer passenden Partie zu suchen, ihr den Hof zu machen, und was es sonst braucht. Das ganze Brimborium könnten wir uns sparen. Schließlich hast du damals mich gefragt, ob ich dir helfe, als du lernen wolltest, wie man küsst.«

Er hatte es also doch nicht vergessen und Penny konnte nicht verhindern, dass ihre Wangen heiß wurden. Bilder an Stunden der Zweisamkeit, die eine Ewigkeit her schienen, formten sich in ihrem Kopf. In dem kleinen Hain, der die Ländereien ihrer Eltern voneinander trennte, hatte George sie in die Geheimnisse des Küssens eingeweiht. Ihr gezeigt, wie man sich vorsichtig herantastete, es genoss und am Ende seiner Lektion auch die leidenschaftliche Variante, die seinen Wort nach zu einer Erfüllung führen sollte, die sie sich nicht einmal erträumen konnte. Damit hatte er Recht behalten, denn sie verstand bis heute nicht, was er gemeint hatte. Zwar wusste sie, was in der Ehe zwischen Mann und Frau geschah, doch der Teil mit der Erfüllung erschloss sich ihr nicht gänzlich.

Denn die Lehrstunden bei George hatten nicht zum erwünschten Erfolg geführt. Ihr Angebeteter hatte nach einem einzigen kurzen Kuss Windham Manor verlassen und sie hatte ihn danach nie wiedergesehen. Sie war einfach nicht dazu bestimmt, einen Mann zu fesseln. Was ihr inzwischen ganz recht war. Sie hatte ein gutes Leben, an dem sie nichts zu ändern wünschte.

»Wie ich sehe, erinnerst du dich an meine Lektionen.« Das Lächeln um seine Lippen war weicher geworden und in seinen Augen blitzte es kurz selbstsicher. »Diese, nennen wir es Vertrautheit, ist ein weiterer Pluspunkt für unsere Ehe. Wir wissen, dass wir in dieser Beziehung halbwegs kompatibel sind. Zumindest finden wir uns nicht abstoßend.«

»Ich fasse zusammen, was wir bisher haben«, sagte Penny, der es mit jedem Satz schwerer fiel, die Sache von der komischen Warte aus zu sehen. »Du besitzt keinen Titel mehr und brauchst diese Ehe, um nicht komplett zu verarmen. Ich bin eine akzeptable, zeit- und kostengünstige Partie, die du zumindest nicht abstoßend findest. Alles deine Worte, nicht meine.«

Sein Gesicht verzog sich, als habe er Zahnschmerzen. »Aus deinem Mund klingt das so negativ. Vielleicht behalte ich mein letztes Argument besser für mich.«

»Nein, bitte. Immer heraus damit. Ich will alles hören. Es geht um eine wichtige Entscheidung.«

Seine rechte Hand zupfte unruhig an seinem Ohrläppchen, er musste wirklich nervös sein. Das war keine Entschuldigung für sein unsensibles Verhalten, aber immerhin ein Trost. Zumindest war es ihm ernst.

»Zum Schluss wollte ich dein Alter in die Waagschale werfen. Du wirst in wenigen Wochen sechsundzwanzig und bist damit auf dem besten Weg, eine alte ...«

»Danke, an dieser Stelle können wir das Gespräch abbrechen.« Kaum zu unterdrückende Wut baute sich in Penny auf. Er hatte es tatsächlich gewagt, ihr Alter anzusprechen. Was er sagte, stimmte. Sie war drauf und dran, eine alte Jungfer zu werden. Damit hatte sie ihren Frieden gemacht. Wütend war sie über seinen Tonfall und diesen herablassenden Ausdruck in seinen Zügen, als er es aussprach.

Irgendwie schien er zwar zu merken, dass er sie verärgerte, das sah sie seinem Gesicht an. Doch wie alle Männer war er offenbar der Meinung, dass es in Ordnung war, über Frauen zu urteilen.

»Nun«, sprach sie weiter und war stolz darauf, wie fest ihre Stimme klang, »ich fühle mich geehrt und geschmeichelt, dass du an mich und meine missliche Lage gedacht hast und sie mir so schonungslos vor Augen führst. Dennoch muss ich ablehnen. In London findest du bestimmt jede Menge heiratswillige Frauen von Stand, die dein Angebot zu schätzen wissen. Sicher wird auch die ein oder andere darunter sein, die du nicht völlig abstoßend findest. Und wenn du großen Wert darauf legst, eine Frau im fortgeschrittenen Alter vor der Schmach des Alleinseins zu bewahren, lässt sich gewiss auch dafür eine Lösung finden. Ich für meinen Teil muss auf jeden Fall ablehnen.«

»Aber, Penny, ich ...« Er stand auf und näherte sich ihr.

»Nein.« Abwehrend hob sie die Hand. »Bitte, geh jetzt.«

Ihrer Bitte nachkommend, wandte er sich zur Tür. Kurz davor blieb er noch einmal stehen und sah sie an. »Eine Heirat wäre für uns beide von Vorteil und ich werde alles daransetzen, dich umzustimmen.« Mit diesen Worten verließ er das Zimmer.

Penny sah ihm mit gemischten Gefühlen nach. Sie hatte mit vielem gerechnet, aber sicher nicht damit.

Geschäft ist Geschäft

George

Irritiert sah George auf die Tür, die er gerade hinter sich geschlossen hatte. Das war nicht so gelaufen, wie er es sich vorgestellt hatte.

»Was hat sie gesagt?« Gabriels Stimme sorgte dafür, dass George sich umwandte. Sein Freund stand mit verschränkten Armen an die Wand gegenüber gelehnt.

»Sie hat mich mehr oder weniger rausgeschmissen, genau wie du es prophezeit hast.«

Lachend stieß Gabriel sich ab und kam auf ihn zu. Für Georges Geschmack hatte sein Freund neuerdings viel zu oft gute Laune. Er konnte sich nicht daran erinnern, ihn jemals so fröhlich gesehen zu haben. Wo war der stets finster dreinblickende, selbstzerstörerische Zyniker mit den beißenden Kommentaren geblieben, den er all die Jahre über hatte aufheitern müssen? War der wirklich durch die Liebe einer Frau verschwunden? Schwer vorstellbar.

Jetzt schlug er ihm auch noch freundschaftlich auf die Schulter. »Begleite mich in mein Arbeitszimmer und dann erzählst du mir, was genau passiert ist.«

Unsicher, ob das wirklich eine gute Idee war, folgte George. Leider hatte er nichts Besseres zu tun.

Sie betraten den Raum, dessen Einrichtung recht unspektakulär war und lediglich aus einem großen Schreibtisch im Stil des letzten Jahrhunderts sowie einem kleinen Regal mit Büchern und zwei Sesseln vor dem Kamin bestand. Alles in blankpoliertem Kirschholz und dunklem Grün gehalten. George wusste, dass Gabriel so gut wie nie Besucher hier empfing. Das lag nicht etwa daran, dass es unaufgeräumt gewesen wäre, im Gegenteil. Vielmehr schmiedete sein Freund in diesem Zimmer regelmäßig Pläne zur Rettung missbrauchter Frauen, was niemand erfahren sollte. Wobei es nach ihrer letzten Rettungsmission tatsächlich so aussah, als wolle Gabriel seine Ankündigung wahrmachen und es für dieses Jahr gut sein lassen.

George hätte nichts gegen ein klein wenig Ablenkung gehabt, verstand jedoch die Notwendigkeit, warum sie die Füße still hielten. Und, wenn er ehrlich war, steckte ihm die letzte Rettungsaktion noch in den Knochen. Seine Rippen waren ansatzweise verheilt, schmerzten aber hin und wieder noch gewaltig.

»Nimm Platz.« Gabriel deutete auf die beiden Sessel am Kamin. Zu dieser Jahreszeit brannte kein Feuer darin, aber dank der geöffneten Fenster war es angenehm warm.

Seufzend ließ George sich nieder und warf einen Blick auf die Karaffe mit französischem Brandy, die Gabriel stets in der Ecke stehen hatte. Zwar war es noch früh am Tag, trotzdem hatte er das Gefühl, einen Schluck vertragen zu können.

»Bedien dich ruhig«, sagte Gabriel, der seinen Blick bemerkt zu haben schien. »Aber verzeih, wenn ich nicht mittrinke.«

»Alleine macht es keinen Spaß.« George wandte sich seinem Freund zu. »Ich verstehe deine Schwester nicht. Mein Vorschlag war solide und bietet uns beiden nur Vorteile.«

»Hast du erwähnt, dass sie von Stand und damit eine gute Partie im Sinne deines Vaters ist?«

»Natürlich!«

»Und auf ihr Alter verwiesen?«

»Das war mein bestes Argument, deshalb hatte ich es bis zum Ende aufgehoben. Aber sie ...« Er brach ab, weil deutlich wurde, dass es Gabriel schwerfiel, ein Lachen zu unterdrücken. »Wenn du was zu sagen hast, sag es, aber hör auf, dich über mich lustig zu machen.« Die Gereiztheit in seiner Stimme war ihm bewusst und er ärgerte sich darüber. Er dachte, er hätte in den Jahren besser gelernt, seinen Jähzorn unter Kontrolle zu halten. An diesem Morgen lief nichts, wie es sollte.

Gabriel hob spöttisch die Augenbrauen »Mein Fehler. Wie konnte ich bloß annehmen, dass ein alter Charmeur wie du, der die Damen der Londoner Gesellschaft reihenweise um den Finger wickelt, in der Lage wäre, einen vernünftigen Heiratsantrag zu machen.«

Wenigstens war Gabriels Sarkasmus zurück.

»Es ging mir ja nicht darum, Penny um den Finger zu wickeln. Dafür respektiere ich sie viel zu sehr. Ich habe ihr ein Geschäft vorgeschlagen und mich dementsprechend verhalten.«

»Großartiger Ansatz. Sie wusste das wirklich zu schätzen, habe ich recht?« Um Gabriels Lippen spielte nach wie vor ein Lächeln, was George maßlos ärgerte.

»Was ist die Ehe denn anderes als ein Geschäft?« Verzweifelt hob er die Hände. »Deine Schwester ist eine intelligente Frau, die genau versteht, dass Gefühle ein schlechter Berater bei wichtigen Entscheidungen sind. Liebe ist eine Farce und Vernunftehen funktionieren bestens, da kannst du jeden fragen. Meine Eltern sind ein hervorragendes Beispiel.«

»Wenn ich mich recht entsinne, haben es deine Eltern in den letzten zehn Jahren nicht einen Tag zusammen im selben Raum ausgehalten.«

»Das ist doch genau, was ich meine. Sie haben zwei Kinder in die Welt gesetzt und dann beschlossen, sich ihren jeweils eigenen Interessen zu widmen. Bei meinem Bruder ist es ähnlich. Hugh und Clementine haben sogar vier Kinder, ohne dass sie große Kompromisse eingegangen wären. Denn das ist es doch, worum es bei einer Ehe wirklich geht: Der Mann bekommt einen Stammhalter und die Frau gesellschaftliche Anerkennung und finanzielle Sicherheit. Idealerweise, ohne die eigenen Vorlieben und Gewohnheiten aufgeben zu müssen. All das habe ich ihr angeboten.«

»Hast du dir selbst zugehört?«, fragte Gabriel, jetzt ohne jeden Anflug von Belustigung in der Stimme. »Das kann unmöglich dein Ernst sein.«

»Du bist ein hoffnungsloser Fall, wenn es um Frauen geht«, konterte George. »Zum dritten Mal verheiratet und trotzdem ist es für dich jedes Mal die große Liebe.«

»Übertreib es nicht.« Gabriel sprach leise und George erkannte, dass er zu weit gegangen war. Sein Freund hatte keine leichte Vergangenheit und zwei Ehefrauen durch Gewaltverbrechen verloren, bevor er seine dritte getroffen hatte und jetzt mit ihr wie auf Wolken schwebte.

»Entschuldige, das war unpassend. Ich wollte lediglich zum Ausdruck bringen, dass ich nicht für die Liebe gemacht bin. Wenn man den körperlichen Aspekt ausnimmt. An dem finde ich großen Gefallen.« Noch während er sprach, fiel ihm auf, dass er erneut danebengegriffen hatte. Immerhin ging es hier um Gabriels Schwester. George hatte sich gehütet, seinem Freund von den Küssen zu erzählen, die er vor Jahren mit Penny getauscht hatte. Küsse, die sie vollkommen unbeeindruckt gelassen hatten. Das war ihm damals schon aufgefallen und bei ihrem Gespräch erneut deutlich geworden. Sie war zwar leicht errötet, doch schien sie eher peinlich berührt. Es war offensichtlich, dass sie weder Gefühle für ihn hegte, noch eine Wiederholung wünschte.

Er selbst hatte es durchaus genossen. Ihre weichen, vollen Lippen waren wie fürs Küssen gemacht und sie war eine äußerst gelehrige Schülerin gewesen. Insgeheim hatte er ihren Auserwählten damals ein wenig beneidet.

Fluchend erhob er sich.

»Körperlicher Aspekt? Reden wir über meine Schwester? Oder gar meine Frau?« Gabriel musterte ihn jetzt wieder amüsiert. »Du bist offenbar wild entschlossen, es dir an nur einem Morgen mit der ganzen Familie zu verscherzen.«

George schüttelte verzweifelt den Kopf. »Entschuldige, ich habe geredet, ohne nachzudenken.« Er musste sich bewegen, um einen klaren Kopf zu bekommen. Mit Sicherheit war das auch das Problem eben bei Penny gewesen. Er hätte sich nie setzen dürfen. Oder das Gefühl aufkommen lassen, er sei ein Bittsteller. Die Rolle stand ihm nicht. Er war ein Mann der Tat, ein Verführer, der nicht um Erlaubnis fragte.

Gabriels Blick im Nacken ließ ihn dennoch innehalten. Er brauchte die Unterstützung seines Freundes, sonst würde Penny niemals einwilligen, seine Frau werden. Langsam drehte er sich zum Kamin und versuchte sich an einem einnehmenden Lächeln. »Ich bin nach wie vor davon überzeugt, dass deine Schwester die perfekte Kandidatin für eine Ehe ist. Wenn du dahingehend auf sie einwirken könntest ...«

Seufzend schüttelte Gabriel den Kopf und erhob sich ebenfalls. »Entschuldige, wenn ich das sage, aber heute scheint nicht dein bester Tag zu sein. Ich verstehe, wie sehr dich die Ereignisse der letzten Wochen aus der Bahn geworfen haben, und ich werde mich einer Ehe nicht in den Weg zu stellen, die Zustimmung meiner Schwester vorausgesetzt. Überzeugen musst du sie allerdings selbst. Penny ist ein wundervoller und herzensguter Mensch, der es verdient, glücklich zu werden. Aber ich habe ernsthafte Zweifel, ob sie das an deiner Seite werden kann.«

»Warum hast du mich den Antrag dann machen lassen?« Langsam gelang es ihm nicht mehr, den Zorn zurückzudrängen. Er war wütend auf seinen Vater, seinen Bruder, Gabriel, Penny und ein wenig auch auf sich selbst. In der Gesellschaft galt er als meist gut gelaunt und mit stets optimistischem Blick auf die Zukunft. Nur hatte er keine, wenn er nicht schnellstmöglich eine passende Frau fand. Da fiel es schwer, diese Fassade aufrecht zu erhalten.

»Weil die Möglichkeit bestand, dass sie einverstanden ist«, sagte Gabriel mit einem Schulterzucken. »Es ist und bleibt ihre Entscheidung, wie sie ihr Leben leben will. Für sie besteht keine Notwendigkeit, eine Ehe einzugehen, nur um finanziell abgesichert zu sein. Bei mir wird sie immer willkommen sein und auch nach meinem Tod wird es ihr an nichts mangeln. Dafür habe ich längst gesorgt.«

In diesem Punkt bewunderte George seinen alten Freund. Der *ton* hielt den Viscount Windham für einen kalten Mann mit brutalen Neigungen und einer spitzen Zunge, dem man besser aus dem Weg ging. In Wahrheit war er ein Philanthrop, der sein eigenes Leben riskierte, um fremde Frauen aus gefährlichen Notlagen zu befreien.

Was hatte er selbst in dieser Hinsicht zu bieten? Zwar hatte er Gabriel bei der ein oder anderen Rettungsaktion unterstützt und ihm vor einigen Wochen geholfen, seine Gattin Helen zu retten, aber … Er runzelte die Stirn. Genaugenommen hatte er das alles nur für seinen Freund getan, aus eigenem Antrieb hätte er nie einen Finger für diese armen Frauen gerührt. Oder sonst irgendetwas Sinnvolles aus seinem Leben gemacht. Was sagte das über ihn aus? War er im Grunde seines Herzens ein schlechter Mensch?

»Du bist im Moment nicht ganz bei dir«, hörte er Gabriel neben sich in versöhnlichem Ton sagen. »Was ob deiner Situation verständlich ist. Wenn du Penny gern hast, musst du ihr das zeigen. Zum Beispiel messen

Frauen, aus mir unerfindlichen Gründen, kleinen Gesten einen enormen Wert bei. Eine aufgehaltene Tür, ihnen unaufgefordert den Schal reichen, wenn es kühl wird, solche Sachen. Vielleicht solltest du ...«

»Herrgott nochmal, ich weiß, wie man eine Frau verfü... umgarnt.« Der Zorn brodelte nach wie vor in George. »Ich hätte nur nicht vermutet, dass deine Schwester darauf großen Wert legt. Ich dachte, Ehrlichkeit und klare Verhältnisse wären eine viel bessere Basis für eine gute Ehe.«

Gabriel lachte auf. »Ich verstehe langsam, warum du als Meister im Umgang mit dem weiblichen Geschlecht giltst. Blinde Vermutungen, worauf sie Wert legen, und dem eigenen Bauchgefühl folgen. Geniale Taktik.«

»Genau darum ging es mir ja«, beschwerte sich George. »Ich wollte eben nicht taktisch, sondern ehrlich vorgehen.«

»Das liegt zu deinen Gunsten in meiner Waagschale«, beschwichtige Gabriel, »aber eventuell solltest du herausfinden, worauf Penny Wert legt und was sie wirklich braucht. Und wenn du bereit bist, ihr das zu geben, dann werden weder sie noch ich über dich lachen, sobald du ihr das nächste Mal einen Antrag machst.«

»Du kennst deine Schwester am besten. Worauf legt sie denn Wert?«

Gabriel schüttelte langsam den Kopf. »Tut mir leid, alter Freund. Du solltest dir die Mühe machen, sie besser kennenzulernen. Wirklich kennenzulernen, meine ich. Sonst wirst du es nie schaffen, sie für dich zu gewinnen. Und wenn du Glück hast, findest du dabei auch noch heraus, ob sie die Richtige für dich ist. Versteh mich nicht falsch: Ich wünsche es dir. Aber wie gesagt, ich habe ernsthafte Zweifel. Ist dir zum Beispiel klar, dass sie London hasst? Sie meidet die Stadt, wo sie nur kann. Du hingegen liebst alles daran.«

Ein ungläubiges Lachen entwich Georges Kehle. Hatte Gabriel eben vorgeschlagen, seine Schwester zu verführen? Das würde die Dinge wesentlich einfacher machen. Denn wenn es eins gab, dessen er sich absolut sicher war, dann war es seine Fähigkeit, eine Frau zu verführen. Selbst wenn sie, wie Penny, bisher kein Interesse an ihm gezeigt hatte. »Sie hat mir in vielen Dingen widersprochen, aber kein Wort davon, dass sie es ablehnt, in der Stadt zu leben.«

»Denk nach, George. Sie hat hier ihre Schule für die Bediensteten und deren Kinder. Die betreibt sie seit Jahren. Glaubst du wirklich, sie würde das aufgeben, um mit dir nach London zu gehen?«

Die Schule, richtig. Zugegeben, darüber hatte er bisher noch nicht nachgedacht. Das könnte ein Problem werden. Einem, dem er sich später widmen würde. Seufzend fuhr er sich mit der Hand durchs Haar. »Erst einmal konzentriere ich mich auf deinen ersten Rat und werde sie besser kennenlernen. Ein Kinderspiel.«

Gabriel sah ihn skeptisch an. »Glaub nicht, dass du sie so leicht rumkriegen kannst wie deine anderen Frauen. Nimm dir lieber Zeit und versuch erstmal, einen klaren Kopf zu bekommen.« Er sah George eindringlich an. »Wie wäre es, wenn du einen Ausritt unternimmst? In deine Ziegelei, um nach dem Rechten zu sehen?«

George wollte einwenden, dass es noch nicht seine Ziegelei war, solange er unverheiratet blieb, entschied sich jedoch dagegen. Er würde woandershin ausreiten, vielleicht ins nahegelegene Dorf oder die nächste Stadt, irgendwohin, wo es eine ordentliche Taverne gab, um sich ein wenig Ablenkung zu verschaffen. Ein oder zwei Runden am Kartentisch und den ein oder andern Drink. Denn in einem Punkt gab er Gabriel recht: Irgendwann in den vergangenen Wochen hatte er sein inneres Gleichgewicht verloren. Sobald er das zurückerlangt hatte, würde er einen Plan schmieden, wie er Penny doch noch von einer Hochzeit überzeugen konnte.

Wie hofiert man eine Dame?

Penny

Penny lief beschwingt die Treppe in die Eingangshalle hinunter. In der Hand hielt sie eine Schute aus Stroh, deren dunkelrote Bänder perfekt mit ihrem leichten Baumwollspenzer harmonierten. Dazu hatte sie ein Kleid aus dünner, dunkelgrauer Alpakawolle gewählt. Kleidung, die dem raueren Klima an der Küste angemessen war, aber dennoch für einen Besuch im Teehaus oder einen Einkauf geeignet.

Der alljährliche Familienausflug nach Brighton stand unmittelbar bevor. Einerseits liebte sie die frische Seeluft und den Blick von der Hotelterrasse auf das Meer. Andererseits hatte sie den Besuchen, Festen und anderen gesellschaftlichen Anlässen in der Stadt noch nie viel abgewinnen können. Städte waren ihr zuwider. Die Armut dort war schier allgegenwärtig. Kinder, die als Straßenkehrer arbeiteten oder Blumen und Kräuter verkauften, Männer und Frauen, die in zerlumpter Kleidung ihrem Tagewerk nachgingen, das ihnen kaum genug einbrachte, um sich selbst oder gar ihre Familie zu ernähren.

Schnell schob sie den Gedanken beiseite. Das alles wollte sie diesmal ausblenden. Sie würde sich auf den Strand und das Meer konzentrieren. Das war in Brighton nicht allzu schwer, denn im Vergleich zu London war es dort eher beschaulich. Der Ort hatte zwar an Bedeutung gewonnen, seit sich der Prinzregent gern dorthin zurückzog, war aber dennoch recht ländlich geblieben. Pennys Eltern hatten entschieden, ihren jährlichen Familienausflug jetzt zu unternehmen, während der Regent nicht dort weilte. Die Menschen in Brighton waren wesentlich ruhiger und entspannter, wenn er abwesend war.

»Du bist auch schon fertig, wie wunderbar«, erklang hinter ihr die Stimme ihrer Schwägerin Helen.

Penny wartete, bis diese zu ihr aufgeschlossen hatte, und gemeinsam nahmen sie die letzten Stufen.

Auch Helen trug ein Reisekleid in gedeckten Farben, unter dem sich die ersten Anzeichen ihrer Schwangerschaft zeigten. Das Kind sollte im letzten Jahresdrittel zur Welt kommen und hatte für große Freude auf Windham Manor gesorgt. Auch Pennys Eltern waren höchst entzückt, dass Gabriel endlich für Nachwuchs sorgte, da der älteste Sohn des Duke nur Töchter hatte, die nicht als Titelerben infrage kamen. Deshalb lag es nun an Gabriel und seiner jungen Frau, für einen Stammhalter zu sorgen.

Der Druck, einen männlichen Erben in die Welt zu setzen, hätte Penny belastet, da war sie sicher. Nicht jedoch ihre Schwägerin. Helen und auch Gabriel war anzumerken, dass ihnen das Geschlecht egal war und sie sich einfach auf ihr erstes gemeinsames Kind freuten. Sie ließen sich nicht einmal durch die Anwesenheit des

Duke und der Duchess aus der Ruhe bringen, die extra angereist waren, um dem jungen Paar in den ersten Wochen der Schwangerschaft zur Seite zu stehen.

Im Falle ihres Vaters sicher auch, um den Wahrheitsgehalt der Nachricht zu überprüfen. Mit seinen vierundsiebzig Jahren war das Thema der Nachfolge für ihn von allerhöchster Dringlichkeit.

Die spürbare Spannung zwischen dem alten Duke und seinem Sohn war ein weiterer Grund, den kommenden Familienausflug nach Brighton zu begrüßen. Die Stadt versprach Zerstreuung und bot den beiden bessere Möglichkeiten, sich aus dem Weg zu gehen. Denn auch wenn Gabriel und sein Vater so eine Art Waffenstillstand geschlossen hatten, erkannte Penny vermehrt Anzeichen seiner früheren Gereiztheit bei ihrem Bruder.

Umso mehr überraschte sie seine Ankündigung, dass seine Frau und er selbst mit den Eltern in der herzoglichen Kutsche reisen würden. Das bedeutete, dass sich Penny die zweite Kutsche mit George teilen würde, der überraschend seine Teilnahme an dem Ausflug angekündigt hatte. Natürlich waren sie nicht allein, ihre Zofe Becky würde als Anstandsdame fungieren und mit ihnen die Kutsche teilen. Dagegen hatte Penny nichts einzuwenden. Sie gehörte zu ihren gelehrigsten und besten Schülerinnen, daher würde es ihnen an Gesprächsthemen nicht mangeln.

Was George anging, hatte sie sich noch nicht entschieden, wie sie mit seiner Gesellschaft umgehen sollte. Seit seinem unglückseligen Heiratsantrag hatte sie weitere Treffen erfolgreich vermieden. Jetzt stand ihr allerdings eine mehrstündige Kutschfahrt bevor, während der sie ihn schwerlich ignorieren konnte.

Seufzend stieg sie ein und platzierte sich neben Becky, welche die aktuelle Lektüre in den im Schoß gefalteten Händen hielt. Jane Austens *Stolz und Vorurteil.* Penny hatte das Buch bereits mehrmals gelesen, aber ebenfalls ein Exemplar dabei. Sie wollte sich noch einmal in die Geschichte vertiefen, um dann mit ihren Schülerinnen darüber zu sprechen.

Sobald sie saß, stieg George hinzu, begrüßte sie freundlich und setzte sich ihr gegenüber. Ohne ein weiteres Wort lehnte er seinen Kopf an die Wand der Kutsche und schloss die Augen.

Sollte es so leicht sein? Würde er die Fahrt über vorgeben zu schlafen – oder sich wirklich ausruhen – und ihr ein Gespräch ersparen? So viel Glück konnte sie unmöglich haben.

Die Kutsche fuhr mit einem Ruck an, der dafür sorgte, dass George die Augen öffnete und seinen Blick auf sie richtete. »Verzeih meine Unhöflichkeit, ich habe in den letzten Nächten nicht viel Schlaf gefunden.«

Penny biss sich auf die Zunge, um nicht mit der Frage herauszuplatzen, was ihn denn wachgehalten habe. Nach dem Antrag hatte er zwei Nächte außer Haus verbracht, aber seit gut einer Woche erschien er pünktlich zu allen Mahlzeiten, auch wenn er nach dem Dinner direkt in seinem Zimmer verschwand.

Seinem Gesicht sah sie an, dass ihr Schweigen ihn befremdete, was sie dann doch zu einer Antwort veranlasste. »Gibt es etwas Bestimmtes, was dich von der Nachtruhe abhält?« Die Frage war unnötig, denn sie wusste, was ihn um den Schlaf brachte.

»Eigentlich nicht«, antwortete er nonchalant und schlug ein Bein über das andere. »Ich habe lediglich festgestellt, dass Schlaf überbewertet wird und nur dazu führt, dass man über unangenehme Dinge nachdenkt.«

»Also meidest du beides? Den Schlaf und die unangenehmen Gedanken?«

»Das ist die Idee.«

»Und? Funktioniert es?«

»Leidlich. Mein Körper scheint unglücklicherweise der Meinung zu sein, dass Erholung von Vorteil wäre. Weshalb ich beschlossen habe, das Experiment aufzugeben und meiner sterblichen Hülle zu geben, wonach sie verlangt.«

»Dann tu dir keinen Zwang an. Ich will nicht diejenige sein, die dich vom Schlafen abhält.« Ein schlummernder George war ihr bei weitem lieber als einer, der mit ihr Konversation betreiben wollte. Allerdings bedeutete es auch, dass sie sich nicht mit ihrer Zofe unterhalten konnte, ohne unhöflich zu sein. Lautes Geschnatter würde ihn stören.

»Du bist ein Engel. Die vier Stunden bis zu unserer Ankunft werden mir die Erholung verschaffen, die ich dringend nötig habe.« Ohne zu zögern, schloss er die Augen und sank zurück in seine Ecke.

Hatten seine Worte eine Art versteckte Botschaft enthalten? Wenn dem so war, verstand Penny sie nicht. Sie musterte ihn nachdenklich und nahm ihr Buch zur Hand.

George

Hatte sie ihm das Märchen vom mangelnden Schlaf abgenommen? In Wahrheit wusste er nicht, was er sagen oder wie er sich ihr gegenüber verhalten sollte. Er brauchte Zeit, um sich eine Taktik zu überlegen, wie er ihre Gunst zurückerhalten konnte. Schließlich wollte er sie nach wie vor heiraten.

Er öffnete die Augen gerade so weit, dass er sie sah, sie aber weiterhin denken musste, dass er schlief.

Wie immer kam er nicht umhin zu bemerken, was für eine begehrenswerte Frau sie war. Das Kleid schmeichelte ihrem Körper, der an den richtigen Stellen wohlgerundet war, und ihr braunes Haar mit dem Kupferschimmer leuchtete im durch die Scheiben einfallenden Sonnenlicht. Sie hielt den Blick auf ihr Buch gesenkt, ein leichtes Lächeln um die sinnlichen, vollen Lippen. Offensichtlich genoss sie ihre Lektüre. Er hatte vorhin kurz den Einband gesehen. Natürlich hatte er von Jane Austen gehört, bisher allerdings keines ihrer Werke gelesen. Der Fakt, dass die Zofe dasselbe Buch in der Hand hielt, ließ ihn schlussfolgern, dass Penny es schätzte.

In ihm reifte die Idee, es auch einmal mit diesem Stoff zu versuchen. Es konnte nicht schaden zu wissen, für welche Art von Geschichten sie sich begeisterte.

Ein leises Schnarchen veranlasste ihn, zu der neben Penny sitzenden Zofe zu sehen, deren Kopf auf ihre Brust gesunken war. Pennys und sein Blick trafen sich, was dazu führte, dass sie beide lächelten.

»Gerade hatte ich in Erwägung gezogen, Miss Austen eine Chance zu geben«, sagte er leise. »Wenn die Lektüre allerdings dermaßen langweilig ist, bin ich unsicher, ob das eine gute Idee ist.«

»Ich führe das weniger auf den Inhalt des Buches zurück«, antwortete Penny ebenso leise, »sondern mehr auf die Tatsache, dass es Becky nach wie vor schwerfällt, längere Zeit am Stück zu lesen. Das ist mir in den Jahren meiner Tätigkeit als Lehrerin aufgefallen. Wenn Menschen das Lesen, Schreiben und Rechnen erst im Erwachsenenalter erlernen, fällt es ihnen meist viel schwerer, als das bei Kindern der Fall ist. Ein Grund, warum ich mich so sehr dafür einsetze, bereits die Jüngsten zu unterrichten.«

»Darüber habe ich mir nie Gedanken gemacht. Allerdings leuchtet deine Theorie ein. Nehmen wir zum Beispiel das Reiten. Auch das erlernt sich leichter, wenn man jünger ist.«

»Richtig. Deshalb trete ich dafür ein, die Kinder unserer Pächter und Angestellten zu unterrichten. Letztendlich machen unsere Familien es doch genauso. Wann hast du deinen ersten Lehrer gehabt?«

»Mit vier oder fünf. Mit zwölf bin ich nach Eton gegangen und dann nach Oxford. Aber nur ein Jahr.« Beinahe hätte er zugefügt, dass ihm die Art klassische Bildung, die man an diesen Schulen erhielt, nie sonderlich interessiert hatte. Er konnte leidlich Latein und Griechisch, hatte sich durch Aristoteles und Homer im Original gequält und dann beschlossen, dass er sein Leben sinnvoller verbringen konnte.

»Du hast die Universität nach einem Jahr verlassen? Warum?« Stirnrunzelnd sah Penny ihn an.

»Weil ...« Er zögerte. Es war ihm ein wenig peinlich, vor ihr die Wahrheit zuzugeben. Aber Ehrlichkeit, insbesondere was die eigenen Unzulänglichkeiten anging, war eine Tugend, die Frauen über alle Maßen schätzten. »Oxford war nichts für mich. Das Leben bot mir so viel mehr.«

»Trinken, spielen und die Frauen anderer Männer verführen?« Ihr Stirnrunzeln vertiefte sich. »So gesehen, sollte ich über meine Theorie, dass frühe Bildung zu einem besseren Leben führt, noch einmal nachdenken.«

Die Ernsthaftigkeit, mit der sie diesen Satz vorbrachte, versetzte ihm einen Stich. Gabriel hatte etwas Ähnliches anklingen lassen und möglicherweise lag ein winziger Kern Wahrheit darin. Er hatte herzlich wenig aus den Privilegien gemacht, die ihm in die Wiege gelegt worden waren. Leider hatte es eine Enterbung gebraucht, um sich dieser Tatsache bewusst zu werden.

»Ausnahmen bestätigen die Regel«, antwortete er mit einer wegwerfenden Handbewegung. »Ich habe meine Qualitäten. Gib mir eine Chance, dir das zu beweisen. Außerdem bin ich durchaus in der Lage, mich zu ändern. Selbst wenn es dauert. Letztendlich bestätigt das ja deine Theorie. Mein dreißigster Geburtstag liegt eine Weile zurück, da braucht es eben ein bisschen länger, sich neue Gewohnheiten anzueignen.«

»Du hast vor, deinen Lebenswandel zu ändern?«

Klang da Interesse oder gar Freude in ihrer Frage mit? Offenbar lag ihr etwas daran, wie er sein Leben führte. Das war vielversprechend, er schien auf dem richtigen

Weg zu sein. »Ehrlich gesagt, ja. Ich bin zwar noch unsicher, wie weit, aber der Tod meines Vaters hat eindrucksvoll klargemacht, dass es nicht weitergehen kann wie bisher.«

»Das höre ich gern. Zögere bitte nicht, auf mich zuzukommen, wenn es etwas gibt, womit ich dich unterstützen kann.«

»Sei gewarnt, ich nehme dich beim Wort.«

»Das will ich doch hoffen«, sagte sie mit einem Lächeln und widmete sich ihrem Buch.

In seinem Kopf nahm ein vager Plan Gestalt an. Er musste ihr näherkommen, damit sie seine Bereitschaft, sich zu ändern, erkannte und feststellte, dass mehr in ihm steckte als ein Trinker, Spieler und Verführer. Beginnen sollte er damit, sich dieses Buch zu besorgen und es zu lesen.

Vergnügte Stunden in Brighton

Penny

Ein Klopfen an der Tür veranlasste Penny dazu, ihren Platz am Fenster zu verlassen. Sie hatte es weit geöffnet, um die Seeluft zu genießen. Von hier aus hatte sie einen guten Blick über das Meer und genoss dessen unendliche Weite. Zwar hatte sie nie das Bedürfnis verspürt, fortzusegeln, aber sie gab gern zu, dass sie die See liebte. Die Lage des *Albion* auf einem kleinen Felsvorsprung direkt am Strand von Brighton war perfekt.

»Bitte?«, fragte sie durch die geschlossene Tür. Eigentlich erwartete sie keinen Besuch. Nach der Kutschfahrt waren alle übereingekommen, bis zum Dinner zu ruhen. Der Tag war außergewöhnlich heiß und drückend, weshalb man sich darauf geeinigt hatte, den Stadtbesuch auf die kühleren Abendstunden zu verschieben.

Sehr zu Pennys Verdruss. Sie liebte das Meer und die Hitze. Doch alles, was sie bekam, war die warme Prise am offenen Fenster und den Blick auf das heute ruhig daliegende Meer. Wie gern hätte sie dem Strand einen

Besuch abgestattet. Oder eben auch nicht. Denn dann hätte sie sich so kleiden müssen, wie es für eine erwachsene Frau schicklich war. Dabei wäre sie gern in dem dünnen Sommerkleid nach draußen gegangen, welches sie trug. Wie damals als kleines Mädchen, die nackten Füße vom kühlenden Nass umspielt, den Hut in der Hand und den Wind im Haar.

»Ich bin's, George, machst du mir auf?«

Sie zögerte, hatte sie sich doch vorgenommen, ihm auch in Brighton möglichst aus dem Weg zu gehen. Allerdings war das Gespräch in der Kutsche weit angenehmer verlaufen als erwartet. Zudem gebot es die Höflichkeit, dass sie sich zumindest anhörte, was er zu sagen hatte, bevor sie ihn fortschickte.

»Was willst du?«, fragte sie wenig diplomatisch.

»Dich entführen.« Er sprach leise, geradeso als würden sie eine Verschwörung planen.

»Wohin?«

»Auf einen kleinen Ausflug.«

»Ich verstehe nicht.«

»Musst du auch nicht, vertrau mir. Nimm deinen Hut, einen Schal, deine Zofe, wenn es sein muss, und komm.«

»Jetzt gleich? Meine Kleidung ist fürs Ausgehen denkbar ungeeignet.«

»Das spielt keine Rolle. Bei der Hitze sehen die Leute über vieles hinweg. Wenn sie sich überhaupt nach draußen trauen. Du hast doch nicht etwa Angst?« Seine Stimme hatte sich verändert und einen Klang angenommen, den sie von ihren Lektionen beim Küssen kannte. Eine Mischung aus charmantem Bitten und

Provokation. »Gib dir einen Ruck. Es wird dir gefallen, Ehrenwort.«

Letztendlich war es dieser Satz, der sie überzeugte. George mochte viele Fehler haben, aber er lag meistens richtig, wenn es darum ging, was ihr gefiel und was nicht.

Unsicher sah sie sich im Zimmer um. Es war klein und freundlich eingerichtet, was jedoch nichts daran änderte, dass sie das Meer hier drinnen nicht in vollen Zügen genießen konnte. George war da die eindeutig bessere Alternative.

Was sollte groß geschehen, wenn sie ihn begleitete? Hatte er nicht sogar vorgeschlagen, Becky mitzunehmen? Das zeigte doch, dass seine Absichten ehrenwert waren. Außerdem bot sich so die einmalige Gelegenheit, ihn zu einem Spaziergang am Meer zu überreden.

»Ich brauche fünf Minuten.«

»Du wirst es nicht bereuen. Ich warte unten mit einer Mietkutsche.« Bevor sie antworten konnte, hörte sie seine sich entfernenden Schritte.

Für einen tiefen Atemzug lehnte sich Penny an die Tür. Das Herz schlug ihr bis zur Kehle und sie brauchte eine Weile, um sich zu beruhigen. Es war nicht schicklich, mit ihm zu gehen, doch es war ein Abenteuer, das sie wenig kosten würde. Selbst wenn ihre Familie dahinterkam, würde es lediglich einen Tadel ihres Vaters geben. Immerhin waren sie mit George und seiner Familie seit einer Ewigkeit befreundet. Außerdem bezweifelte sie, dass ihr Vater von dem missglückten Heiratsantrag wusste. Ein väterlicher Tadel war ein geringer Preis für einen Spaziergang am Meer.

Des Weiteren schien es, als habe George eine Art Überraschung geplant. Gespannt, worum es sich dabei handeln könnte, klingelte sie nach Becky.

George

Wie es aussah, kam sein Gespür für Frauen zurück. Als er vorhin nach der Ankunft im *Albion* Pennys enttäuschtes Gesicht gesehen hatte, war ihm klar gewesen, was er zu tun hatte. Er wusste, wie sehr sie in ihrer Kindheit das Meer und den Strand geliebt hatte. Und erinnerte sich an einen Ausflug, den sie ihm gegenüber einmal erwähnt hatte. Es war bei einem ihrer Gespräche in dem kleinen Hain gewesen, in dem er sie das Küssen gelehrt hatte. Sie hatte von einem Strandabschnitt erzählt, der vollkommen unberührt da lag und von der Straße aus nicht einzusehen war. Vom *Albion* aus nur eine halbe Stunde Fahrt in Richtung Worthing. Dort war die halbwüchsige Penny ausgelassen mit ihren Geschwistern im Sand herumgetollt.

Er wollte ihr dieses Gefühl jugendlicher Unbeschwertheit zurückzugeben, auch wenn es nur für wenige Augenblicke war. Das würde sie bestimmt zu schätzen wissen. Außerdem liebte er ebenfalls das Gefühl des warmen Sandes an seinen nackten Füßen. Ein Vergnügen, auf welches sie hier an der Strandpromenade verzichten müssten. Dieser Ausflug würde sie hoffentlich beide entspannen und, wenn es perfekt lief, vielleicht sogar das frühere Gefühl der Leichtigkeit zwischen ihnen wiederherstellen. Denn das war unabdingbar, um sie doch noch für sich zu gewinnen. Außerdem fühlte es sich richtig an.

Zwischen Penny und ihm war es nie schwierig oder merkwürdig gewesen. Nicht einmal, als er ihr Unterricht im Küssen erteilt hatte. Es ärgerte ihn, dass sich das geändert hatte. Durch seine Schuld.

Aber diesen Fehler würde er korrigieren. Lächelnd lehnte er sich an die gemietete Kutsche und wartete.

Penny

»Ein Strand?«, fragte sie, während sie sich von George aus der Kutsche helfen ließ und einen kleinen Freudenschrei nicht unterdrücken konnte.

»Ich hatte versprochen, dass es dir gefallen würde, oder?«

Als Antwort lächelte sie. Die ganze Fahrt war er merkwürdig still gewesen, hatte lediglich ein paar Worte über das Wetter fallen lassen. Insgeheim hatte sie sich gefragt, ob es die richtige Entscheidung war, mit ihm zu kommen. Diese Zweifel waren verflogen.

Er verbeugte sich übertrieben in Richtung Meer. »Ich hoffe, es ist der richtige Strand. Die Zeit reichte nicht, um genau herauszufinden, an welchem du damals mit deiner Familie warst.«

Er bot Becky ebenfalls seine Hand und half ihr aus der Kutsche, bis sie festen Boden unter den Füßen hatte.

»Du meinst ...« Unfähig zu glauben, was er andeutete – nämlich, dass er sich daran erinnerte, wie sie ihm vor Jahren von ihrem Besuch am Strand erzählt hatte – , ließ sie den Blick über den dunklen Sand wandern. Dann drehte sie sich, erkundete die üppige Bewachsung, in der nur der schmale Pfad zu sehen war, der sie hergeführt hatte, und war sich sicher. »Ja, das ist der Strand, von dem ich dir erzählt habe!«, rief sie erstaunt aus. »Ich kann nur nicht glauben, dass du das noch weißt.«

»Ich erinnere mich an ausnahmslos alles«, war seine Antwort und gepaart mit dem Blick, den er ihr schenkte, sorgten die Worte dafür, dass ihre Wangen heiß wurden.

»Na, das will ich doch nicht hoffen«, erwiderte sie bemüht ruhig. »Ich habe dir eine Menge Dinge erzählt, über die ich lieber den Mantel des Vergessens legen würde.« Wenn ihre Erinnerung sie nicht täuschte, hatte sie in jenem Sommer, auf den er anspielte, vorrangig über Tom, den jungen Gehilfen ihres Verwalters, und ihre Gefühle für ihn gesprochen. Er war der Grund gewesen, warum sie das Küssen hatte lernen wollen. Heute wäre sie am liebsten im Boden versunken, wenn sie daran dachte.

»Dann formuliere ich es anders: Ich erinnere mich an die wichtigen Dinge.« Sein linker Mundwinkel hob sich, genau so, wie er es immer getan hatte, kurz bevor seine Lippen ihre berührt hatten.

Unwillen regte sich in Pennys Innerem und sie wandte sich ab. Er war nichts für sie. In keiner Hinsicht. Sie hatte nicht vor zu heiraten und wenn, dann einen integeren, treuen Mann, der ihre Interessen teilte. Auf George Burdon traf nichts davon zu. Das alles hatte sie mehr als deutlich gemacht, doch es schien ihn nicht zu stören.

Sie schloss kurz die Augen, um den Kopf freizubekommen. Sein Versuch, sie um den Finger zu wickeln, indem er Andeutungen über intime Momente in ihrer Vergangenheit machte, war mehr als durchsichtig. Wenn er vorhatte, ihre Gunst zurückzugewinnen, musste er sich etwas Besseres einfallen lassen.

Wobei sie gern zugab, dass dieser Strandausflug insgesamt kein schlechter Versuch war. Er kannte sie ziemlich gut, wahrscheinlich besser als die meisten ihrer Geschwister. Wie sonst hätte er ahnen können, dass sie sich nichts sehnlicher wünschte, als alle Konventionen außer Acht zu lassen und barfuß über den Sand zu laufen.

Sie sah zu Becky, die ihre Augen mit der Hand vor der Sonne schützte und ebenfalls sehnsüchtig zum Wasser blickte. »Ziehen wir Schuhe und Strümpfe aus und machen einen Wettlauf zum Wasser?« Penny hatte bewusst Becky angesprochen, sah jedoch, dass George reagierte und sich seiner Schuhe entledigte.

Er legte seine Jacke zur Seite und nahm das Halstuch ab. Hemdsärmelig, aber mit Weste, folgte er ihnen zum Meer.

Warum auch nicht? Er hatte genauso ein Recht darauf, Spaß zu haben, wie sie.

Und den hatten sie in den nächsten Stunden. Sie spielten Fangen und ließen einen Drachen steigen, den George irgendwann aus der Kutsche holte.

Der Kutscher hatte sich ein wenig abseits unter einen Baum gesetzt und Penny fragte sich für einen kurzen

Moment, mit welchem Geld er bezahlt wurde. Sie machte sich eine geistige Notiz, George später dezent darauf anzusprechen und den Betrag zu begleichen. Das war das Mindeste, was sie tun konnte, um sich für diese gelungene Überraschung zu revanchieren.

Dann widmete sie sich wieder dem Drachen aus blauschimmernder Seide, dessen langer Schwanz mit den vielen Schleifen in allen Farben des Regenbogens leuchtete. Es war ewig her, dass Penny einen Drachen hatte steigen lassen, und ihr war völlig entfallen, wie viel Spaß das machte. Abwechselnd mit Becky rannte sie den Strand auf und ab, die Spindel in der Hand, bis der Drachen hoch über ihnen im Wind tanzte. Penny kniff die Augen ein wenig zusammen, um seinem Flug zu folgen, und verspürte für einen Moment dasselbe Gefühl von Freiheit, an das sie sich von früher erinnerte.

Genau wie damals hielt sie sich nicht zurück, sondern jauchzte laut auf und drehte sich so lange im Kreis, bis das Blau des Drachens mit dem des Himmels verschmolz und in ihrem Kopf ein Schwindel einsetzte, dem sie sich hingab, bis sie lachend rückwärts in den Sand fiel.

Von weitem hörte sie Beckys und Georges Stimmen und wartete darauf, dass die Welt aufhörte, sich zu drehen. Aus dem Augenwinkel sah sie George auftauchen. Er streckte die Arme aus und drehte sich ihrem Beispiel folgend mehrfach im Kreis, bis er neben ihr in den Sand sank.

»Ich glaube, ich bin zu alt für derlei Späße.« Sein ausgelassenes Grinsen zeigte, dass er die Worte nicht ernst meinte. »Nein«, schloss er auch direkt an, »das stimmt nicht. In Wahrheit fühle ich mich just in diesem Augenblick so jung wie lange nicht mehr.«

Ihr Blicke verfingen sich ineinander und für einen Wimpernschlag wünschte sich Penny, die Dinge zwischen ihnen würden anders liegen. Sie kannten sich seit einer Ewigkeit und verstanden sich gut. Es gab weiß Gott viele Ehepaare, die schlechter miteinander zurechtkamen als sie und George. Aber das war ihr zu wenig als Basis für eine Ehe.

»Hat dir schon mal jemand gesagt, wie schön du bist, wenn du aus dir herausgehst?« Seine Worte trafen sie unvorbereitet und lösten einen kleinen Wirbel in ihrem Inneren aus.

»George, lass das.« Sie wollte sich abwenden, doch etwas in seinem Blick hielt sie zurück.

»Warum? Darf ich nicht die Wahrheit sagen?«

»Du weißt genau, was ich meine, es ist völlig unangemessen und …«

»Achtung!« Beckys lauter Schrei sorgte dafür, dass Penny aufschreckte. In einer fließenden Bewegung drehte sie sich zu ihrer Zofe und richtete sich gleichzeitig auf.

»Der Drachen!«, rief Becky. Penny blickte überrascht nach oben und sah einen blauen Schatten mit irrwitziger Geschwindigkeit auf sie zurasen. »Er stürzt ab!«

Auch George reagierte, allerdings sprang er nicht auf, sondern rollte im weichen Sand blitzschnell zur Seite. Gerade rechtzeitig, bevor das Konstrukt aus Holz und Seide mit voller Wucht genau dort einschlug, wo er eben noch gelegen hatte.

»Was zu Hölle?«, fluchte er und eine keuchende Becky kam neben ihnen zum Stehen.

»Ich ... ich bitte vielmals um Entschuldigung, Mylord. Er hat sich plötzlich auf den Kopf gestellt und flog nach unten, ganz von allein ... Ich weiß nicht warum, ich konnte nichts dagegen tun ...« Tränen bildeten sich in ihren Augen, was Penny dazu veranlasste, ihr besänftigend den Arm zu tätscheln.

»Es ist ja nichts passiert«, sagte sie sanft.

Becky starrte nur schniefend auf das zerstörte Spielzeug.

»Alles halb so wild, mach dir keine Gedanken.« Auch George hatte sich inzwischen erhoben und klopfte sich den Sand von Hose und Weste. »Wenn der Wind überraschend die Richtung wechselt und das Seil an Spannung verliert, hat man keine Kontrolle mehr.« Er beugte sich zu den Überresten des Drachens hinab und zog sie aus dem Sand. Ein großer Riss ging durch die Seide und eine Holzstrebe war gebrochen. »Das kann man reparieren«, sagte er, befreite auch die Reste des Drachens vom Sand und stapfte damit in Richtung Kutsche.

»Bekomme ich jetzt Ärger?«, fragte Becky mit ängstlichem Blick. »Ich habe seine Lordschaft noch nie so fluchen gehört ...«

»Es war lediglich der Schock«, beschwichtigte Penny ihre Zofe. »Es wird einem ein wenig mulmig, wenn so ein Drachen auf einen zugerast kommt, während man am Boden liegt.« Sie verlieh ihrer Stimme einen leichten Klang, was ihr gut zu gelingen schien. Zumindest beruhigte es Becky.

Aber Penny ahnte, dass Georges Groll nicht nur auf den Schrecken zurückzuführen war. Er hatte versucht, seinen Fauxpas beim Heiratsantrag gutzumachen, und hatte sich dabei gar nicht mal ungeschickt angestellt, wie sie zugeben musste. Da war es nur allzu verständlich, dass er ungehalten war ob der plötzlichen Unterbrechung. Mit seiner Schmeichelei hatte er sie überrascht und für einen Augenblick hätte sie fast ihre Schutzschilde fallenlassen. Doch dieser Moment war vorüber, insofern sollte sie Becky und dem Drachen vermutlich dankbar sein. George Burdon war zwar ein guter Freund, aber er verfügte eben auch über eine Menge Erfahrung, was die Kunst der Verführung anging, das durfte sie niemals vergessen.

Sie sah hinüber zu ihm, wie er gemeinsam mit dem Kutscher die Überreste des Drachens im Wagen verstaute. Die Männer sprachen darüber, wie man ihn reparieren könne, und George wirkte alles andere als erbost. Offenkundig schmiedete er längst neue Pläne, um sie doch noch für seine alberne Heiratsidee zu gewinnen.

Überrascht stellte Penny fest, dass seine offenen Versuche, ihre Gunst zu erringen, sie gar nicht störten. Im Gegenteil. Sie hatte lange nicht mehr so viel Spaß gehabt wie heute. Es war fast rührend zu beobachten, wie er sich bemühte, ihr zu gefallen, obwohl er doch wissen musste, dass sie ihn niemals heiraten würde. Wenn er sich falsche Hoffnungen machte, war das sicher nicht ihre Schuld. Sollte sie in Erwägung ziehen, ihm seinen ungehobelten Antrag zu verzeihen, und sich erlauben, seine Aufmerksamkeit ein wenig zu genießen? Es geschah schließlich nicht oft, dass ein Mann ihr den Hof machte. Noch dazu ein so gutaussehender.

Vergangenheit und Zukunft

George

Die Damen hatten sich nach dem Dinner zurückgezogen, um ihre Abendgarderobe anzulegen. George stand am leeren Kamin des kleinen Salons, welcher für die Herren im *Albion* reserviert war. Gabriel und sein Vater saßen sich in zwei Sesseln gegenüber und schenkten sich Port nach, während George sein Glas selbstvergessen in der Hand hielt.

Seine Gedanken beschäftigten sich mit den Geschehnissen der vergangenen Stunden. Es hatte Spaß gemacht, mit Penny durch den Sand zu toben, sie lachen zu sehen und jauchzen zu hören. Leider hatte der unglückselige Drache alles vermasselt.

»Und? Hast du den Nachmittag mit Penny genossen?« Gabriels leicht ironischer Tonfall ließ George zusammenzucken. Bis eben war er davon ausgegangen, dass ihre Familie nichts von ihrer kleinen Ausfahrt ans Meer mitbekommen hatte.

Schnell ging er seine Möglichkeiten durch. Alles abstreiten, war eine Option, die George jedoch falsch vorkam. Zumal es Zeugen gab, die dem Ausflug beigewohnt hatten. Der Kutscher und die Zofe waren allerdings auch der Grund, warum er zugeben konnte, was geschehen war, ohne dass Pennys Ruf in Gefahr geriet.

»Wir haben einen Ausflug an den Strand gemacht«, sagte er leichthin und nahm nun doch einen Schluck Port.

»Ich wusste gar nicht, dass du eine Vorliebe für die See hast.«

»Habe ich auch nicht. Aber Penny liebt es. Mir ist aufgefallen, wie sehnsüchtig sie bei unserer Ankunft Richtung Meer geschaut hat und wie enttäuscht sie über den Entschluss war, den Rest des Tages im Hotel zu verbringen. Also habe ich entschieden, ihr das zu geben, was sie sich wünschte.« Er würde sich nicht aus der Ruhe bringen lassen. Was er getan hatte, mochte unkonventionell gewesen sein, verstieß aber gegen keine Regel des Anstands.

»Wärt Ihr so freundlich, mir Eure Absichten hinsichtlich meiner Tochter zu erläutern?« Gabriels Vater sprach leise, jedoch mit der einschüchternden Autorität eines Mannes, der es gewohnt war, das Sagen zu haben.

George fragte sich, ob man diese Art des Auftretens lernen konnte oder ob sie Männern wie dem Duke of Kadwell einfach in die Wiege gelegt war.

Irrelevant, rief er sich selbst zur Ordnung und konzentrierte sich auf das dringlichere Problem, eine Antwort zu geben, die dem Mann gefiel und ihn dazu brachte, seine Heiratsabsichten gutzuheißen.

»Sie sind absolut ehrenhaft, Euer Gnaden. Euer Einverständnis vorausgesetzt, möchte ich Lady Penelope zu meiner Frau ...«

»Warum sollte sie das tun?«, unterbrach ihn der alte Duke und hob die Brauen. »Penelope zöge keinen Vorteil aus dieser Ehe. Es sei denn, Ihr habt sie in eine Situation gebracht, in der ihr nur diese eine Wahl bleibt. Habt Ihr das?« Dabei vollbrachte er das Kunststück, bedrohlich zu klingen, ohne die Stimme zu erheben.

Hitze stieg Georges Hals hinauf und er presste hervor: »Keinesfalls, Euer Gnaden. Wie ich bereits sagte, meine Absichten sind ehrenhaft, ich würde sie niemals ...«

»Dann seht zu, dass es so bleibt, mein Junge. Nehmt von Eurem lächerlichen Plan Abstand und hört auf, meiner Tochter den Hof zu machen. Denkt daran, mit Eurem Vater verband mich eine langjährige Freundschaft. Wir haben so manchen Abend damit verbracht, über unsere Söhne zu sprechen.«

George war klar, was der Duke eigentlich damit sagen wollte: Sie hatten sich ausgiebig über den Lebenswandel und die Entscheidungen ihrer jüngeren Söhne beklagt.

»Daher bin ich recht gut darüber im Bilde, was Ihr in den letzten Jahren so getrieben habt«, fuhr der alte Mann unbarmherzig fort. »Und ich teile die Meinung Eures Vaters, was das angeht.« Er machte eine Pause und George fragte sich im Stillen, ob sich die ganze Welt dazu verschworen hatte, ihm tagein, tagaus die gleichen Vorwürfe um die Ohren zu schlagen, die er mit seinem Vater begraben geglaubt hatte.

Erst das Testament, dann sein Bruder, Penny, Gabriel und jetzt auch noch deren Vater. Dachten sie alle so schlecht über ihn?

»Andererseits ist Gabriel letztendlich zur Vernunft gekommen.« Diese Worte brachten dem Duke ein unwilliges Schnauben vonseiten seines Zweitgeborenen ein, welches er gekonnt ignorierte. »Und ich hatte das Glück, es noch zu erleben. Eurem Vater war dies nicht vergönnt. Daher sehe ich mich in der Pflicht, Euch anstelle meines alten Freundes unter die Arme zu greifen, nachdem Euer Bruder offensichtlich nicht dazu bereit ist.« Er suchte Georges Blick, den dieser hielt.

Das klang doch gar nicht so schlimm wie befürchtet. Finanzielle Unterstützung konnte George wahrhaftig brauchen, aber der Duke war nicht gerade dafür bekannt, spendabel zu sein, eher im Gegenteil. Irgendwo musste ein Haken an der Sache sein.

»Wie darf ich das verstehen?«, fragte er vorsichtig und hielt den Blick des alten Mannes weiter.

»Ganz leicht: Ihr haltet Euch von Penelope fern und ich sorge dafür, dass Ihr nicht am Bettelstab endet.« Der Duke leerte seinen Port mit einem Zug und erhob sich. »Machen wir uns für den Abend fertig. Schließlich wollen wir die Damen nicht warten lassen.« Ohne einen weiteren Blick auf seinen Sohn oder George zu werfen, verließ er das Zimmer.

George sah ihm nach, bemüht, den Aufruhr in seinem Inneren zu besänftigen.

»Hat er mir eben angeboten, mich zu bezahlen, dass ich Penny nicht heirate?« Die Frage diente lediglich dazu, es noch einmal laut auszusprechen, denn im Grunde konnte er sich nicht verhört haben.

Gabriel nickte. »Ja, genau das hat er getan.«

»Und du hast nichts dazu zu sagen? Warum denkt er, dass ich nicht gut genug für seine Tochter bin? Er kennt mich mein ganzes Leben lang und ...«

»Schon mal darüber nachgedacht, dass das der Grund sein könnte?« Gabriel hob spöttisch einen Mundwinkel. »Du musst zugeben, dass dein Leumund nicht der beste ist. Kein Vater wünscht sich für seine Tochter einen Mann, der dafür bekannt ist, seine Nächte am Kartentisch mit zu hohen Einsätzen und zu viel Alkohol zuzubringen. Oder im Bett mit Ehefrauen anderer Männer.«

»So seht ihr mich? Als Summe meiner Laster?« Es sollte scherzhaft klingen, doch die Erkenntnis, dass ein wahrer Kern darin steckte, erschütterte George mehr, als er zugeben wollte. Natürlich hatte Gabriel in der Vergangenheit gelegentlich die ein oder andere beißende Bemerkung dazu gemacht, aber so war sein Freund eben. George hatte das nie wirklich ernst genommen. Zumal Gabriels Ruf kaum besser war, was ihm nie geschadet hatte.

Weil nahezu nichts davon wahr ist. Bei dir stimmen die Dinge, die man sich erzählt. Aber George hatte ihm mehr als einmal bei seinen Rettungsaktionen unterstützt. Zählte das gar nichts? Missmutig verzog er das Gesicht und versuchte, den Gedanken zu verscheuchen. Selbstzweifel konnte er im Moment nicht gebrauchen, er hatte genug Schwierigkeiten.

»Wo liegt dein Problem?«, fragte Gabriel. »Das war doch genau, was du wolltest. Finanzielle Sicherheit, ohne Zugeständnisse machen zu müssen. Mein Vater hat seine Fehler und wir sind wirklich selten einer Meinung, aber ich verstehe nicht, warum du seinem Angebot ablehnend gegenüberstehst. Es ist ja nicht so, als würdest du Gefühle für meine Schwester hegen.«

»Wir mögen uns«, sagte George und merkte doch gleichzeitig, wie schwach das klang.

»Ah, richtig.« Gabriel sah ihn spöttisch an. »Ihr seid die allerbesten Freunde. Deshalb interessierst du dich auch so brennend für Pennys Herzensprojekt, die Schule. Verflucht seien die dringenden Geschäfte, die dich seit Jahren davon abhalten, sie zu besuchen und dabei zu unterstützen oder ihr auch nur einen Brief zu schreiben. Aber sei unbesorgt, Penny weiß sicher, was für einen fantastischen Freund sie in dir hat.«

Getroffen sah George auf seine Knie. War er für Penny am Ende nicht mal ein guter Freund?

Gabriel senkte die Stimme und sah ihn eindringlich an. »George, wir wissen beide, dass du nicht heiraten willst. Denk über das Angebot meines Vaters nach.« Die Ernsthaftigkeit dieser letzten Worte erschütterte George mehr als der Spott davor.

Tief in seinem Inneren sträubte sich etwas dagegen, Geld dafür zu nehmen, dass er Abstand von Penny hielt. Es fühlte sich an, als würde er damit zugeben, ihrer nicht Wert zu sein. Aber Gabriel hatte im Grunde recht, es war ein möglicher Ausweg aus seiner prekären Lage, über den er gründlich nachdenken sollte. Auch wenn er dabei seinen persönlichen Stolz herunterschlucken musste. Also nickte er, um Gabriel genau das zu verstehen zu geben.

Der neigte zufrieden den Kopf. »Da wir das geklärt haben, erlaube mir eine Frage: Wie um alles in der Welt ist es dir gelungen, einen Drachen aufzutreiben?«

Dankbar über den Themenwechsel ging George darauf ein. »Der Kutscher. Ich habe mehrere Fahrer nach einem kleinen, abgelegenen Strand gefragt, an dem man einen Drachen steigen lassen könnte, und dieser kannte ihn und hat mir den Drachen seines Enkels zur Verfügung gestellt.« In Erinnerung an die zerstörte Strebe verzog er das Gesicht. »Ich werde ihn reparieren oder ersetzen müssen.« Den letzten Satz sagte er mehr zu sich selbst, denn nach dem eben stattgefundenen Gespräch wollte er nicht, dass Gabriel erfuhr, wie angespannt seine monetäre Situation wirklich war.

Es war eine Sache, über das Angebot des Duke nachzudenken, aber eine ganz andere, von seinem Freund Geld anzunehmen. Zwar hatte er, dank Gabriels großzügigen Vorschlag, in Windham Manor zu leben, praktisch keinerlei Ausgaben mehr. Das war allerdings auch bitternötig, denn seine finanziellen Mittel waren trotz des kleinen Gewinns, den er bei seinem Ausflug vor eine paar Tagen erspielt hatte, komplett erschöpft. Den Kutscher hatte er hingehalten in der vagen Hoffnung, am nächsten Tag einen seiner Mäntel und ein oder zwei Westen zu verkaufen, was ihm genug einbringen sollte, um sowohl die Fahrt als auch den zerstörten Drachen zu bezahlen.

»Wenn du Geld brauchst, kann ich dir ...«

»Nein, nicht nötig«, winkte er ab und ärgerte sich darüber, das Thema aufgebracht zu haben. Er stelle seinen Port auf den Kaminsims und wandte sich der Tür zu. »Wir sehen uns im Theater«, sagte er und verließ den Raum.

In der Abgeschiedenheit seines Zimmers stieß er einen Fluch aus. Sein Leben war auf den Kopf gestellt und er tat sich äußerst schwer damit, eine schnelle Lösung zu finden. Im Grunde brauchte er genau das, was er nicht hatte: Zeit. Und da ihm die davonlief, musste er sich jetzt sofort mit dem Angebot des Duke beschäftigen. Manche Entscheidungen duldeten keinen Aufschub.

Penny

Dieser Ball bei den Stonewalls, Freunden ihrer Eltern, die den Sommer in Brighton verbrachten, war wie jeder andere Ball, den Penny besucht hatte. Zu viele Menschen versammelten sich auf zu kleinem Raum, das Licht und die Hitze hunderter Kerzen taten ihr Übriges, um Pennys Unwohlsein zu befeuern.

Schon der Theaterbesuch hatte sie gelangweilt. Das Stück – irgendeine Komödie, deren derber Humor bestenfalls als Beleidigung guten Geschmacks durchging – hatte sich zäh dahingezogen. Außerdem hatte sich George, sehr zu ihrer Enttäuschung, nicht neben sie gesetzt, sondern neben ihren Vater. Während der Pause war er dann verschwunden und bisher nicht wieder erschienen.

Da dies niemanden zu verwundern schien, fragte sie nicht weiter nach, machte sich aber durchaus ihre Gedanken. Was mochte der Grund für seine plötzliche Abwesenheit sein? Und warum war er auch jetzt, nachdem sie bereits über eine Stunde auf dem Ball der Stonewalls weilten, noch nicht aufgetaucht?

Sie stand in der Nähe der weit geöffneten Türen, die in eine Gartenanlage führten, und fragte sich, ob es ihrem Ruf schaden würde, allein einen Spaziergang dort zu unternehmen. Da vernahm sie leises Gemurmel, welches sie veranlasste, den Kopf zu drehen.

George hatte den Saal betreten. In seiner Begleitung befand sich eine geradezu ätherische Schönheit, der er just in diesem Moment etwas zuflüsterte. Als Reaktion schlug sie ihm lächelnd mit dem Fächer auf den Arm.

Eine sehr intime Geste, die Penny einen leichten Stich versetzte. War diese Frau der Grund für sein plötzliches Verschwinden? Anzunehmen. Er hatte sie vermutlich in der Pause getroffen und ... Ja, was?

Leider kannte sie sich in der Gesellschaft nicht aus und hatte keine Ahnung, wer die Dame war. Eine von Georges Affären? Kurz überlegte sie, ihre Mutter oder Helen zu fragen, verwarf das jedoch schnell wieder. Sie wollte nicht, dass die beiden falsche Schlüsse zogen.

Ihr Blick fiel auf Lady Stonewall, die das Geschehen mit erhobenen Brauen beobachtete. Sie würde wissen, um wen es sich handelte. Fest entschlossen, das Rätsel zu lösen, trat Penny neben ihre Gastgeberin. »Wer ist die Dame, die eben eingetroffen ist?«, fragte sie unverhohlen.

Nicht die eleganteste Art, an Informationen zu kommen, aber die effektivste. Sie kannte Lady Stonewall lange genug, um sich das Herausnehmen zu dürfen. Außerdem war hinlänglich bekannt, dass Penny den *ton* mied und deshalb vollkommen unbedarft war, was die Mitglieder der Gesellschaft anging.

»Das ist Lady Oakley, bis vor kurzem die verwitwete Lady Kitchingham.« Lady Stonewall kniff die Augen ein wenig fester zusammen. »Eigentlich erzählt man sich, dass ihre zweite Ehe eine Liebesheirat war.« Nachdenklich tippte sie sich mit dem Fächer ans Kinn. »Aber warum sollte sie dann wieder mit Lighton ...« Die ältere Frau unterbrach sich und sah schuldbewusst zu Penny.

»Er ist nicht mehr Baron Lighton«, sagte diese im Plauderton. »Der Titel ging jüngst an seinen Neffen. Damit ist er nur Mr Burdon.«

Die Herrin des Hauses sah sie erstaunt an. »Ah ja, das war zu erwarten. Seid Ihr sicher?«

»Ich weiß es aus erster Hand. Er ist derzeit bei uns zu Gast. Was wolltet Ihr vorhin andeuten?«

Lady Stonewall zögerte und errötete ein winziges bisschen, vermutlich mehr, um den Anstand zu wahren, als dass sie wirklich peinlich berührt war.

»Sprecht frei heraus. Glaubt Ihr, ich wüsste nicht, was für ein Mann unter unserem Dach lebt?«, bohrte Penny weiter. Ihre Argumentation war recht schwach. Wozu ihre ursprüngliche Frage, wenn sie doch schon alles wusste? Doch sie hoffte, dass der Drang zu klatschen bei Lady Stonewall die Oberhand behalten würde. Normalerweise war es üblich, unverheirateten Frauen pikante Details zu verschweigen, doch Penny baute darauf, dass ihr eigenes, fortgeschrittenes Alter die Herrin des Hauses dazu verleiten würde, offen zu reden.

Am Gesicht ihrer Gastgeberin erkannte Penny, dass sie gewonnen hatte. Die ältere Dame beugte sich ein wenig näher zu ihr herüber und flüsterte: »Es heißt, dass Lady Oakley, als sie noch mit Lord Kitchingham verheiratet war, ein, nennen wir es, sehr vertrautes Verhältnis zu Mr Burdon pflegte. Das ist allerdings zwei oder drei Jahre her und, wie gesagt, ihre neue Ehe gilt eigentlich als außerordentlich glücklich. Umso überraschender, dass die beiden gemeinsam hier erscheinen. Es ist allgemein bekannt, dass Lord Oakley sich derzeit auf seinen Liegenschaften in Schottland befindet. Seit Tagen laufen die Spekulationen, warum sie ihn nicht begleitet hat, aus dem Ruder, müsst Ihr wissen. Und jetzt noch der Auftritt mit Lighton …« Sie schnalzte missbilligend mit der Zunge, während Penny versuchte, das Gehörte zu verarbeiten.

Diese wunderschöne Frau war also einmal Georges Geliebte gewesen und die ganze Welt wusste das. Wegen ihr hatte er das Theater verlassen und nun begleitete er sie auch noch auf diesen Ball. Für jeden sichtbar. Bedeutete das, er wollte ihr, Penny, nicht weiter den Hof machen? Gerade jetzt, wo sie sich dazu entschlossen hatte, es ein bisschen zu genießen? Sie konnte es ihm nicht verdenken. In ihrem Inneren kämpfte Erleichterung mit Enttäuschung. Hatte er sich entschlossen, das Testament zu ignorieren und sein altes Leben wieder aufzunehmen? Wie wollte er das finanzieren?

Die Antwort kam mit einer Heftigkeit, die ihr beinahe ein Keuchen entlockte. Durch die besondere Tätigkeit ihres Bruders – er rettete Frauen aus Bordellen und George half gelegentlich dabei – wusste sie gut, wozu Menschen, speziell Frauen, sich hinreißen ließen, wenn sie in Not waren. Zwar musste George nicht ums Überleben kämpfen und hatte ein Dach über dem Kopf, aber sein Antrag hatte überdeutlich gemacht, wie dringend er das Erbe brauchte. War es denkbar, dass Männer sich gezwungen sahen, zu denselben Mitteln zu greifen wie Frauen, wenn sie keine andere Möglichkeit mehr hatten? Lord Oakley war äußerst wohlhabend

und seine Ehefrau verfügte gewiss über ausreichend
Mittel ...

Die Eingebung trieb ihr die Hitze in die Wangen und
verstärkte das Stechen in ihrer Brust. George würde
niemals ... Oder doch? Im Grunde wusste sie wenig über
ihn.

»Ist Euch nicht wohl, Lady Penelope? Soll ich Eurer
Mutter Bescheid geben?« Besorgt sah Lady Stonewall
zu Penny herüber.

»Es ist lediglich der überfüllte und warme Saal, der
mir zu schaffen macht. Normalerweise meide ich derlei
Veranstaltungen. Ich denke, ich verabschiede mich für
diesen Abend und danke Euch gleichzeitig für die kurz-
fristige Einladung. Ein wundervolles Fest, Lady Stonewall.« Sie versank in einen schnellen Knicks und ging
davon, bevor ihre Gastgeberin sie aufhalten konnte. Suchend blickte sie sich nach Helen und ihrem Bruder
um.

Sie fand die beiden in eine Unterhaltung vertieft auf
der Terrasse. Sie schlossen sich ihr an und zu dritt fuhren sie zurück zum *Albion*. Helen kämpfte mit Übelkeit
und war froh, den Ball verlassen zu können.

Beim Hinausgehen glaubte Penny, Georges Blick im
Nacken zu spüren, doch sie sah sich nicht um. Erst einmal musste sie ihren ungeheuerlichen Verdacht ver-
dauen.

Von Lumpensammlern und Armenhäusern

George

Gedankenverloren trat George auf die Straße und wog die Münzen in seiner Börse. Bescheidene sechs Kronen und drei Schilling hatte er für eine Weste und einen Mantel erhalten. Lächerlich wenig, bedachte man, was die maßgeschneiderte Kleidung ihn einst gekostet hatte. Er hätte sicher einen höheren Preis erzielt, wenn er sie in einem Geschäft näher an der North Street verkauft hätte und nicht in der Market Street, direkt neben dem Armenhaus.

Der Vorteil war, dass er hier nicht dabei gesehen wurde. Das Geld würde reichen, um den Kutscher zu bezahlen, den Drachen zu ersetzen, Penny einen hübschen Blumenstrauß zu besorgen und auch einen für Eunice. Sie waren gestern im Theater übereinander gestolpert und sie hatte sofort erkannt, dass es ihm schlecht ging.

Ihren Vorschlag, das Theater zu verlassen und einen Spaziergang am Royal Pavillon und dem Steyn entlang

zu machen, hatte er dankend angenommen. Er hatte
wirklich jemanden gebraucht, mit dem er sprechen
konnte. Normalerweise war es Gabriel, mit dem er offen redete. Aber nicht über das, was George in seinem
Kopf als die Penny-Situation bezeichnete, da war sein
Freund verständlicherweise befangen. Also hatte er
sich mit Eunice darüber unterhalten, was bedauerlicherweise nichts an seiner schwierigen Lage änderte,
aber zumindest wusste er nun, was er wollte – und was
nicht.

Seine langjährige Freundschaft mit Eunice war recht
ungewöhnlich und seit Jahren Quell pikanter Ge-
rüchte, die allesamt jedweder Grundlage entbehrten.
Sicher, sie hatten einst ein intimes Verhältnis gepflegt.
Ihr erster Mann war nicht in der Lage gewesen, seine
ehelichen Pflichten zu erfüllen, und George war bereit-
willig in die Bresche gesprungen, wenn sich die Gelegenheit ergab. Ein für beide angenehmes Arrangement,
das sie bis über den Tod ihres Gatten hinaus aufrecht-
erhielten. Bis sich Eunice in einen anderen verliebt
hatte.

George war fest davon ausgegangen, dass sie sich danach nur noch ab und an höflich zunicken würden,
wenn sie sich irgendwo begegneten, doch es war anders gekommen. Sie waren Freunde geworden und hatten einander so manches Geheimnis anvertraut, das eigentlich zu pikant war, um es zu teilen. Es gab nicht
viele Menschen, auf deren Diskretion man sich bedingungslos verlassen konnte, aber Eunice war für ihn so
jemand und ihr schien es mit George genauso zu gehen.

Außerdem wertschätzte er, dass sie ihm jederzeit schonungslos die Wahrheit ins Gesicht sagte. Ebenfalls eine seltene Qualität.

Also hatte er ihr gestern Abend von seinen Problemen erzählt. Vom Testament seines Vaters, der anschließenden Weigerung seines Bruders, ihn finanziell zu unterstützen, und auch von seinem Heiratsantrag sowie Pennys Reaktion darauf.

»Und du wunderst dich, dass sie deinen Antrag abgelehnt hat? Ach, George.« Sie war ihm mit der Hand über die Wange gefahren. Eine Geste, die nichts Erotisches an sich hatte. Sie zeugte lediglich von tiefem Verständnis und einer unerschütterlichen Freundschaft. »Dir ist klar, dass du eine Menge gutzumachen hast, bevor du sie umstimmen kannst?«

»Ja, das ist mir aufgegangen. Allerdings hat mir ihr Vater Geld angeboten, wenn ich es nicht tue und mich stattdessen von ihr fernhalte.«

»Ist das so? Falls du weitermachen willst wie bisher, wäre das sicher die klügste Entscheidung.«

»Ja, nicht wahr? Warum zögere ich dann? Ist es verletzte Eitelkeit, weil der Duke mit seiner Offerte meinen Charakter infrage stellt? Er glaubt offenbar, dass ich kein würdiger Ehemann für seine Tochter wäre, womit er wahrscheinlich recht hat. Warum tue ich mich so schwer damit, das zu akzeptieren?« Irgendwie hatte er gehofft, dass er eine Lösung finden würde, wenn er es einmal laut aussprach. Leider half es nicht. Deshalb sah er zu Eunice, gespannt, ihre Einschätzung zu hören.

»Darauf gibt es keine leichte Antwort, fürchte ich. Der George den ich früher kannte, hätte das Geld genommen und keinen zweiten Gedanken daran verschwendet, was ein griesgrämiger alter Duke von seinem Charakter hält. Aber du hast dich verändert, bist ruhiger, manchmal ernster und ganz sicher vernünftiger geworden. Hast du schon mal darüber nachgedacht, ob du dein früheres Leben wirklich wiederhaben willst?«

»Du nimmst an, ich könnte etwas anderes wollen, als meine Finanzen am Spieltisch aufzubessern, um das Geld dann für eine Geliebte auszugeben? Du weißt aber, wen du vor dir hast?« Die Worte hatten scherzhaft klingen sollen, waren allerdings von Schmerz und Selbsthass getränkt. Mein Gott, er klang wie Gabriel. Was war bloß los mit ihm?

Spielen, Frauen und Trinken waren, so lange er denken konnte, sein Lebenselixier gewesen, niemals hatte er auch nur in Erwägung gezogen, dass sich das ändern könnte. Wie kam Eunice auf so eine absurde Idee?

»Mach dich nicht schlechter, als du bist«, antwortete sie lächelnd. »Du weißt, was du willst, aber weißt du auch, was du brauchst? Denk mal nach: Wieso warst du so schnell bereit, Penelope Giddeon zu heiraten? Und warum sie und keine andere?«

»Habe ich das nicht hinreichend ausgeführt? Die Zeit ist knapp, sie erfüllt die Bedingungen meines Vaters und ist verfügbar. Außerdem kennen wir uns seit einer Ewigkeit, weshalb ich darauf verzichten kann, ihr langwierig den Hof zu machen, was in meiner Lage weder finanziell noch zeitlich möglich wäre.«

Eunice war stehen geblieben und hatte ihn tadelnd angesehen. »Damit sind wir wieder am Anfang dieses

Gesprächs. Wenn das wirklich deine Gründe sind, hast du keine Wahl, du musst das Angebot ihres Vaters annehmen. Aber ich glaube nicht, dass es so ist.«

»Warum sollte ich dich belügen?«

Sie hatte ihm abermals über die Wange gestrichen und ihm tief in die Augen gesehen. »George, du belügst nicht mich. Du belügst dich selbst.«

Danach waren sie schweigend nebeneinander hergegangen, während ihre Worte in seinem Kopf herumtanzten. Stimmte das? Belog er sich selbst? Und wenn ja, in welcher Hinsicht? War er alt geworden und hatte genug von dem, was sein Vater abfällig als Lotterleben bezeichnet hatte? Oder meinte Eunice, dass sein Werben um Penny noch andere Motive hatte? Nichts davon erschien ihm plausibel und dennoch klang alles zusammen weniger schrecklich als erwartet.

Stück für Stück war er zu dem Schluss gekommen, dass Penny nicht zu der Kategorie Frau gehörte, mit denen er sich bisher vergnügt hatte. Sie war nicht nur auf ihren eigenen Vorteil aus, sondern wollte wirklich mit ihm Zeit verbringen. Mit ihr war es so leicht, Spaß zu haben. So wie heute am Strand. Er konnte sich nicht erinnern, wann er sich zum letzten Mal so jung, frei und unbeschwert gefühlt hatte. Das war etwas, was ihm sein ausschweifendes Leben schon lange nicht mehr bot. Aber sich jung zu fühlen und Spaß zu haben, war doch das Gegenteil von Eheleben. Oder etwa nicht?

»Tut mir leid, du irrst dich«, hatte er gesagt. »Es heißt nicht umsonst: Die Ehe ist der Liebe Tod. Selbst wenn ein Paar vor der Hochzeit bis über beide Ohren ineinander verliebt ist, was bei mir und Penny gewiss nicht der Fall ist, so dauert es nie lange, bis der graue Trott des Alltags sie einholt. Deshalb ist es ja so wichtig, vernünftige Gründe für die Eheschließung zu haben. Alles andere endet in Schmerzen und Vorwürfen. Dieser ganze romantische Unsinn führt doch zu nichts. Eine wohlbedachte Zweckehe ist das einzig Sinnvolle. Das hat für meinen Vater funktioniert, genau wie für meinen Bruder. Und sollte ich jemals heiraten, wird es für mich auch so sein.«

Eunice hatte lächelnd den Kopf geschüttelt. »Ich habe selbst eine solche Ehe hinter mir und sei versichert, sie hat ihre Schattenseiten, vor allem für eine Frau.«

Er erinnerte sich nur zu gut an ihre erste Ehe, die überhaupt erst dazu geführt hatte, dass sie seine Geliebte geworden war. Ihr Mann war ihr gegenüber gleichgültig und oft herablassend gewesen. Sie hatte zwar eine Menge Freiheiten genossen, aber George hatte stets eine tiefe Traurigkeit in ihr gespürt, die er nie ganz verstanden hatte.

»Sieh mich jetzt an.« Sie hatte sich lachend im Kreis gedreht. »Inzwischen habe ich einen Mann, den ich liebe und dem ich vertraue. Jemanden, der mich nicht nur als Besitz oder Statussymbol ansieht, sondern der sein Leben mit mir teilt, mir zuhört, meine Meinung schätzt und mir das Gefühl gibt, begehrenswert zu sein.«

»Bitte hör auf damit«, stöhnte George. »Du klingst wie Gabriel, wenn er von seiner Helen schwärmt. Was stimmt mit euch nicht?«

Sie hatte sich lachend bei ihm eingehakt. »Anstatt dich darüber zu beschweren, solltest du dir vielleicht ein Beispiel nehmen. Ich kann immer noch nicht glauben, dass du Penelope gesagt hast, sie sei nicht abstoßend.«

»Ich weiß nicht mehr, ob das meine genaue Wortwahl war. Ich war so sehr darauf fokussiert, ihr die Vorteile dieser Ehe zu erläutern, dass ich wohl vergessen hatte, wie man eine Frau umgarnt.«

Eunice hatte unwillig die Stirn gerunzelt.

»Was habe ich jetzt wieder Falsches gesagt?«

»Dir ist klar, dass eine Ehe keine Affäre ist, oder? Jemandem etwas vorzumachen, den du nur ab und zu für ein gelegentliches Tête-à-Tête triffst, ist leicht, aber mit jemandem gemeinsam zu leben, ist etwas völlig anderes. Für deine Geliebte kannst du der perfekte Mann sein, die Erfüllung all ihrer Träume. Und mir ist bewusst, wie gut du diese Kunst beherrschst. Aber ein guter Ehemann zu sein, erfordert andere Fähigkeiten. Du wirst unweigerlich jede Laune und Schwäche deiner Ehefrau erleben, so wie sie die deinen. Wenn du also wissen willst, ob ihr miteinander auskommt, solltest du dich lieber darauf konzentrieren, ihre Vorlieben herauszufinden. Was ist ihr wichtig? Und passt du da hinein?«

Spontan wollte er mit Ja antworten, hielt sich jedoch zurück. Stimmte das? Auf der Fahrt gestern hatten sie über ihre Gründe gesprochen, die Schule weiter auszubauen. Ihre Theorien zum Lernen. Das Gespräch hatte ihm gefallen und er hatte sich seitdem oft dabei erwischt, wie er sich damit beschäftigt hatte. Also stimmte es vielleicht und es interessierte ihn. Er sollte, sobald sie zurück in Windham waren, mehr Zeit darauf verwenden zu verstehen, was sie da tat. Möglicherweise die bessere Alternative, als dieses Buch von Miss Austen zu lesen. Auch wenn es sicher nicht schaden konnte, es doch zu tun, um ihr zu gefallen.

»Ich denke darüber nach«, hatte er gesagt und sich bemüht, ihr durch seinen Blick zu verdeutlichen, wie ernst es ihm damit war.

»Gut«, hatte sie geantwortet und ihr Gespräch hatte sich anderen Dingen zugewandt.

Georges fester Vorsatz, Penny auf dem Ball um einen Walzer zu bitten, war vereitelt worden, weil diese den Ball frühzeitig verlassen hatte. Deshalb wollt er ihr heute Blumen überreichen. Danach würden sie gemeinsam mit Gabriel und Helen einen ausgedehnten Spaziergang unternehmen, bevor sie sich auf den Weg zurück nach Windham Manor machten.

Sollte er in der Kutsche noch einmal auf ihre Schule zu sprechen kommen? Eine gute Idee, wie er fand. Warum nicht ihre Vorlieben besser verstehen lernen? Nur für den Fall.

Penny

Mit einem tiefen Seufzer trat Penny aus der Tür des Armenhauses. Die Zustände darin waren kaum zu ertragen gewesen, es war wirklich ungeheuerlich. Doch sie hatte sich zusammengerissen und erledigt, was sie sich vorgenommen hatte. Einerseits war sie froh, diesem entsetzlichen Ort entfliehen zu können, andererseits auch ein bisschen stolz auf sich, weil sie zumindest ein paar dieser armen Menschen hatte helfen können.

Sie wollte gerade ihren Sonnenschirm aufspannen, als sie einer wohlbekannten Gestalt gewahr wurde, die im selben Augenblick den schäbigen Nachbarladen für gebrauchte Kleidung verließ.

War das George? Ihr erster Impuls war es, ihm hinterherzurufen, doch sie entschied sich dagegen. Zum einen, weil sie dann erklären müsste, was sie in dieser anrüchigen Gegend suchte, zum anderen, weil es ihm sicher ebenso wenig recht wäre wie ihr, hier gesehen zu werden. Also blieb sie stehen und gab ihrer Zofe ein Zeichen, ebenfalls im Schatten des Eingangs zu warten.

Der Mann sah sich einmal um und ging dann in Richtung Hotel davon. Dabei hatte er ihr das Gesicht kurz zugewandt und jetzt war Penny sicher, dass es sich um George handelte. Was hatte er hier zu suchen? War er ihr gefolgt? Unwahrscheinlich.

Grübelnd trat sie aus dem Schatten und musterte den Laden genauer, aus dem er gekommen war. Er verkaufte gebrauchte Kleidung aller Art. Die war mehrfach neu zusammengesetzt und umgeändert, die Stoffe fadenscheinig und unmodern, soweit Penny das durch die staubige Scheibe in der Auslage erkennen konnte. Just in diesem Moment erschien ein Mann im Fenster und drapierte eine Weste und einen Mantel gut sichtbar im Schaufenster.

»Das ist doch ...«, entfuhr es Penny und sie schlug sich die Hand vor den Mund. Stand es so schlecht um Georges Finanzen, dass er seine Kleidung versetzte? In so einem Laden? Hier bekam er sicher nur einen Bruchteil dessen, was die Sachen wert waren. Andererseits war in dieser Gegend die Gefahr am geringsten, dass ihn jemand erkannte. Er konnte ja nicht ahnen, dass sie ausgerechnet an diesem Morgen einen Besuch im Armenhaus absolvierte. Einen Besuch, von dem niemand in ihrer Familie wusste. Damit es so blieb, war es am klügsten, zu gehen und sich aus Georges Angelegenheiten herauszuhalten. Aber etwas in ihr sträubte sich dagegen. Der Mantel war so gut wie neu und stand ihm wirklich ausgezeichnet.

Also betrat sie den Laden und zahlte, ohne zu zögern, den Preis von drei Pfund und dreizehn Schilling für Georges Sachen. Er hatte seine prekäre finanzielle Situation zwar erwähnt, doch dass er offenbar gezwungen war, seine persönliche Garderobe zu veräußern, erschütterte Penny. Zumindest deutete es darauf hin, dass er über keine anderen Einnahmequellen verfügte. Die Befürchtungen, die sie am Vorabend gehegt hatte, waren demnach unbegründet. Blieb allerdings die Frage, was er mit der verheirateten Dame zu schaffen gehabt hatte. Nicht, dass es sie etwas anging, denn ihr Verhältnis zu George war weder verwandtschaftlicher noch romantischer Natur. Sie waren nur Freunde.

Den Gedanken verscheuchend, ließ sie sich Jacke und Weste in Papier wickeln. Das Päckchen nahm sie selbst in die Hand und trat zurück auf die Straße hinaus.

»Das war großzügig von Euch, Mylady«, sagte Becky und sah auf die in Papier gewickelte Kleidung. »Allerdings fürchte ich, dass ein Mann wie Mr Burdon Eure Freundlichkeit nicht zu schätzen weiß. Es wird ihm nicht gefallen, dass ihr seine Sachen zurückgekauft habt. Er würde es sicher bevorzugen, wenn Ihr nichts davon wüsstet. Oder zumindest so tut.«

»Der Gedanke ist mir gekommen«, gab Penny zu und setzte sich in Bewegung. Becky folgte ihr. »Und deshalb werde ich das Päckchen diskret in seinem Zimmer deponieren, wenn er abwesend ist.«

»Aber Ihr könnt doch nicht das Zimmer eines Gentleman betreten. Das schickt sich nicht.«

»Er wird ja nicht da sein und ich achte darauf, dass mich niemand sieht.«

Die Zofe schüttelte vehement den Kopf. »Das ist viel zu riskant. Außerdem wird die Tür bestimmt verschlossen sein. Lasst mich das übernehmen. Ich habe mich mit dem Mädchen angefreundet, das die Zimmer in Ordnung hält. Sie hat einen Generalschlüssel.«

Daran hatte Penny noch gar nicht gedacht. Zwar hätte sie das gern selbst erledigt, doch sie musste Becky recht geben. »Nun gut. Sofern du die junge Frau für vertrauenswürdig hältst.«

»Das ist sie.« Die Zofe bestätigte ihre Worte durch ein Nicken, was Penny genügte.

Wer die Sachen zurückbrachte, war letztendlich ohne Bedeutung. Es zählte nur, dass George sie bekam, ohne zu erfahren, wer sie ausgelöst hatte.

»Dann machen wir es so.« Sie übergab Becky das Päckchen und gemeinsam machten sie sich auf den Weg zurück zum Hotel.

Der Rest des Tages verging wie im Flug. Nach einem langen Spaziergang, bei dem sie sich hauptsächlich mit

Helen unterhalten und kaum einen Satz mit George gewechselt hatte, ging es zurück in ihr Zimmer, um sich für die Heimreise umzukleiden.

Das Erste, was ihr auffiel, sobald sie den Raum betrat, war der riesige Strauß Hortensien auf dem Tisch. Die konnten nur von George sein. Er kannte ihre Schwäche für diese Blumen. Und tatsächlich fand sie eine Karte neben dem Strauß, auf der er sich für den gestrigen Tag bedankte und seine Vorfreude auf die kommende Kutschfahrt ausdrückte.

Ein Lächeln schlich sich auf ihre Lippen, wurde jedoch gleich von einem anderen Gedanken verscheucht. Dafür gab er sein Geld aus? Der Strauß war wunderschön und es freute sie, dass er an sie dachte. Andererseits war das sicher nur wieder ein Versuch, sie doch noch von dieser wahnwitzigen Idee einer Hochzeit zu überzeugen.

Sei's drum. Ändern konnte sie nichts und die Blumen waren ein guter Aufhänger für ein Gespräch während der langen Kutschfahrt. Egal, ob er charmant war oder sich daneben benahm, zumindest wurde es in Georges Gegenwart nie langweilig. Außerdem hatte sie andere Sorgen und musste sich überlegen, wie sie Gabriel die Ankunft eines neuen Tischlers samt Familie auf Windham Manor schmackhaft machen konnte.

Ich weiß, was du getan hast

George

Wutschnaubend riss George die Tür zur wartenden Kutsche auf. Hatte die ganze Welt sich gegen ihn verschworen? Und nicht nur das. Jetzt log Gabriel ihm auch noch ins Gesicht.

Fluchend ließ er sich in seinen Sitz fallen und bemerkte, das Penny und ihre Zofe bereits Platz genommen hatten.

»Ist etwas passiert?«, fragte sie und Besorgnis zeigte sich in ihrer Stimme.

»Ja, verdammt, es ...« Er brach ab, weil er Penny ganz sicher nicht erzählen wollte, was ihn dermaßen wütend machte. Denn dann müsste er ihr gegenüber zugeben, dass er seine Kleidung versetzt hatte. Es war erniedrigend genug, dass Gabriel davon Wind bekommen hatte. Schlimmer noch, er hatte sie, vermutlich zu einem völlig überteuerten Preis, zurückerstanden und alles kommentarlos auf Georges Zimmer bringen lassen. Und als sei das nicht genug, versuchte sein Freund nun auch noch gönnerhaft, Georges Stolz zu schonen, indem er vorgab, nichts damit zu tun zu haben – als wenn es irgendjemand anders gäbe, der infrage kam.

»Es ist nichts. Nur dein Bruder, der so unendlich nobel tut. Das ist das Los, sobald man mittellos und von anderen abhängig ist.« Innerlich verfluchte er sich. Warum erzählte er ihr davon? Das ging nur ihn und Gabriel etwas an. Das musste nach ihrer Ankunft auf Windham Manor ein für alle Mal geklärt werden.

»Was hat Gabriel denn getan?«, fragte Penny.

»Er mischt sich in Dinge ein, die ihn nichts angehen, und hat dann nicht einmal den Mumm, mir ins Gesicht zu sehen und es zuzugeben.« Laut ausgesprochen kamen ihm Zweifel. Ein solches Verhalten passte überhaupt nicht zu Gabriel.

»Das passt nicht zu Gabriel«, wiederholte sie seinen Gedanken. »Bist du sicher, dass ...«

»Ja, ich bin sicher«, unterbrach er sie barsch. »Niemand sonst kommt infrage.«

Das stimmte und schien auch sie zu überzeugen, denn es kam kein weiterer Einwand, was ihm erst einmal recht war. Zuallererst musste er sich beruhigen, auch wenn es schwerfiel. George wusste nicht, was ihn mehr verletzte. Die Tatsache, dass sein Freund ihn offensichtlich beschatten ließ, der Fakt, dass er es nicht bemerkt hatte, oder Gabriels vehementes Abstreiten, dass dem so war.

»Ich glaube, ich muss da etwas aufklären«, erklang nach einer Weile Pennys leise Stimme.

»Aufklären?«, brummte er, wohlwissend, dass sie nichts für seine schlechte Laune konnte.

»Ja. Ich nehme an, du bist erbost, weil du denkst, dass Gabriel deine Kleidung aus einem kleinen Laden in der Market Street ausgelöst hat bund es jetzt nicht zugibt?«

Langsam drehte er den Kopf in ihre Richtung und kniff die Augen zusammen. »Vielleicht«, antwortete er vorsichtig.

»Nun«, sie saß vollkommen aufrecht auf ihrer Seite der Kutsche und ihre Stimme klang fest, »dann wird es dich freuen zu hören, dass es nicht Gabriel war, der die Weste und den Mantel zurückgekauft hat, sondern ich.«

»Was? Du? Aber wie ...« Er musste Luft holen, da diese in der Kutsche dünn geworden zu sein schien. Überhaupt war es unangenehm warm und stickig, was dazu führte, dass ihm das Herz wild gegen den Brustkorb hämmerte und er Schwierigkeiten hatte stillzusitzen.

»Ich habe zufällig gesehen, wie du aus dem Laden kamst, und dachte, im Namen unserer Freundschaft ...«

»Freundschaft?«, presste er hervor. »Dir ist doch klar, dass diese Angelegenheit für mich nicht nur höchst peinlich ist, sondern dass ich nun auch noch in deiner Schuld stehe. War es das, was du wolltest?« Ein Teil von ihm begehrte auf, dass seine Reaktion unverhältnismäßig war, doch den ignorierte er. Hatte er gedacht, die Wut und Scham Gabriel gegenüber seien unangenehm, lernte er gerade, dass es schlimmer ging. Sein ganzer Körper spannte sich an und er musste all seine Willenskraft aufbringen, nicht laut aufzuschreien oder sie zu schütteln.

»Bitte? Nein, ich wollte ...«

Was sie auch zu sagen hatte, er konnte es nicht ertragen, weshalb er sie erneut unterbrach. »Ich verstehe.« Unterdrückte Wut ließ ihn die Fäuste ballen. »Du siehst mich in meiner schwärzesten Stunde. Ich bin arm wie eine Kirchenmaus und kann es mir nicht einmal leisten, dich auf eine Kutschfahrt an den Strand einzuladen.«

»Warum hast du nichts gesagt? Ich hätte doch ...«

»Was? Mir Almosen zukommen lassen? Mich ausgehalten? Ich will verdammt sein, wenn ich das auch nur in Erwägung ziehe!« Er hatte laut gesprochen und biss jetzt mit aller Macht die Zähne zusammen. Nicht, weil seine Wut verebbte, sondern weil er sah, wie sich Pennys Zofe verängstigt in ihren Sitz drückte. Merkwürdigerweise beruhigte ihn das. Zeigte es doch, wie unerschütterlich Penny im Vergleich war.

Sein Wutausbruch beeindruckte sie nicht im Mindesten. Sie blickte ihn nach wie vor offen an. Das erinnerte ihn auf merkwürdige Art an etwas, was Eunice am Abend zuvor gesagt hatte. In einer Ehe bekam man irgendwann unweigerlich alle Seiten seines Partners zu sehen. Die guten wie die schlechten. Sein Jähzorn war zeitlebens eine seiner schlimmsten Eigenschaften, die er gut zu verstecken gelernt hatte. Dass sie sich davon nicht abschrecken ließ, war im Grunde etwas Gutes, oder nicht?

Dieser Gedanke beruhigte ihn. Was geschehen war, war geschehen. Er konnte es nicht rückgängig machen, aber er konnte sich zusammenreißen und Penny beweisen, wie ernst es ihm mit dem Wunsch war, sich zu ändern. Er würde ihr und ihrer gesamten Familie zeigen, dass mehr ihn ihm steckte, als sie ihm zutrauten.

Penny

»Soll ich die Sachen zurückbringen? Das kann ich gern tun, wenn damit deinem Ehrgefühl Genüge getan ist.« Sie verstand, wie schwer es einem Mann wie ihm fiel, Hilfe anzunehmen, besonders von einer Frau. Und natürlich war ihm daran gelegen, seine momentane Mittellosigkeit vor der Welt zu verbergen. Alles andere wäre für ihn ein Zeichen von Schwäche gewesen. Manch einer hätte sich längst in Schulden gestürzt, um die Fassade des wohlhabenden Gentleman aufrecht zu erhalten, und dabei den ein oder anderen Freund gleich mit ins Unheil gezogen, aber nicht George. Die Tatsache, dass er seine Kleidung weit unter Wert verkauft hatte, nur um ihr Blumen zu schenken und einen Strandausflug zu ermöglichen, wärmte ihr das Herz.

»Das heißt, ich habe mich umsonst vor Gabriel erniedrigt und zugegeben, dass ich komplett blank bin?« Georges graue Augen musterten sie, er sprach jetzt etwas ruhiger, beinahe amüsiert. Oder war das Verzweiflung in seiner Stimme?

»Ja, es tut mir leid«, antwortete sie vorsichtig. »Ich hatte nicht damit gerechnet, dass du zu ihm gehen würdest.«

»Womit hattest du dann gerechnet?«

»Dass du die Sache stillschweigend übergehst und dich freust, Weste und Mantel zurückzuhaben?« In Wahrheit hatte sie sich gar keine Gedanken darüber gemacht. Sie hatte nach etwas gesucht, was das schlechte Gefühl vertrieb, welches ihr Besuch im Armenhaus hinterlassen hatte. Das war ihr gelungen. Im Nachhinein war es logisch, dass George das plötzliche Auftauchen seiner Sachen nicht einfach so hinnahm, sondern Gabriel verdächtigte. Ihr Bruder hatte immerhin ein Faible dafür, insgeheim Gutes zu tun, ohne die Lorbeeren zu ernten. »Mein Plan war wohl nicht ganz durchdacht.«

»Überhaupt nicht, würde ich sagen. Auch wenn du es nicht glaubst, ich besitze noch einen Funken Selbstachtung. Es mag nicht mehr viel davon übrig sein, aber einen winzigen Rest hätte ich mir gern bewahrt. Ich denke, es gibt eine Chance, mich selbständig aus diesem Schlamassel zu befreien, und genau das habe ich vor. Schließlich habe ich mich selbst hineinmanövriert. Das bedeutet natürlich, dass ich dir das Geld zurückzahlen werde. Was hat der Kerl verlangt?«

Sie nannte ihm den Preis und erkannte an dem kurzen Zucken seiner Wangenmuskeln, dass es sehr viel mehr war, als er bekommen hatte. »Du schuldest mir nichts, George. Nimm es als Dankeschön für den traumhaften Tag am Strand.«

»Selbstachtung, du erinnerst dich? Was wäre ich für ein Mann, wenn ich dich selbst dafür bezahlen lasse, obwohl ich dich eingeladen habe? Das fühlt sich ...« Er verzog das Gesicht. »Nein, auf keinen Fall. Ich werde dir so bald wie möglich die volle Summe erstatten. Keine weitere Diskussion.«

Seine ernst gehaltene Ansprache rührte Penny. Ein bisschen war es, als würde ihr Jugendfreund vor ihren Augen erwachsen werden. Er schien sich seiner Situation bewusst und war – was Penny überraschte – nicht nur bereit, die Verantwortung zu übernehmen, sondern er hatte auch vor, etwas dagegen zu unternehmen.

Unwillkürlich musste sie an den selbstverliebten Lebemann denken, der noch vor kurzem gedacht hatte, sie mit einem Fingerschnippen zu einer Hochzeit überreden zu können. War das wirklich ein- und derselbe Mann? Schwer zu glauben. Hatte sie sich in ihm geirrt?

»Es tut mir leid«, sagte sie ernst und sah ihm dabei in die Augen.

Seine Miene änderte sich nicht, nur ein leichtes Nicken zeigte an, dass er ihre Entschuldigung annahm. Im selben Moment zogen sich seine Brauen allerdings wieder zusammen.

»Warum ich in der Market Street war, ist dir ja nun hinlänglich bekannt, aber wenn ich mir die Frage erlauben darf: Was führte dich in diesen Teil von Brighton?«

Verflixt, irgendwie hatte sie gehofft, dieses Thema vermeiden zu können. *Dann hättest du dich nicht einmischen dürfen, du Genie.* Andererseits spielte es auch keine große Rolle mehr, in zwei Tagen würde ohnehin herauskommen, was sie in Brighton getrieben hatte. Da konnte sie ihn genauso gut jetzt einweihen. Vielleicht legte er bei ihrem Bruder ein gutes Wort für ihre Sache ein.

»Ich war im Armenhaus«, gab sie zu und sah ihm offen ins Gesicht, woraufhin sich die Falten auf seiner Stirn vertieften.

»Was?«, fragte er überrascht.

Damit hatte sie gerechnet, genau wie mit seiner Ablehnung. Sie drückte die Schultern noch ein wenig weiter durch. »Ich hatte Kenntnis davon, dass dort die Versteigerung einer Ehefrau mit ihren Kindern stattfinden sollte, und wollte dabei sein.«

»Bitte? Du wolltest ...« Er brach ab, schüttelte den Kopf und lachte dann ungläubig auf. »Du weißt aber, wozu diese Versteigerungen dienen? Meist sind es abgesprochene Veranstaltungen, in denen der Liebhaber der Frau diese freikauft, damit deren vorherige Ehe auf halbwegs legale Weise beendet wird, wenn sie in den Besitz des neuen Mannes übergeht.«

»Ja, das ist mir klar.« Für wie naiv hielt er sie? »Allerdings liegt dieser Fall anders. Ich habe gehört, dass das Armenhaus hier in Brighton Männer dazu zwingt, sich von ihren Familien zu trennen. Frauen und Kinder, die mehr kosten, als der Mann einbringt, werden kurzerhand meistbietend versteigert. Es war anzunehmen, dass dies hier der Fall war.« Um dieser Ungerechtigkeit entgegenzutreten, war sie bereit gewesen, das Leid im Armenhaus zu ertragen und Nächte voller Albträume in Kauf zu nehmen.

»Warst du sicher?«

»Natürlich war ich das, sonst wäre ich nicht hingegangen.« Warum dachten so viele Männer, Frauen würden bar jeder Logik handeln?

»Was hattest du vor? Du bist eine Frau, du kannst nicht bieten. Es geht ja gerade darum, die Ehefrau in die Obhut eines neuen Mannes zu übergeben, der dann für sie verantwortlich ist. Wenn nicht sogar als mit ihr verheiratet gilt. So genau kenne ich mich damit nicht aus.«

Beeindruckt, dass er überhaupt so viel wusste, sagte sie: »Ich habe dem Mann Geld vorgelegt und ihm gleichzeitig angeboten, für mich zu arbeiten. Oder besser gesagt für Gabriel. Er ist Schreiner und so jemanden können wir in Windham, glaube ich, gut gebrauchen. Das

Haus ist alt, an der Schule gibt es ständig etwas zu richten, genau wie an den Stallungen. Er hat einen Sohn, der etwas von Pferden versteht, und für seine Frau finden wir bestimmt auch eine Beschäftigung.« Sie musste sich vor George nicht rechtfertigen, das war ihr klar, dennoch gelang es Penny nicht, sich zu stoppen.

»Dann weiß dein Bruder davon?«, fragte George in ihre Atempause hinein.

»Also, nicht direkt ...« Ertappt. Bisher hatte sie keine Gelegenheit gehabt, mit Gabriel zu sprechen, hoffte aber, dass er ihren Plan unterstützen würde, sobald er davon erfuhr. »Sagen wir, es ist noch etwas Zeit, bis die Familie in zwei oder drei Tagen eintrifft.« In der Hoffnung, dass ein Lächeln die Situation verbessern würde, versuchte sie, eines aufzusetzen.

Georges Gesichtszüge glätteten sich und er sah sie intensiv an. »Verstehe ich das richtig? Du bist in die verrufenste Gegend von Brighton gegangen, allein ...«

»Becky hat mich begleitet«, warf sie leise ein.

»Lediglich in Begleitung deiner Zofe, um einer äußerst zweifelhaften Veranstaltung mit gemeinem und fraglos überwiegend kriminellem Publikum beizuwohnen ...«

»Ich war mir recht sicher, dass die Versteigerung erst am Abend stattfinden würde, also ...«

»Und dort hast du einem vollkommen Fremden aus dem Armenhaus eine erhebliche Summe Bargeld in die Hand gedrückt und ihm angeboten, dir den Betrag zurückzuzahlen, indem er für Gabriel arbeitet, der wiederum absolut nichts davon weiß?«

So zusammengefasst klang es schlimmer, als es gewesen war. »Ich habe ihm das Geld nicht einfach so gegeben. Als Allererstes habe ich mir ein Bild von der Lage gemacht. Diese Leute sind an ihrer Notlage absolut unschuldig. Der Junge, Peter ist sein Name, hat vor einigen Monaten Scharlach bekommen und sowohl Vater als auch Mutter haben sich angesteckt. Sie haben überlebt. Seine kleine Schwester hatte nicht so viel Glück. Bedauerlicherweise haben die Eltern in dieser Zeit ihre Arbeit verloren. Eigentlich alles, außer ihrem Leben. Scharlach ist eine unangenehme und langwierige Krankheit, da ...«

»Ich verstehe.« George massierte sich mit den Zeigefingern die Nasenwurzel. »Und jetzt hast du was genau versprochen?«

»Eine Arbeit auf Windham Manor. Ich habe Ihnen genug Geld gegeben, um ihre Angelegenheiten zu regeln. Sobald das erledigt ist, werden sie nachkommen. Auch dafür sollte der Betrag reichen.«

»Und du glaubst, dass sie das tun werden?«

»Sicher.« Davon war sie überzeugt. Ihre Menschenkenntnis hatte sie noch nie im Stich gelassen. Die Carpenters waren ehrbare Leute, die durch widrige Umstände, an denen sie keine Schuld trugen, in Not geraten waren. »Das ist genau die Art Menschen, denen auch Gabriel hilft«, verteidigte sie sich weiter. »Nicht auszudenken, an wen Mary und ihr Sohn verkauft worden wären und wozu man sie möglicherweise gezwungen hätte.« Natürlich war ihr bewusst, dass sie vorher Gabriel um Erlaubnis hätte bitten müssen. Aber die Zeit hatte gedrängt und manchmal war es einfacher, um Vergebung zu bitten, als um Erlaubnis zu fragen.

Ihr Blick ging zu George und sie erwischte sich dabei, dass sie hoffte, er möge sie verstehen.

Verbündete

George

Sein erster Impuls war es, Penny eine Strafpredigt zu
halten, weil ihr Besuch im Armenhaus vollkommen un-
verantwortlich gewesen war. Er setzte an, hielt dann
aber inne.

Wer war er, ihr etwas vorzuwerfen oder gar vorzu-
schreiben? Es stimmte, sie hatte sich mutwillig in Gefahr gebracht. Aber tat ihr Bruder das nicht auch? Ihr
musste bewusst sein, dass es riskant war, einem ob-
dachlosen Fremden größere Summen zu leihen. Selbst
wenn er sich gegen jede Wahrscheinlichkeit als vertrauenswürdig entpuppte, war es unwahrscheinlich,
dass ein einfacher Schreiner jemals in der Lage sein
würde, die Schuld vollständig zu begleichen. Penny
hatte sich ohne Zögern dazu entschlossen, ihr Ansehen,
ihre Sicherheit und ihr Geld zu riskieren, um etwas Gutes zu tun. Wie ähnlich sie Gabriel in dieser Hinsicht
war.

Anstatt sie zu kritisieren, sollte er diese Chance er-
greifen, sich vor ihr zu rehabilitieren.

»Vorschlag«, sagte er und lächelte. »Wir machen das
gemeinsam.«

»Gemeinsam?« Skeptisch hob sie die Brauen.

»Ja.« Er wedelte mit der Hand in ihre Richtung. »Wir reden zusammen mit Gabriel, schildern ihm die Situation und lassen es so dastehen, als hätte ich dich die ganze Zeit begleitet.«

»Um Gabriel nicht zu provozieren?« Sie tippte sich mehrfach an die Nase. »Gar kein so schlechter Plan. Am meisten regt er sich auf, wenn ich mich – seiner Einschätzung nach – unnötig in Gefahr begebe.«

»Ganz genau.« Froh, dass sie sofort verstanden hatte, worauf er hinauswollte, lehnte er sich in seinen Sitz zurück. »Damit es funktioniert, muss ich alles über den gestrigen Tag und diese Carpenters wissen. Und über dein Zusammentreffen mit ihnen.«

»Warst du schon einmal in einem Armenhaus?«, fragte sie und schüttelte sich, als würde sie frösteln.

»Nein.«

Sie nickte. »Alles ist schäbig und auf das Nötigste reduziert. Die Menschen dort bekommen kaum genug, um zu überleben. Eine warme Mahlzeit am Tag, die aus ein wenig Brühe, Hafer und Gemüseabfällen besteht. Dazu schimmliges oder madiges Brot.« Diesmal schüttelte sie sich sichtbar. »Kein Ort, an dem man freiwillig sein will. Aber besser als auf der Straße und ohne Unterkunft. Kaum jemand dort hebt den Kopf oder sieht dir auch nur in die Augen. Und wenn sie es tun, dann voller Gram oder Hass, den ich diesen Männern nicht einmal verüble. Man beutet sie auf Übelste aus. Frauen gibt es in Brighton keine, da sie verkauft werden. Die Carpenters waren erst seit wenigen Tagen dort, hatten aber seit Monaten gelitten. Sie erzählten mir ihre Geschichte und ...« Sie unterbrach sich und suchte seinen

Blick. »Ich konnte sie doch nicht diesem Elend überlassen. Sie haben ihre Tochter verloren und jetzt sollten sie auch noch sich verlieren? Mr Carpenter und seine Frau lieben sich. Und sie lieben ihren Sohn. Deshalb gab ich ihnen das Geld. Sie haben das Armenhaus am selbst Tag verlassen, um in eine kleine Pension zu ziehen. Jetzt sind sie dabei, den Umzug zu organisieren, und werden uns in ein paar Tagen folgen.«

Georges Bewunderung für Penny stieg mit jedem Wort. Sie hatte ein großes Herz, besonders für weniger privilegierte Menschen, und war wirklich überzeugt von dem, was sie tat. War er bisher davon ausgegangen, dass ihre Wohltätigkeit der typischen Langeweile auf dem Land lebender adliger Frauen entsprang, die nichts anderes zu tun hatten, belehrte sie ihn nun eines Besseren. Ihr Handeln war getrieben von einem tiefsitzenden Mitgefühl und einem Sinn für Gerechtigkeit, der jedem Gentleman zur Ehre gereicht hätte.

Wie kam es, dass diese gutaussehende Tochter eines Dukes trotz ihres tadellosen Charakters unverheiratet geblieben war?

»Wusstest du, dass ich damals bei Emilias Saison mit in London war und die ein oder andere Veranstaltung besucht habe?« Emilia war Pennys nur ein Jahr ältere Schwester, die direkt in ihrem ersten Frühling in London mit den Earl of Thornton vermählt worden war.

»Ich hatte keine Ahnung.« Warum eigentlich? Im Kopf überschlug er, wie lange das her war, und kam zu dem Schluss, dass es die Saison vor ihren Kusslektionen gewesen sein musste. Bis zu jenem Sommer hatte er Penny als Kind gesehen, die kleine Schwester seines besten Freundes. Erst, als er sie in den Armen gehalten und ihre warmen Lippen gespürt hatte, war ihm bewusst geworden, dass sie zu einer Frau herangewachsen war. Einer durchaus begehrenswerten Frau. Ein Techtelmechtel war für ihn trotzdem nie infrage gekommen. Nicht nur weil Gabriel ihm den Kopf abgerissen hätte. So etwas gehörte sich nicht unter Freunden.

»Ich hatte beschlossen, der Stadt eine Chance zu geben, nachdem sie mich in meiner Kindheit einfach nur deprimiert hat. Diese wenigen Wochen in London haben alles noch schlimmer gemacht.« Sie verzog ihr Gesicht zu einer absolut anbetungswürdigen Miene finsterer Entschlossenheit. »Mir ist schon hier in Windham aufgefallen, dass es den meisten Menschen schlechter geht als uns. Viele leben in Abhängigkeit und besitzen so gut wie nichts. Das gilt für den Großteil der Dorfbevölkerung wie auch für unsere Dienstboten und Pächter. Aber London stellt all das in den Schatten. Nie zuvor hatte ich so viel Armut gesehen. Hast du je die zerlumpten Kinder beachtet, die sich als Straßenkehrer ein paar Pennies verdienen? Oder die Blumenmädchen? Gar nicht zu reden von den Frauen, auf die man abends nach einem Theaterbesuch in Covent Garden trifft.«

»Ich bin erstaunt, dass du all diese Menschen bemerkt hast.« Dabei verkniff er sich die eigentliche Frage: Warum interessierst du dich für diese Leute? Er selbst tendierte dazu, sie zu ignorieren. Es war ja auch nicht so, als ob man daran viel ändern konnte. Es gab so viele hungrige Tagelöhner in London, dass tausend Pfund nicht ausgereicht hätten, um jedem einen Penny zu schenken.

Seine Freundin schien das offenbar anders zu sehen, denn sie kam erst so richtig in Fahrt.

»Wie könnte man sie übersehen? In Mayfair mag es sicher und gesittet zugehen, aber straßenkehrende Kinder gibt es auch dort. Und sobald man weniger noble Stadtteile besucht ...«

»Was eine Frau deines Standes nicht tun sollte«, warf er ein. Das brachte ihm ein Schnauben und ein Lachen ein.

»Glaub nicht, dass ich mich heimlich weggeschlichen hätte. Es reicht völlig, einen Blick aus dem Fenster zu werfen, während man sich mit der Kutsche quer durch London bewegt. Armut und Verzweiflung sind allgegenwärtig, mir ist vollkommen schleierhaft, wie man die Augen davor verschließen kann.«

Aus ihren Worten klang so viel Mitgefühl, dass er nicht umhin kam, sie für ihren Idealismus zu bewundern.

»Ich glaube, das Problem ist, dass sich kaum etwas daran ändern lässt«, antwortete er vorsichtig. »Und weil das so ist, tendieren wir dazu, diese Dinge zu ignorieren. Natürlich wissen die meisten, dass arme, abgerissene Kinder die Straßen für einen Hungerlohn frei von Pferdedung und anderem Abfall halten. Aber was wäre die Alternative? Sollen wir die Straßen im Unrat versinken lassen? Nein, unsere Gesellschaft ist davon abhängig, dass arme Menschen die Drecksarbeit erledigen. Das ist schwer zu akzeptieren, und deshalb ziehen es die meisten vor wegzusehen.«

»Ich kann nicht wegsehen und habe daher auf eine eigene Saison verzichtet. Und mich in dieser irren Idee verrannt, mit dem Verwaltergehilfen durchzubrennen.«

»Die Idee war in der Tat wenig durchdacht. Und da gibt es noch eine andere Sache, die ich mich frage. Was hast du damit erreicht? Versteh mich nicht falsch, aber geht es einem dieser Kinder besser, weil du keine Saison hattest und am Ende nie geheiratet hast?« Das interessierte ihn wirklich.

Er wusste nur wenig darüber, was nach jenem Sommer in ihrem Leben vorgegangen war. Der Mann, in den sie verliebt gewesen war, hatte von einem auf den anderen Tag das Gut verlassen, so viel hatte er mitbekommen. Und zu seiner Schande war ihm nie in den Sinn gekommen, wie sie sich gefühlt haben musste.

»Das tut es.« Sie schüttelte nachsichtig den Kopf, als sei er ein begriffsstutziges Kind. »Du weißt, was ich all die Jahre in Windham aufgebaut habe, oder? Die Schule und meine anderen Projekte? Ich helfe den Menschen, so gut es geht, und das kann ich besser, solange ich meine eigene Herrin bin. Dank Vater und Gabriel bin ich finanziell unabhängig. Sobald ich heirate, wäre das vorbei, alles würde an meinen Gatten gehen. Als Frau ist man dem Mann in der Ehe vollkommen ausgeliefert und hat kein Recht mehr auf Eigentum oder, Gott bewahre, einen eigenen Willen.«

»Lass das mal nicht Helen und Gabriel hören.«

»Nur weil mein Bruder den Boden unter den Füßen seiner Frau anbetet und ihr jeden Wunsch von den Augen abliest, ist es nicht weniger wahr. Wenn er wollte, könnte er Helen all das antun, was böswillige Menschen über ihn munkeln, und es würde niemanden kümmern. Es wäre sogar sein gutes Recht.«

Er hörte deutlich die Empörung in ihrer Stimme. Genauer darüber nachgedacht, stimmte es, was sie sagte. Eunice war das beste Beispiel. Ihr erster Mann hatte ihr nach Belieben das Geld verweigert, sie eingesperrt und erniedrigt.

Ihm kam ein Gedanke, der ihn beinahe erschreckte: Lagen die Dinge bei seinen Eltern und seinem Bruder ähnlich? Er hatte sich nie die Mühe gemacht, diese Ehen aus der Sicht seiner Mutter oder seiner Schwägerin zu betrachten. Sicher, die Zweckehen waren für alle vorteilhafte Arrangements, und sowohl sein Vater als auch sein Bruder waren damit höchst zufrieden gewesen. Aber beruhte das auf Gegenseitigkeit? Hatten sich ihre Frauen ebenso unglücklich und unterdrückt gefühlt wie Eunice während ihrer ersten Ehe? Hassten sie ihre Männer insgeheim und wagten es nur nicht, das offen zu zeigen? Ein verstörender Gedanke. Und dennoch einer, der seine Welt erschütterte.

»Wenn wir heiraten, wäre das nicht so.« Er sprach die Worte mit vollster Überzeugung. Niemals würde er Penny oder irgendeine Frau dermaßen behandeln.

»Nicht? Willst du nicht genau deshalb heiraten? Um deinen Lebensstandard aufrecht zu erhalten? Und das möglichst ohne Mühe?«

»Aber doch nicht, in dem ich dir dein Geld wegnehme oder dich unterdrücke.« Sah sie ihn wirklich so?

»Das mag nicht dein Ziel sein, nur ist die Welt nun einmal so. Wir Frauen haben wenig Rechte und müssen sehen, wie wir zurechtkommen. Für mich heißt das, am besten den Status quo aufrecht zu erhalten.«

Er wollte widersprechen, hielt sich aber zurück. Erst musste er ihre Worte überdenken. Also nickte er und sagte: »Ich verstehe.« Ihrem Gesicht sah er an, dass sie ihm nicht glaubte, doch daran konnte er vorerst nichts ändern.

Er beschloss, sich stattdessen darauf zu konzentrieren, die Details ihres Besuchs im Armenviertel von Brighton auswendig zu lernen, damit er ihr besser Rückendeckung geben konnte, wenn sie Gabriel trafen.

Penny

Das Gespräch mit Gabriel war deutlich besser gelaufen, als sie gedacht hatte. Ihr Bruder neigte dazu, sich fürchterlich aufzuregen. Dank George war davon diesmal keine Rede gewesen und sie hatte ihre Argumente in aller Ruhe vorbringen können. Gabriels Vorwürfe hatten sich in überschaubaren Grenzen gehalten und gingen eher in die Richtung, dass sie Fremden gegenüber zu vertrauensselig sei und ihn früher hätte einweihen sollen. Letzten Endes hatte er sich jedoch bereit erklärt, ihr Versprechen einzulösen und die Carpenters zumindest vorläufig auf Windham Manor aufzunehmen, was Penny als Erfolg auf ganzer Linie verbuchte.

»Aber du musst eine andere Lösung finden. Wir brauchen keinen Schreiner in Vollbeschäftigung und ich glaube auch nicht, dass in den Ställen dringend Hilfe benötigt wird. Geschweige denn, dass wir eine Langzeitanstellung für eine weitere Frau haben.« Gabriel zeigte mit dem Finger auf sie. »Du hast die Sache eingefädelt und ich helfe gern. Aber ich erwarte, dass du in

Zukunft weitsichtiger handelst und nichts versprichst, was du nicht allein entscheiden kannst.«

»Gabriel«, mischte George sich ein. »Du verstehst doch sicherlich, dass wir, ob der Lage der drei, gar keine andere Wahl hatten.«

»Wenn du jemals deinen eigenen Haushalt führen solltest, ist es dir genau wie meiner Schwester freigestellt, deine Bediensteten nicht selbst einzustellen und andere darüber entscheiden zu lassen, wer für dich arbeitet. Versteh nur bitte, wenn ich es nicht so halte.« Nach dieser kleinen Rede hatte er seinen Blick auf Penny gerichtet. »Ich unterstütze dich und deine sozialen Projekte auf ganzer Linie. Aber du musst verstehen, dass dies hier mein Haushalt ist und ich mich gern selbst darum kümmere, wen ich in Dienst nehme und wen nicht.«

»Selbstverständlich.« Sie senkte den Kopf und schluckte eine Antwort darüber, wie ungerecht das Leben war, herunter. Sie hatte bekommen, was sie wollte, auch dank Georges Hilfe. Das sollte ihr fürs Erste genügen.

Wie jeden Abend, wenn das Wetter es zuließ, unternahm sie nach dem Dinner noch einen kleinen Spaziergang durch den weitläufigen Park, der den Großteil des Anwesens ausmachte. Es war ein wenig abgekühlt, aber noch warm genug, dass sie ohne ein Tuch nach draußen konnte. Sie streifte über die Wiesen, allein mit ihren Gedanken und ließ all die Dinge Revue passieren, die sie im Moment bewegten. Dieses Ritual beruhigte sie jedes Mal und gab ihr Energie für das Bewältigen all der großen und kleinen Sorgen, die der kommenden Morgen unweigerlich mit sich brachte.

Die vergangenen Tage hatten ihr viel Stoff zum Nachdenken verschafft. Georges unbeholfen vorgebrachter Antrag hatte sie mehr aus der Bahn geworfen, als sie gedacht hätte. Der gemeinsame Tag am Strand und die Rückendeckung, die er ihr eben gegeben hatte, trugen sicher auch dazu bei. Nicht zu vergessen die Tatsache, dass seine finanzielle Lage offensichtlich verzweifelter war, als er zugeben wollte.

Nach wie vor hielt sie wenig von seinem Vorschlag zu heiraten. Trotzdem hatten sich die Intimitäten, welche sie vor so vielen Jahren ausgetauscht hatten, vergangene Nacht in ihre Träume geschlichen. Das kam überraschend. Sie hatte nie bedauert, was zwischen ihnen vorgefallen war, aber hinterhergetrauert hatte sie der Sache auch nicht. Und ganz gewiss hatte es sie nie bis in ihre Träume verfolgt. Warum suchten diese Erinnerungen sie jetzt, Jahre später, im Schlaf heim?

Zugegeben, er hatte sie in kürzester Zeit gleich mehrfach überrascht, seinen lächerlichen Antrag mit eingeschlossen. Hatte er sich geändert? Und wenn ja, zum Besseren? Die vergangenen Tage waren zumindest ein Indiz dafür.

Außerdem befremdete sie die Hartnäckigkeit, mit der er um sie warb. Denn nichts anderes war es, was er vorhatte. Der Mann, der sich ihr in den vergangenen Tagen zeigte, war nicht der unbeschwerte George von früher, dem nur sein Vergnügen wichtig war. Aber das lag an seiner momentanen Situation. Es stand zu befürchten, dass er, sobald seine Probleme gelöst waren, ganz der Alte wäre. Nicht, dass daran etwas falsch gewesen wäre, sie hatte den besten Freund ihres Bruders immer gemocht.

Seufzend schüttelte sie den Kopf. Sie machte sich entschieden zu viele Gedanken über George Burdon. Eigentlich gab es keinen Grund, großartig über ihn und sein Verhalten nachzugrübeln. Sie hatte, weiß Gott, Wichtigeres zu tun. Zum Beispiel, sich auf die Ankunft der Carpenters vorzubereiten und zu planen, wie ihr Unterricht morgen aussehen sollte.

»Penny?« Gabriels Stimme hallte zu ihr herüber. Sie hielt inne und sah sich um. Ihr Bruder kam mit großen Schritten auf sie zu. »Darf ich dich ein Stück begleiten?«

»Natürlich«, antwortete sie vorsichtig. Das war ungewöhnlich. Gabriel hielt nicht viel von Spaziergängen, also wollte er vermutlich unter vier Augen mit ihr reden, was selten etwas Gutes verhieß.

Er passte sich ihrem Schritt an. »Ich werde gleich zur Sache kommen.«

»Natürlich«, wiederholte sie und sah ihn aufmerksam an.

»Warum machst du George Hoffnungen? Ich dachte, du willst ihn nicht heiraten.«

»Bitte?« Penny blieb stehen und legte eine Hand auf Gabriels Arm. »Das ist absolut lächerlich. Wie kommst du darauf? Ich hab George klipp und klar gesagt, dass ich nicht heiraten werde. Weder ihn noch sonst jemanden. Daran habe ich nicht den geringsten Zweifel gelassen.«

»Ach, tatsächlich? Dann hat er sich in diese ganze Sache mit dem Tischler und seiner Familie hineinziehen lassen, weil er auf einmal zum Philanthrop geworden ist, und nicht, um bei dir zu punkten? Wie dumm von mir, etwas anderes anzunehmen.«

»Du übertreibst. Er hat mir lediglich einen Gefallen getan, weil wir Freunde sind.«

»Nur Freunde, soso. Weshalb lehnt er dann Vaters großzügiges Angebot ab? Ich kenne George lang genug, das tut er nicht grundlos.«

Wovon sprach Gabriel? »Was für ein Angebot?«

»Er hat dir nichts davon erzählt?« Gabriels Brauen hoben sich. »Andererseits, warum sollte er. Dann hole ich das jetzt nach, damit du verstehst, in was für eine dumme Situation du ihn durch dein Verhalten gebracht hast.«

»Mein Verhalten war völlig einwandfrei. Ich habe mir nichts vorzuwerfen.«

»Mal sehen, ob du das noch glaubst, wenn du alle Details kennst.«

Er fixierte sie und Penny erwiderte seinen Blick. Sie hatten den kleinen See mit der Laube erreicht, in der sie sich oft niederließ, um zu entspannen. Die Ruhe, die sie sich von diesem Ausflug erhofft hatte, würde sie heute wohl nicht finden. Stattdessen drückte sie die Schultern durch. Was hatte George ihr verschwiegen?

Gabriel holte tief Luft. »Um es kurz zu machen: Vater hielt es für eine gute Idee, George Geld zu bieten, damit er sich von dir fernhält. Wir wissen beide, dass der alte Mann einen Narren an dir gefressen hat. Und dass er George als schlechten Einfluss betrachtet, der nicht gut genug für dich ist, überrascht niemanden.«

In Pennys Kopf rasten die Gedanken. Ihr Vater hatte was getan? George Geld anzubieten, war eine Ungeheuerlichkeit. Andererseits war sie gerührt. Denn es bedeutete, dass ihm etwas an ihr lag. Deshalb sagte sie: »Na und? Vater respektiert und unterstützt meine Entscheidung, nicht zu heiraten.«

»Ich weiß. Es geht dabei auch weniger um dich. Er hat George genug Geld geboten, um seinen bisherigen Lebensstil auf Dauer aufrecht zu erhalten.«

»Und er hat abgelehnt?« So musste es sein, sonst würden sie dieses Gespräch nicht führen. Aber wieso? Gabriel dachte offensichtlich, dass sich George nach wie vor Hoffnungen auf eine Hochzeit mit ihr machte – und sich davon mehr versprach als vom Geld ihres Vaters. Doch das war vollkommen absurd. Es musste einen anderen Grund geben. Bloß welchen?

»In der Tat. Er sagte so etwas wie: Ich habe mich selbst in diese Situation gebracht und werde mich auch selbst daraus befreien.« Gabriel schüttelte den Kopf. »Eine durchaus ehrenhafte Einstellung, aber keine realistische, wenn wir mal ehrlich sind. Es ist ja nicht so, als ob sich unser Freund jemals darüber Gedanken machen musste, wo das Geld herkommt, das er mit vollen Händen ausgibt. Er hat keinen blassen Schimmer, wie es ist, für seinen Lebensunterhalt zu arbeiten, und verfügt weder über einen besonders guten Leumund noch über nennenswerte Qualifikationen. Dazu kommen immer wieder Spielschulden in nicht unerheblicher Höhe. Da müsste ein echtes Wunder geschehen.«

»Vielleicht haben wir uns alle in ihm getäuscht? Menschen können sich ändern.« George hatte sie vor Gabriel unterstützt, nun war es an ihr, das zurückzuzahlen.

Gabriel schürzte spöttisch die Lippen. »Jetzt, wo du es sagst. Es ist viel wahrscheinlicher, dass George sich von einem Tag auf den anderen in einen völlig neuen Menschen verwandelt hat und das Geld ohne echten Grund ablehnt, als dass er glaubt, du könntest seinem Antrag doch noch zustimmen.«

Penny war den Sarkasmus ihres großen Bruders gewohnt und tat ihn wie immer mit einem Schulterzucken ab. Gabriels Reaktion zeigte nur, wie wichtig ihm sein Freund war.

»Es ist zumindest eine Möglichkeit.«

»Dass es morgen Frösche regnet, wäre auch eine Möglichkeit, dennoch stehen die Chancen dafür nicht allzu gut.« Seine Miene wurde ernst. »Ich kenne George besser als die meisten und bin der Erste, der seine Qualitäten zu schätzen weiß. Einen loyaleren Freund kann man sich nicht wünschen. Ich will gar nicht daran denken, was mit Helen geschehen wäre, hätte er keinen kühlen Kopf bewahrt. Aber gerade deshalb bitte ich dich eindringlich: Wenn du nicht die Absicht hast, ihn zu heiraten und ihm dadurch zu helfen, mach es ihm leicht und halte dich von ihm fern. Gemeinsame Ausflüge an den Strand oder in Armenhäuser führen nur dazu, dass er sich falsche Hoffnungen macht. Wir wissen beide, dass er Vaters Angebot nicht hätte ablehnen dürfen. Das war seine beste Option.«

»Von dem Angebot wusste ich nichts, aber ich bin überzeugt, dass George einen guten Grund hatte, es auszuschlagen. Dass du seine Erklärung nicht akzeptieren willst, ist nicht mein Problem. Wenn du so große Stücke auf deinen Freund hältst, wieso fällt es dir so schwer, ihn seine eigenen Entscheidungen treffen zu lassen und darauf zu vertrauen, dass er das Richtige tut, hm?«

»Ich hasse es, mit dir zu debattieren«, murrte Gabriel.

»Weil ich jedes Mal recht habe«, konnte sich Penny nicht verkneifen zu verkünden.

»Wenn du das sagst.« Er schüttelte resignierend den Kopf. »Euch beiden ist nicht zu helfen. Lassen wir es vorerst gut sein, man kann mir nicht vorwerfen, dass ich es nicht versucht hätte.« Er sah auf den See hinaus. »Es gibt noch eine andere Sache, über die ich mit dir sprechen wollte. Helens Schwester Phoebe wird übermorgen eintreffen und eine Weile bleiben. Mindestens bis zu Helens Niederkunft. Ich bin sicher, ihr werdet euch hervorragend verstehen. Genau wie du hat sie ihre eigenen Ansichten zur Stellung der Frau, der Ehe und eine entschiedene Meinung zu allem, was so in der Welt vor sich geht.«

»Hältst du es für eine gute Idee, sie hierher einzuladen? Ist sie nicht damals vor dir geflohen, als du um sie geworben hast?«

Er machte eine wegwerfende Handbewegung. »Das ist ewig her und sie hat inzwischen begriffen, dass ich kein Teufel in Menschengestalt bin. Eine enge Freundschaft wird es wohl nicht, aber ich hoffe, dass ihr euch gut versteht.«

»Ich werde sie willkommen heißen und selbstverständlich mein Bestes geben, ihr den Aufenthalt hier so angenehm wie möglich zu gestalten.« Das hatte sie tatsächlich vor, doch war es im Moment nicht ihre größte Sorge.

Zuerst musste sie mit George sprechen. Sie hatte ihn zwar vor ihrem Bruder verteidigt, doch im Stillen musste sie Gabriel recht geben: George hätte das Angebot ihres Vaters annehmen müssen. Und der Mann, den sie von früher kannte, hätte das auch, ohne zu zögern, getan und sein sorgloses Leben weitergeführt. Was hatte ihn davon abgehalten? Sie musste sichergehen, dass ihr Bruder mit seiner Befürchtung, ihr gemeinsamer Freund könne sich unberechtigte Hoffnungen machen, falsch lag.

Ein Abend der Freundschaft

Penny

»George?« Penny stand in der Tür zur Bibliothek und blickte ins Halbdunkel des Raums. Wo um alles in der Welt steckte er? Sie hatte das gesamte Haus abgesucht, ohne Erfolg.

Schon war sie dabei, sich abzuwenden, denn wer würde sich in eine dunkle Bibliothek zurückziehen, als sie hinter sich ihren Namen hörte.

»Penny? Bist du das?«

»Ja.« Sie kniff die Augen zusammen, in der Hoffnung, die Finsternis irgendwie zu durchdringen, konnte allerdings nichts erkennen.

»Hier.« Der Schatten von Georges Hand erschien im Mondschein an der Seite eines Lesesessels vor dem Panoramafenster. Er winkte ihr vermutlich zu.

Da sie keine Kerze dabei hatte und ihre Augen noch nicht an die Dunkelheit gewöhnt waren, suchte sie vorsichtig ihren Weg dorthin. Er saß nach hinten gelehnt in dem großen Ohrensessel, ein leeres Glas in der Hand und starrte nach draußen in den Sternenhimmel. Auf einem Beistelltisch neben ihm stand eine volle Karaffe, wahrscheinlich gefüllt mit Gabriels Brandy.

George schien ihren Blick zu spüren, denn er sagte: »Ich hatte in Erwägung gezogen, die Flasche zu leeren und so eine Antwort auf all meine Probleme zu finden. Allerdings hat das noch nie geholfen, weshalb ich den Ansatz verworfen habe.«

»Stattdessen sitzt du im Dunkeln und brütest vor dich hin?«

»So weit ist es mit mir gekommen.« Ein freudloses Lachen untermalte seine Worte und er hob den Kopf in ihre Richtung. »Ich fürchte, heute Abend bin ich keine gute Gesellschaft.«

»Weil du das Angebot meines Vaters abgelehnt hast und es nun bereust?«, riet sie und setzte sich in den Sessel daneben.

»Du weißt davon?« Er suchte ihren Blick.

»Gabriel hat es mir eben erzählt. Und ich muss zugeben, dass ich nicht verstehe, warum du das getan hast. Gabriel sagt, es sei, weil du dir Hoffnungen machst, wir beide könnten doch noch heiraten. Aber das kann ich mir nicht vorstellen, oder?« Er seufzte tief und sie erkannte die Verzweiflung in seinem schönen Gesicht.

»Selbstverständlich nicht«, wehrte er ab. »Du hast sehr deutlich gemacht, dass du gute Gründe hast, mich nicht zu heiraten, und das respektiere ich. Mein Problem ist mein unnötiger Stolz, von dem ich nicht wusste, dass er überhaupt in mir steckt. Wer hätte gedacht, dass ich meinem Vater so ähnlich bin.« Er spie die Worte förmlich aus. »Dein alter Herr hat von mir verlangt, dass ich mich für immer von dir fernhalte. Wie hätte ich dem zustimmen können? Es wäre, als würde ich unsere Freundschaft verkaufen. Gabriel erwartete offenbar, dass ich mich, ohne mit der Wimper zu zucken, darauf einlassen würde.«

»Da lag er wohl falsch«, antwortete Penny lächelnd.

»Ich konnte es nicht. Was für ein Mann wäre ich, wenn ich so etwas akzeptiere? Und wie ist es möglich, dass mein bester Freund glaubt, Geld sei mir wichtiger als Freundschaft? Denn das ist es, was dich und mich verbindet: eine langjährige, gute Freundschaft. Und die ist mir mehr wert als alle Münzen der Welt.«

Ein warmes Gefühl tiefer Zuneigung breitete sich in Pennys Bauch aus und am liebsten hätte sie ihn direkt in die Arme genommen und gedrückt. Aber sie hatte noch Gabriels Worte in den Ohren, dies war nicht der richtige Augenblick, um potenziell missverständliche Signale zu senden. Also blieb sie sitzen und lächelte ihn dankbar an. »Ich verstehe. Aber kannst du dir diese noble Einstellung wirklich leisten, angesichts deiner momentanen ... Situation?«

George lachte leise auf. »Du klingst genau wie dein Bruder. Aber, nein, so tief bin ich noch nicht gesunken und ich habe auch nicht vor, es so weit kommen zu lassen.« Nachdenklich sah er hinaus in die Dunkelheit. »Aber ich bin verzweifelt genug, dass ich mir sogar überlegt habe, Helens Schwester den Hof zu machen. Auch wenn sie meinem Werben aller Wahrscheinlichkeit nach ähnlich abweisend gegenüberstehen würde wie seinerzeit Gabriels.«

»Gibt es denn gar keinen anderen Ausweg?«

»Ich wüsste nicht welchen. Ich verfüge weder über Gabriels Weitsicht noch über sein Verhandlungsgeschick. Aus mir wird nie ein guter Geschäftsmann werden. Ausgehend davon, dass Miss Phoebe meinem Werben gegenüber ähnlich unaufgeschlossen wäre wie du, werde ich mich wohl oder übel anderweitig umsehen. Irgendwie muss ich eine Frau auftreiben, die den Anforderungen des Testaments genügt und gleichzeitig verzweifelt genug ist, einen Mann meines Rufs zu ehelichen. London ist groß, da wird sich schon eine finden, solange ich nicht wählerisch bin. Sympathie ist keine zwingende Voraussetzung und andere Qualitäten wie Attraktivität oder Tugendhaftigkeit sind ohnehin überbewertet.« Jetzt schenkte er sich doch ein, trank aber nicht.

»George, es tut mir so leid.« Ohne sich darüber klar zu sein, was sie tat, streckte sie die Hand in seine Richtung aus. Bevor sie sie zurückziehen konnte, griff er danach und hielt sie beinahe zärtlich in seiner.

»Das muss es nicht. Ich habe lange nachgedacht, worüber wir in der Kutsche gesprochen haben. Dein Vater hat völlig recht: Ich habe dich nicht verdient. Du bist ein viel freundlicherer Mensch als ich. Wo andere sich nur vornehmen, die Welt zu einem besseren Ort zu machen, tust du es. Jeden Tag ein kleines bisschen, gegen alle Widerstände. Sieh mich dagegen an. Als Gentleman aus guter Familie hatte ich so viel mehr Möglichkeiten, etwas zu bewirken.« Er drückte ihre Hand. »Und was habe ich daraus gemacht? Nichts!«

Penny schüttelte vehement den Kopf. »Stell dein Licht nicht unter den Scheffel. Du hast Gabriel oft dabei geholfen, anderen das Leben zu retten. Ohne dich wäre ...«

»Das zählt nicht«, unterbrach er sie. »Das waren die Taten deines Bruders. Seinem Freund Beistand zu leisten, ist nichts, dessen man sich rühmen sollte. Und wenn wir ehrlich sind, waren meine Leistungen recht überschaubar. Nicht zu vergleichen mit dem Ausmaß an Unterstützung, die er mir zurzeit gewährt. Ich habe wahrhaftig keinen Grund, stolz auf meinen Beitrag zu unserer Freundschaft zu sein, wenn man bedenkt, wie sehr ich unter dem Strich von ihr profitiere.«

»So darfst du nicht denken. Du bist kein schlechter Mensch.« Sie drückte seine Hand und hielt sie nach wie vor fest, als sie sich erhob. »Komm!«

Er ließ sich von ihr hochziehen, sah sie aber mit gerunzelter Stirn an. »Was hast du vor?«

»Ich will dich entführen.« Einer Eingebung folgend, benutzte sie dieselben Worte wie er vor ein paar Tagen.

Lachfältchen bildete sich um seine Augen und er nickte schicksalsergeben. »Wenn das so ist, bin ich gezwungen mitzukommen.«

»Allerdings.«

Die Hände nach wie vor ineinander verschränkt, durchquerten sie die leere Eingangshalle, betraten den kleinen Salon und verließen das Haus durch die Terrassentür.

Die Sonne war längst untergegangen und nur ein schwacher Lichtstreifen war noch am westlichen Horizont auszumachen. Dafür schien der Mond hell und tauchte die Wiesen und Blumenbeete in silbriges Licht. Penny hätte den Weg zwar auch im Dunkeln gefunden, das Mondlicht erlaubte ihr jedoch, das Schritttempo zu erhöhen, und so flogen sie förmlich durch den nächtlichen Park von Windham Manor.

Das war der Grund für ihren galoppierenden Herzschlag. Und ein wenig vielleicht auch die Tatsache, dass es sich nicht gehörte, mit einem Mann allein mitten in

der Nacht zu einer Laube am See zu gehen. Nur war
George nicht irgendein Mann, sondern ein guter
Freund, ganz ohne romantische Absichten. Es war also
gar nichts dabei. Trotzdem freute sie sich darauf, die-
sen wundervollen Ort mit ihm zu teilen. Zumal es die
Zeit des Jahres war, in der man besonders viele Stern-
schnuppen beobachten konnte. Das würde zwar seine
Probleme nicht lösen, ihn aber zumindest auf andere
Gedanken bringen. Und das brauchte ihr Freund im
Moment dringend.

George

Ein wenig verwirrt folgte George Penny nach draußen. Ein Ausflug mit ihr im Mondschein, noch dazu,
während ihre kleine Hand zart in seiner lag, war nicht
gerade das, was er von einer platonischen Freundin erwartete. In der gesamten Situation lag eindeutig ein
Schuss Romantik und die Faszination des Verbotenen,
die ihn schon immer besonders erregt hatte.

Andererseits konnte er sich mit Eunice durchaus einen solchen Ausflug vorstellen, ohne diesen Kitzel zu
spüren. Warum war es mit Penny anders? Es gab einige
Parallelen: Er war mit beiden vor Jahren intim gewesen, wenn auch auf unterschiedliche Weise, doch das
war längst Geschichte und das Verhältnis inzwischen
rein platonisch. Deshalb war nichts dabei, dass er Pennys Hand hielt, während sie nebeneinander durch den

nächtlichen Park liefen, auch wenn es sich anders anfühlte. Das lag sicher daran, dass ihm die Ereignisse der
letzten Zeit arg zugesetzt hatten.

Sie erreichten die kleine Laube am See, die er von
früheren Besuchen auf Windham kannte. War das ihr
Ziel? Tatsächlich steuerte Penny darauf zu, betrat sie jedoch nicht, sondern forderte ihn auf, auf der schmalen
Bank davor Platz zu nehmen.

»Ich dachte, die Sternschnuppen könnten dich aufheitern«, sagte sie und ließ ihn zu seinem Bedauern los.
Auch setzte sie sich nicht neben ihn, sondern trat hinter die Bank. Gerade wollte er fragen, was sie vorhatte,
als ihre Finger sanft seine Schultern berührten. Sie
würde doch nicht ...

»Ich dachte, du könntest ein wenig Entspannung
brauchen?« Ihre Stimme klang vollkommen unschuldig und schon begann sie damit, seinen Nacken mit ihren Fingern zu bearbeiten.

Und obwohl er noch Halstuch und Jacke trug, ging
ihm die Berührung durch und durch. Sie war ein Na-
turtalent. Von Anfang an hatte sie eine Technik be-
herrscht, die ihn entspannte.

»Heißt es nicht, jeder gefallene Stern steht für einen
Wunsch?« Genau wie vor so vielen Jahren nutzte sie die
Gelegenheit, um mit ihm zu plaudern. »Dann ist eine
Nacht wie heute förmlich geschaffen für einen Neuan-
fang mit unbegrenzten Wünschen.«

Und als ob die Sterne ihre Worte gehört hätten, zogen
gleich zwei hellleuchtende Streifen über den Nacht-
himmel. Ganz gegen seine Art, schloss George kurz die
Augen und wünschte sich mit aller Macht einen Ausweg aus seiner Situation. Gleichzeitig erkannte er, dass

Wünsche allein es nicht richten würden. Es lag an ihm, der Mann zu werden, der er wirklich sein wollte. Jemand, der zu Recht stolz auf sich und das war, was er vollbracht hatte. Doch dafür musste er zuerst seine wahren Ziele im Leben finden. Denn sein Gespräch mit Penny hatte ihm brutal vor Augen geführt, dass er im Grunde keine Ahnung hatte, welche das sein könnten. Sicher, Penny bei ihrer Aktion für die Carpenters zu unterstützen, hatte sich gut angefühlt, ebenso wie Gabriel bei der Rettung missbrauchter Frauen zu helfen. Aber es waren nicht seine eigenen Kreuzzüge, nichts, was ihn definierte.

Die Welt für möglichst viele Menschen zu einem besseren Ort zu machen, war an sich ein ehrenwertes Motiv, dem er einiges abgewinnen konnte. Doch selbst wenn es ihm gelang, die Auflagen des Testaments zu erfüllen und die Ziegelei seines Vaters zu erben, wäre er nicht wohlhabend genug, um wohltätige Zwecke im großen Stil zu finanzieren. Aber es gab andere Wege, einen Unterschied zu machen. Er hatte da eine Idee.

»Du siehst aus, als würde dein Wunsch dir Freude bereiten.« Pennys Stimme veranlasste ihn dazu, die Lider wieder zu heben. Sie hatte damit aufgehört, seinen Nacken zu massieren, und war im Begriff, sich neben ihn zu setzen. Das Mondlicht verfing sich in ihren Locken und sorgte dafür, dass ihre Augen glitzerten, fast wie die Oberfläche des Sees hinter ihr. Sein Blick wanderte hinüber. Das Wasser rief nach ihm, verhieß willkommene Abkühlung in der Hitze der Sommernacht, verbunden mit dem Versprechen, ihn zu tragen und den Rest der Welt für ein paar Minuten vergessen zu lassen.

»Wir werden sehen«, antwortete er leise und sah zu ihr. »Es ist erstaunlich, welchen Frieden ich in solchen Momenten mit dir empfinde.« Weil ihm sofort klar war, wie falsch seine Worte gedeutet werden konnten, fügte er schnell hinzu: »Das ist es, was eine gute Freundschaft ausmacht, oder nicht?«

Ein Lächeln erhellte ihre Züge und, wenn ihn nicht alles täuschte, überzog eine leichte Röte ihre Wangen. Um sicher zu sein, hätte er allerdings mehr Licht gebraucht.

»Und das sind wir. Gute Freunde.«

Dabei beließen sie es und George genoss das Gefühl. Auch wenn sich vor seinem inneren Auge das Bild der geröteten Wangen mit dem einer jüngeren Penny vermischte, die ihm ihre verführerischen vollen Lippen zum Kuss anbot. Am Ende war er eben doch nur ein Mann mit fleischlichen Bedürfnissen und Trieben. Vielleicht lag es auch daran, wie sie seinen Nacken berührt hatte. Als sie das zum letzten Mal getan hatte, hatte es zu Küssen geführt. Doch als zivilisierter Gentleman war er durchaus in der Lage, sich zu beherrschen. Und wie seine Beziehung zu Eunice bewies, gab es etwas, das höher einzuschätzen war, als die leidenschaftliche, aber flüchtige Vereinigung zweier Körper: Echte Freundschaft, auf die man bedingungslos vertrauen konnte.

Penny

»Und was lernen wir aus der Geschichte mit dem Jungen und dem Wolf?« Mit übertrieben fragendem Gesichtsausdruck sah George in die Runde. Sieben Kinder im Alter von sechs bis zehn Jahren hingen förmlich an seinen Lippen.

»Dass man nicht lügen soll?« Die Antwort kam von einem stämmigen Jungen aus dem nahegelegenen Ort. John war der Sohn des dortigen Schankwirts und erschien einmal die Woche zum Unterricht.

»Genau«, antwortete George und schenkte dem Jungen ein Lächeln, das er auf die anderen Kinder ausweitete. »Denn wenn man lügt, führt das dazu, dass niemand einem mehr glaubt, selbst wenn man die Wahrheit sagt. Und damit ist der heutige Unterricht auch schon beendet.«

»O nein!«, rief Anne, die jüngste Tochter der Köchin. »Erzählt uns noch eine Geschichte.« Die anderen Kinder unterstützten sie mit eifrigem Nicken und Zustimmungsbekundungen.

»In zwei Tagen stehen wieder Fabeln auf Miss Pennys Plan, dann könnt ihr die nächste hören.«

»Da bin ich aber nicht da.« John klang enttäuscht.

»Wie wäre es, wenn ich heute Nachmittag ins Dorf komme und mit deinen Eltern spreche? Ich schlage ihnen vor, dass du in Zukunft zweimal in der Woche herkommen solltest.«

»Das wäre wirklich 'ne Wucht!« John stand grinsend auf. »Hören wir dann noch mehr von diesem Äsop? Der scheint ja ’ne Menge kluger Sachen geschrieben zu haben.«

»Das hat er und, ja, wir werden eine andere Fabel aus seiner Sammlung lesen.« Er hob die Hand und winkte den Kindern zu. »Wir sehen uns in zwei Tagen.«

Sie winkten lachend zurück und verließen den Klassenraum.

George kam überraschend gut mit den jüngeren Kindern zurecht. Während Penny lieber Erwachsene unterrichtete, weil sie es als mühsam empfand, die Kinder bei Laune zu halten, gelang es George scheinbar mühelos, jederzeit für Ruhe zu sorgen. Die Kleinen hingen förmlich an seinen Lippen und führten jede von ihm gestellte Aufgabe mit besonderer Sorgfalt durch.

Wäre er seinen eigenen Kindern ein ebenso geduldiger Vater? Das würde sie bald herausfinden, denn George verschickte jeden Tag unzählige Briefe an Verwandte und Bekannte in ganz England, auf der Suche nach einer möglichen Gattin. Den Plan, Helens Schwester den Hof zu machen, schien er aufgegeben zu haben. Das hätte sich allerdings auch schwierig gestaltet, denn die Zwillinge steckten ständig die Köpfe zusammen, planten und lachten miteinander oder unternahmen lange Spaziergänge.

Penny war bereit, vor sich selbst zuzugeben, dass sie froh darüber war. Sie wollte, dass er eine Ehefrau fand. Und doch hätte es sie belastet, wenn er mit der Schwester ihrer Schwägerin verheiratet gewesen wäre.

»Ich bewundere deine Geduld mit den Kleinen«, sagte sie und packte ihre Unterlagen zusammen. Er hatte den Unterricht um mehr als eine Viertelstunde überzogen, weshalb sie jetzt allein in der Schule waren.

»Das ist leicht. Man muss ihnen nur das Gefühl geben, sie ernst zu nehmen.«

»Und trotzdem kommt es immer wieder vor, dass sie nicht aufpassen oder sich weigern mitzumachen.«

Achselzuckend trat er neben sie und gemeinsam verließen sie das Gebäude. »Es sind Kinder und ich bin neu für sie. Warte mal ab, wie das in zwei oder drei Wochen wird, wenn sie sich an mich gewöhnt haben. Dann tanzen sie mir mit Sicherheit auf der Nase herum.«

»Ich bin schon gespannt, das zu erleben.«

Draußen angekommen, warf Penny einen Blick nach oben. Auf dem Dach befand sich Mr Carpenter, der Messungen vornahm. Wenn der Regen aus einer bestimmten Richtung kam, drang er durch das Dach in der Schule und er sollte das richten.

Froh, dass Gabriel eine Arbeit für ihn gefunden hatte, winkte sie ihm zu. Sein Sohn durfte in den Ställen helfen und stelle sich mehr als geschickt an, wenn man dem Stallmeister glaubte. Nur für Mrs Carpenter hatten sie noch keinen festen Platz. Momentan half sie im Haus dort, wo jemand gebraucht wurde.

Penny zermarterte sich das Hirn, wie es mit den Dreien weitergehen sollte. Bisher war ihr keine Lösung eingefallen, doch sie war zuversichtlich, dass sie auf lange Sicht eine finden würde.

So könnte die Zukunft aussehen

Penny

Was Phoebe anging, musste Penny ihrem Bruder recht geben: Obwohl sie ihrer Zwillingsschwester nicht besonders ähnlich war, erschien sie als sympathische und erfrischend ehrliche Frau, die es verstand, ihre Meinung zu vertreten.

Wie es der Zufall wollte, ergab sich an diesem Abend die erste Gelegenheit für die beiden Frauen, allein miteinander zu sprechen. Helen hatte sich nach dem Dinner zurückgezogen, da sie Kopfschmerzen und Übelkeit quälten. Gabriel und George nutzten die Zeit, um sich bei Zigarren und Brandy die Zeit zu vertreiben.

Also lud Penny ihre Schwippschwägerin zu ihrem allabendlichen Seespaziergang ein.

»Da begleite ich Euch gerne.« Lächelnd stimmte Phoebe zu und sie wandten sich vom Haus ab.

»Hier ist es so anders als dort, wo ich aufgewachsen bin. Schon allein die Gebäude«, begann Phoebe das Gespräch. »In meiner Heimat baut man Häuser aus dem Stein, der in der Gegend üblich ist, und nicht aus diesen rötlichen Ziegeln. Ich bin am Meer groß geworden, wisst Ihr. Dort ist alles rauer und ursprünglicher als hier.«

»Wir sollten zusammen nach Brighton reisen. Der Strand und das Meer könnten helfen, Euch ein klein wenig Heimatgefühl zu vermitteln.«

»Das wäre schön, auch wenn ich befürchte, dass es hier im Süden doch etwas anderes ist. Allerdings vermisse ich das Wasser und nehme das, was ich kriegen kann. Selbst einen See oder einen Fluss. Süßwasser ist zwar nicht das Gleiche, aber besser als nichts.«

»Hat es Euch deshalb in Ägypten gefallen? Ich habe gehört, der Nil soll so breit sein, dass man kaum das andere Ufer sehen kann.« Selbst verspürte Penny keine Lust, ihre Heimat zu verlassen und zu reisen, aber sie war neugierig zu hören, was Phoebe alles erlebt hatte.

»Auch. Der Nil ist ein ganz besonderer Fluss. Wenn er über die Ufer tritt, was regelmäßig passiert, hat das etwas von einer Sturmflut am Meer. Und er spendet Abkühlung in der brütenden Hitze. Man kann sich die Temperaturen dort nicht vorstellen, wenn man sie nicht erlebt hat. Selbst die heißesten Tage des Hochsommers hier in England erscheinen im Vergleich zu einem normalen Tag in Ägypten wie ein kühler Frühlingsmorgen. Versteht mich nicht falsch, ich liebe das Land, aber ich hätte nichts dagegen, wenn die Sonne weniger erbarmungslos herabbrennen würde.« Entschuldigend sah sie zu Penny. »Jetzt rede ich die ganze Zeit über mich, wie unhöflich. Dabei wollte ich dringend allein mit Euch sprechen, weil mich etwas anderes brennend interessiert. Bitte verzeiht mir die Frage, aber ich muss es unbedingt wissen: Ist meine Schwester wirklich glücklich?«

Diese Frage überraschte Penny, denn das Glück ihres Bruders und seiner jungen Frau war für jedermann offensichtlich. Außerdem pflegten die Zwillinge zweifellos eine innige und vertraute Beziehung zueinander. Wieso zweifelte Phoebe daran, dass ihre Schwester in dieser Angelegenheit die Wahrheit sprach? Vermutlich lag es an ihrer besonderen Vergangenheit mit Gabriel. Penny kannte nicht alle Details, aber Helen hatte ihr erzählt, wie groß die Abneigung ihrer Schwester gewesen war. Offenbar hatte sie jeden von Gabriels sarkastischen Kommentaren für bare Münze genommen und auch all den Gerüchten Glauben geschenkt, die über ihn im Umlauf waren. Dachte sie wirklich, dass Penny etwas erzählen konnte, das Helen verschwiegen hatte? Unwahrscheinlich. Vermutlich suchte sie nur Bestätigung, um sich besser zu fühlen.

»Das denke ich schon«, antwortete Penny deshalb mit Nachdruck. »Genau wie Gabriel. Die beiden ergänzen sich perfekt. Er trägt sie auf Händen und liest ihr jeden Wunsch von den Augen ab. Dafür hilft sie ihm, die Fehler seiner Vergangenheit und die damit einhergehende Schwermut zu überwinden. Man könnte sagen, Eurer Schwester ist gelungen, woran meine Familie und auch George kläglich gescheitert sind.«

»George?«

»Mr Burdon.«

»Er ist Giddeons ältester Freund, nicht wahr?« Es war offensichtlich, dass Phoebe Gabriel gewisse Vorbehalte entgegenbrachte. Dazu gehörte auch ihre Neigung, ihn nicht mit seinem Titel, Windham, anzusprechen. Jahrelang war er in der Gesellschaft als Mr Giddeon bekannt gewesen, bevor ihr Vater ihm letztes Jahr diesen Titel verliehen hatte.

»Ja«, antwortete sie schlicht, weil es ihr nicht zustand, mehr über George zu sagen. Besonders, falls er doch noch vorhatte, um Phoebe zu werben.

»Ich kam nicht umhin, zu bemerken, dass seine und meine Situation sich ähneln«, sprach Phoebe weiter und Penny hob unwillkürlich die Brauen. »Schaut nicht so entrüstet.« Phoebe lachte ein offenes, herzerwärmendes Lachen. »Ich behaupte ja gar nicht, dass wir uns charakterlich ähneln. Es ist mehr so, dass mir die Situation, in der er steckt, bekannt vorkommt. Es ist gar nicht so lange her, dass mein Vormund starb und ein Testament hinterließ, das mich und Helen zwang, unverzüglich eine Ehe anzustreben, weil die Alternative undenkbar gewesen wäre. So bin ich ja seinerzeit an Euren Bruder geraten. Ich kann mich noch gut daran erinnern, wie verzweifelt ich war. Zum Glück hat sich dank der Heirat meiner ältesten Schwester mit Chadwick alles zum Guten gewendet. Dennoch: Ich mag es nicht, von der Gnade anderer abhängig zu sein, selbst wenn es meine Familie ist. Burdons Schicksal ist ein Paradebeispiel dafür, was geschieht, wenn einem diese Gnade entzogen wird.« Inzwischen war Phoebes Ton ernst geworden. »Ich kenne die genauen Umstände nicht, die dazu geführt haben, aber ich kann mir vorstellen, wie er sich dabei fühlt. Und wie es für ihn ist, hier zu wohnen. Uns ist beiden bewusst, dass wir hier nur Gäste sind, auf Zeit geduldet, nicht mehr.«

Penny wollte widersprechen, doch Phoebe ließ sie nicht zu Wort kommen.

»Bemüht Euch nicht, Ihr wisst, dass ich recht habe. Was unseren Aufenthalt hier angeht, sind wir auf das Wohlwollen des Besitzers von Windham Manor angewiesen, das wir glücklicherweise im Moment genießen. Alles, was wir tun können, ist unsichtbar zu bleiben und es allen recht zu machen, damit das möglichst lange so bleibt.«

»George und unsichtbar? Wohl kaum.« Die Worte waren laut ausgesprochen, bevor Penny darüber nachdenken konnte. Die Vorstellung eines George, der versuchte, es allen recht zu machen, passte nicht zu dem Mann, den sie kannte. Oder doch? War das der wahre Grund für seine Freundlichkeit und Hilfsbereitschaft?

»Ich denke schon. Helen hat viel von ihm erzählt, meist davon, dass sie ihm ihr Leben verdankt. Ich glaube, sie hofft, damit mein Interesse zu wecken. Es würde ihr bestimmt gefallen, wenn ich den besten Freund ihres Mannes heirate.« Abermals lachte Phoebe laut und glockenhell. »Als ob ich jemals freiwillig heiraten würde.« Mit leicht zur Seite geneigtem Kopf sah sie Penny an. »Ihr versteht, was ich meine?«

Da die Frage rhetorischer Natur zu sein schien, nickte Penny lediglich. Sie wollte den Redefluss der jungen Frau nicht unterbrechen. Dafür war sie viel zu interessiert.

»Frauen wie wir«, fuhr Phoebe fort, »sind nicht für die Ehe gemacht, weil wir mehr im Kopf haben als Bälle, Kleider und Kinder. Wir können auf einen Ehemann verzichten, der uns bevormundet und das bisschen Besitz wegnimmt, über das wir verfügen. Wir bewahren uns eine gewisse Selbständigkeit. Dennoch sind wir von Männern abhängig. Ich zum Beispiel bin letzten Endes auf die Ehemänner meiner Schwestern angewiesen. Ohne sie habe ich so gut wie nichts, weder ein Einkommen noch ein Dach über dem Kopf. Ich bin sicher, Euch geht es ähnlich. Wer finanziert Eure Projekte? Euer Bruder? Oder Euer Vater?« Sie ließ Penny keine Zeit zum Antworten. »Egal, ihr wisst, was ich meine. Wie es ist, vom Wohlwollen anderer abhängig zu sein. Und Mr Burdon weiß nun auch, wie sich das anfühlt. Nur hat er es offenbar versäumt, sich mit seinen Verwandten gut zu stellen. Das war wenig weitsichtig, ich möchte nicht mit ihm tauschen.«

Dieses Gespräch sorgte nicht gerade für die erhoffte Ruhe und Ablenkung. Sie waren am See angekommen, hatten sich aber nicht gesetzt, sondern liefen stattdessen am Ufer entlang. Windham Manor war ihre Heimat, Penny konnte sich nicht vorstellen, es eines Tages für immer zu verlassen. Und dennoch hatte Phoebe recht. Soweit Penny wusste, war Phoebe und ihren Schwestern genau das mehrfach passiert. Nach dem Tod ihrer Eltern hatten sie ihre Heimat verlassen, um bei ihrer älteren Schwester zu leben. Und nach dem Dahinscheiden von deren Ehemann hatten sie erneut umziehen müssen. So waren sie nach London zu Onkel und Tante gekommen und hatten dort Gabriel kennengelernt. Phoebe hatte als einzige der drei Schwestern nicht geheiratet und war mit ihrer älteren Schwester und deren zweitem Mann nach Ägypten gereist. Und nun war sie bei Helen und Gabriel zu Gast. Kein Wunder, dass sie nirgendwo wirklich zu Hause war. Bestimmt ein schreckliches Gefühl.

»Nein, das wäre nicht schön«, bestätigte Penny sowohl ihre eigenen Gedanken als auch Phoebes letzten Satz. Nur mit Mühe gelang es ihr, die Sorgen abzuschütteln, die dieses Gespräch in ihr heraufbeschworen hatte. »Aber George wird einen Weg finden. Und was Euch angeht, Ihr werdet immer auf Windham Manor willkommen sein, da bin ich sicher.«

»Ich glaube nicht, dass Euer Bruder mich sehr mag«, gab Phoebe zu bedenken. »Oder ich ihn.«

»Das ist keine Frage der Sympathie, es geht um Familie. Ihr seid seine Schwägerin und ihm damit so nah wie eine Schwester. Ich weiß nicht, was zwischen euch vorgefallen ist, aber ich bin absolut sicher, dass er Euch niemals im Stich lassen wird.« Hoffentlich war ihr Tonfall versöhnlich genug, um ihre Worte nicht wie einen Tadel wirken zu lassen.

»Jetzt klingt Ihr wie Helen, was nicht weiter verwunderlich ist, ihr liebt ihn ja beide, nehme ich an, jede auf ihre eigene Weise. Eigentlich erstaunlich, wenn man bedenkt, wie gut er darin ist, all seine Vorzüge vor dem Rest der Welt zu verbergen.«

Penny wollte ansetzen, ihren Bruder zu verteidigen, doch Phoebe hob die Hand und sprach weiter.

»Schon gut, er ist ein echter Gentleman. Das habe ich inzwischen verstanden. Helen redet ja praktisch über nichts anderes, wenn man von ihrer Schwangerschaft einmal absieht. Und selbst daran ist er ja irgendwie schuld. Ich habe Euch die Frage zu ihrem Glück nur deshalb gestellt, weil ich meine Schwester kenne. Sie ist entschieden zu gut für diese Welt und ihre Loyalität ist bedingungslos. Helen würde nicht mal schlecht über ihren Gatten reden, wenn er vor ihren Augen alle sieben Todsünden beginge. Auch dann nicht, wenn sie selbst darunter leidet. Besonders dann nicht. Ihre Leidensfähigkeit war immer deutlich höher als meine.« Sie seufzte schwer. »Ich gebe es ungern zu, aber wir sind uns nicht mehr so nah wie früher. Das mag an der langen Trennung während meines Aufenthalts in Ägypten liegen und mit Sicherheit auch ein bisschen an ihrer Heirat. Letzten Endes driften unsere Interessen und Ziele mehr und mehr auseinander, das kristallisiert sich unaufhaltsam heraus.«

»Das tut mir leid«, antwortete Penny und meinte es so. »Seid versichert, dass es Helen gutgeht und sie hier ein neues Heim gefunden hat, in dem sie sich wohlfühlt und frei entfalten kann.«

»Ihr glaubt nicht, wie sehr mich das beruhigt. Als ich hierherkam, befürchtete ich das Schlimmste. Mein Misstrauen Eurem Bruder gegenüber saß tief. Nie hätte ich für möglich gehalten, dass es in seinem Haus so unbeschwert und fröhlich zugehen könnte. Ich war davon überzeugt, dass das alles nur Fassade sei, und fest entschlossen, die Wahrheit aufzudecken. Doch nun muss ich mir eingestehen, dass ich falschlag. Es fällt mir nicht leicht, aber ich werde mein Bestes geben, mich Eurem Bruder gegenüber in Zukunft fair zu verhalten. Und ich möchte Euch vielmals für die Geduld und Freundlichkeit danken, die Ihr mir seit meiner Ankunft durchweg entgegengebracht habt, ich hatte sie nicht verdient.«

»Keine Ursache.« Lächelnd umarmte Penny ihre Schwippschwägerin. »Ihr hattet allen Grund, misstrauisch zu sein. Aber mit dem ganzen Ihr und Euch ist ab sofort Schluss. Ich freue mich, dass wir deine Zweifel zerstreuen konnten. Willkommen in der Familie, Phoebe. Vielleicht möchtest du irgendwann mal in der Schule vorbeikommen und von deinen Abenteuern in Ägypten erzählen? Das wäre wirklich toll.«

Nach außen gab sich Penny locker und glücklich, während in ihrem Innerem ganz anders aussah. Phoebes Sinnieren über die Abhängigkeit von Dritten hatte sie zutiefst beunruhigt. Mit der Wucht, die plötzliche Erkenntnisse offensichtlicher Sachverhalte an sich hatten, erkannte sie, dass ihre eigene Situation der von George und Phoebe nicht unähnlich war.

Auch sie verfügte über keinerlei Einkommen. Auf Gabriel war Verlass, das stand außer Frage. Doch er war nicht unsterblich. Was geschah, wenn er einmal nicht mehr war? Er hatte zwar für sie vorgesorgt, eine jährliche Apanage und ein Wohnrecht auf Windham waren ihr sicher. Allerdings würde das Geld nie und nimmer reichen, um ihre Schule weiterzuführen. Oder Menschen wie die Carpenters aufzunehmen. Würden ihre anderen Geschwister sie ebenso unterstützen wie Gabriel? Eher nicht.

Eigentlich war es schlimm genug, dass sie Gabriel wegen jeder Kleinigkeit als Bittstellerin gegenübertreten musste. Egal ob es um die Aufnahme der Carpenters oder die Erneuerung des Schuldachs ging. Selbständiges und eigenverantwortliches Handeln sah anders aus.

Sei nicht so melodramatisch, Penny, schalt sie sich innerlich selbst. Trotzdem ließ sie der Gedanke nicht los.

War sie am Ende gar nicht so unabhängig und selbstbestimmt, wie sie gern tat? Und falls dem so war, wie konnte sie etwas daran ändern?

Zurück am Haus verabschiedete sie sich von Phoebe und zog sich auf ihr Zimmer zurück. Sie brauchte jetzt Ruhe, um zu überlegen, welche Konsequenzen sie aus dieser neuen Erkenntnis ziehen wollte.

Gemeinsame Entscheidungen

George

George hatte unendlich viele Briefe an entfernte Familienmitglieder, Freunde und Bekanntschaften geschrieben. Im Grunde an jeden, der weibliche Verwandtschaft im heiratsfähigen Alter hatte. Nun, da ihm die Adressaten ausgingen, gönnte er sich eine kleine Ruhepause. Was sollte er auch tun, während er auf Antworten wartete?

Das Nichtstun zehrte gehörig an seinen Nerven und so hatte er beschlossen, Penny bei ihrem Schulprojekt zu unterstützen. Die Arbeit mit den Kindern war überraschend befriedigend und ihr Wissensdurst kannte keine Grenzen. Er war weit davon entfernt, ein guter Lehrer zu sein, aber Penny schien dankbar, dass er die Kleinen beschäftigte, während sie komplexere Themen für ältere Kinder und Erwachsene unterrichtete. Außerdem machte es Spaß, ihr bei der Vorbereitung der Unterrichtsstunden zu helfen. Ihre gute Laune und der unbeirrbare Optimismus waren ansteckend und ließen seine Sorgen und Selbstzweifel dahinschmelzen.

Inzwischen hatte sich die vage Idee verfestigt, die seit seinem nächtlichen Gespräch mit Penny in seinem

Kopf herumgespukt hatte. Vielleicht war die Politik etwas für ihn. Bis zum Tod ihres Vaters war sein Bruder Hugh Mitglied des Unterhauses für den Wahlkreis Sussex gewesen. Als eingefleischter Tory hatte er mit seiner konservativen Einstellung dafür gesorgt, dass alles so blieb, wie es war. Durch den Titel des Viscount hatte Hugh jetzt einen Platz im Oberhaus. Damit war der zweite Sitz von Sussex im Unterhaus vakant.

Warum sich nicht darum bemühen? Wenn man wirklich etwas verändern wollte, schien das die vielversprechendste Möglichkeit. Er würde nicht für die Torys antreten, sondern für die Whigs. Sie setzten sich für genau die Veränderungen ein, die Penny herbeiführen wollte. Eine gute Sache, die auch seinem Wesen entsprach. Warum also nicht in dieser Richtung arbeiten?

Es gab noch mehr Menschen wie Penny da draußen und, wenn er es geschickt anstellte, konnte er ein Sprachrohr für sie sein und die Welt damit ein Stück besser machen. Er nahm sich vor, in den nächsten Wochen Kontakte in Sussex zu knüpfen, um seine Chancen auszuloten. Gabriel würde ihn bestimmt unterstützen. Andererseits lohnte es sich kaum, darüber nachzudenken, solange er weder Einkommen noch Besitz in Sussex hatte. Was ihn zu seinem dringlichsten Problem brachte: Er brauchte schnellstmöglich eine adäquate Ehefrau.

Ein Klopfen an der Tür riss ihn aus seinen Überlegungen.

»George? Darf ich reinkommen?«

Dass Penny mit ihm reden wollte, war an sich nicht weiter verwunderlich. Ihre Bitte, eintreten zu dürfen, allerdings schon, denn dies war sein Schlafgemach und sie war offensichtlich allein. Kurz überlegte er, sie fortzuschicken, entschied sich dann jedoch dagegen. Sie war eine intelligente, erwachsene Frau, die wusste, was sich gehörte. Wenn sie zu dem Schluss gekommen war, dass, jetzt und hier ein Gespräch mit ihm zu führen, wichtiger war als ihr guter Ruf, war das ihre Entscheidung. Außerdem verband sie eine gute Freundschaft und einen Freund wies man nicht ab.

»Du bist selbstverständlich immer willkommen. Was kann ich für dich tun?«, fragte er leichthin, ihren umherschweifenden Blick beobachtend. In Ermangelung eines Kammerdieners war sein Zimmer nicht so ordentlich, wie es sein sollte, und erst jetzt wurde er sich der herumliegenden Kleidung und seiner Rasierutensilien bewusst. Alles persönliche Dinge, die bisher noch keine Frau zu sehen bekommen hatte. Überhaupt überfiel ihn eine merkwürdige Scheu. Penny war das erste weibliche Wesen, das jemals sein Schlafgemach betreten hatte. Normalerweise traf er sich mit Frauen bei ihnen zu Hause – oder in einem diskreten Hotel. *Bleib konzentriert und hör dir an, was sie zu sagen hat.* Er richtete seine Aufmerksamkeit auf sie.

»Ich habe dir einen Vorschlag zu unterbreiten.« Sie knetete die Finger, eine Geste, die er nicht von ihr kannte und die für ihre Nervosität sprach.

»Bitte.« Er unterstrich die Worte mit einem Lächeln, von dem er selbst merkte, wie befangen es war.

»Es geht um deinen Heiratsantrag. Wärst du bereit, gewisse Bedingungen zu akzeptieren?«

Ihre Frage traf ihn vollkommen unvorbereitet. Er musste sich verhört haben. Anders konnte es nicht sein. Hatte Penny angedeutet, sie könne seinem Antrag doch noch zustimmen?

»Welche Bedingungen?«

Penny fixierte ihn und sagte mit klarer Stimme: »Dein Besitz wird nicht an einen Titel gekoppelt sein, was bedeutet, dass ich – oder Kinder, falls wir jemals welche haben sollten – sie nach deinem Ableben erben können. Das ist meine erste Bedingung. Sowohl ich als auch eventuelle Kinder erben deinen Besitz zu gleichen Teilen. Die zweite ist folgende: Wir teilen uns die Einnahmen aus der Ziegelei, die Hälfte aller Gewinne steht mir zur freien Verfügung. Außerdem will ich ein Mitspracherecht: Wir treffen alle wichtigen Geschäftsentscheidungen gemeinsam. Drittens: Meine Mitgift verwenden wir, um ein eigenes Heim zu kaufen, welches, ebenso wie alles andere, was mir derzeit gehört, in meinem persönlichen Besitz verbleibt. Das gilt auch für alles, was ich in Zukunft erben oder erwerben sollte. Viertens: Ich bin nicht dein Besitz. Du gestehst mir weiterhin alle Rechte zu, die ich im Moment habe, ohne Ausnahme. Und fünftens: Du hörst auf zu spielen. Wenn du bereit bist, diesen Punkten zuzustimmen, werde ich deine Frau.«

Vollkommen sprachlos starrte George seine Freundin an und ihn beschlich ein mulmiges Gefühl. Was bewegte sie zu diesem Gespräch? Er erkannte sie kaum wieder, wie sie da vor ihm stand, die Arme energisch in die Hüften gestemmt, und ihm ihre Bedingungen diktierte. Und schlechte noch dazu. Er sollte seine Einnahmen sowie die Kontrolle über die Ziegelei mit ihr teilen und bekam nichts dafür, nicht einmal die Mitgift.

*Du bekommst sie und sieh es realistisch: Ohne sie
hast du gar nichts.*

»Ich kann dich förmlich denken hören«, sagte sie und
nahm die Hände von den Hüften. »Ich biete dir das, was
du mir geboten hast. Ein Geschäft.«

Das stimmte. Keine übliche Ehe, in der der Mann die
finanziellen Vorteile genoss, sondern eine, von dem sie
genauso profitierte wie er. Jeder behielt, was er im Moment hatte, und sie teilten sich das durch die Hochzeit
erlangte Erbe gerecht auf.

Der Charme einer solchen Vereinbarung war nicht
von der Hand zu weisen, trotzdem brauchte er einen
Moment, um es zu verkraften. Es gab ihm eine Ahnung
davon, wie sie sich bei seinem Antrag gefühlt haben
musste. So logisch und pragmatisch seine Argumente
auch gewesen sein mochten, spürte er jetzt, wie
schlecht es sich anfühlte, zu einem Werkzeug degra-
diert zu werden, dessen einziger Vorzug darin bestand,
Gewinn einzubringen. Hatte sie sich genauso übervor-
teilt gefühlt wie er jetzt?

»Woher der Sinneswandel?« Nicht die dringlichste
Frage, aber er brauchte Zeit, um zu verarbeiten, was gerade geschah.

Sie verzog das Gesicht. »Kann eine Frau nicht ihre
Meinung ändern?«

»Irgendeine Frau schon, aber nicht du, besonders in
dieser Angelegenheit. Versteh mich nicht falsch, ich
halte eine Eheschließung zwischen uns nach wie vor
für die beste Lösung. Wenn es irgendjemanden gibt, der
keinen Grund hat, dir das Ganze auszureden, bin ich
das. Aber es interessiert mich trotzdem: Was hat sich

seit unserem letzten Gespräch zu diesem Thema geändert?«

Trotzig hob sie das Kinn. »Ich musste der Tatsache ins Auge blicken, dass es wenig Unterschied macht, von wem ich abhängig bin. Mit dir verheiratet zu sein – vorausgesetzt, du nimmst meine Bedingungen an – wird mich letztendlich am besten davor schützen, irgendwann mit leeren Händen dazustehen.«

Er war also lediglich das kleinere Übel? Das wurde ja mit jedem Satz schlimmer.

»Das ist …« Er räusperte sich. Kurz zog er in Erwägung abzulehnen, erkannte jedoch, dass dieser Impuls falschem Stolz geschuldet war. Ihr Angebot war unüblich, aber durchaus fair. Nicht so, wie er gehofft hatte, aber schnell und sicher. Er hatte sein Ziel erreicht, wo also lag sein verdammtes Problem?

»Was soll der Punkt, dass ich nicht mehr spielen darf?« Das irritierte ihn. Galt es doch als eine durchaus angemessene Beschäftigung für Gentleman.

»Eine reine Vorsichtsmaßnahme. Ich habe gehört, dass du viel Zeit mit Kartenspielen verbringst und gern hohe Summen wettest. Du wärst nicht der Erste, dem dieses Laster zum Verhängnis wird. Wir wissen beide, dass am Ende ich für Wett- oder Spielschulden aufkommen müsste, die du nicht begleichen kannst. Schlimmer noch, es besteht die Gefahr, dass du unsere einzige Einnahmequelle verspielst. Dieses Risiko ist nicht akzeptabel.«

Obwohl er wusste, wie sie und ihre Familie über ihn dachte, trafen ihn diese Worte. »Ich mag ab und an größere Summen verloren haben, das bestreite ich nicht, aber ich bin weit davon entfernt, ein Spieler zu sein, der seine Grenzen nicht kennt. Insgesamt habe ich deutlich mehr gewonnen als verloren. Das ist ja das Gute. Es hilft mir, mein Budget gelegentlich aufzubessern. Man muss sein Limit kennen und niemals mehr setzen, als man entbehren kann. Wenn man eine Glückssträhne hat, muss man die Gewinne mitnehmen und darf nicht der Versuchung erliegen, ständig mehr zu setzen. Noch viel wichtiger ist es, die Ruhe zu bewahren, wenn man eine Pechsträhne hat. Man darf das Glück nicht erzwingen. Dann gerät man auch nicht in Schwierigkeiten.«

»Und wie kam es dazu, dass du trotzdem verschuldet warst? Versuch nicht, es zu leugnen, ich weiß, dass es um erhebliche Summen ging.«

»Das ist Jahre her«, gab er zu. »Damals war ich jung und dumm, aber ich habe daraus gelernt. Vor allem eins: Trinke nicht, wenn du spielst. Das macht unvorsichtig.«

»Soll das heißen, dank all dieser Regeln, gewinnst du automatisch? Wie das?«

»Ganz so einfach ist es natürlich nicht. Ein scharfer Verstand ist bei vielen Spielen durchaus von Vorteil. Dazu kommen dann Mitspieler, die sich nicht an diese Regeln halten, entweder, weil sie es nicht besser wissen oder weil sie es sich schlicht und ergreifend leisten können. Im Endeffekt ist meine Börse am Ende eines Spielabends meist deutlich mehr gefüllt als am Anfang.«

Ihre gerunzelte Stirn zeigte, dass sie ihm kein Wort glaubte. Es war offensichtlich, dass sie nicht gedachte, von dieser Forderung abzurücken. Machte ihm das etwas aus? Im Grunde nicht. Wenn man von dem einen Mal nach seinem missglückten Antrag absah, hatte er seit Monaten keine Karten mehr angerührt und es fehlte ihm keineswegs.

Bevor er es sich anders überlegen konnte, sagte er laut: »Einverstanden. Ich stimme all deinen Vorschlägen ...«

»Bedingungen«, warf sie ein.

»... Bedingungen uneingeschränkt zu und gebe dir mein Wort, dass ich aufhöre zu spielen. Dann heiraten wir also?« Die Frage mochte unangebracht sein, doch er wollte sichergehen. Immerhin ging es um seine finanzielle Zukunft und Pennys Eignung als Ehefrau war über jeden Zweifel erhaben. Sie war die ideale Kandidatin, das wusste er seit Wochen. Sein ungutes Gefühl, nur ein Handelsobjekt zu sein, war ein geringer Preis.

»Dann heiraten wir also«, wiederholte sie und das erste zarte Lächeln des Tages zeichnete sich auf ihrem Gesicht ab.

Auch er lächelte und hielt ihr die Hand entgegen. »Besiegeln wir es.«

Sie ergriff seine Rechte und drückte sie kurz. »Ich werde gleich Gabriel informieren, damit er nach dem Anwalt schicken lässt. Sobald alles vertraglich festgelegt ist, steht einer Hochzeit nichts mehr im Wege.« Sie wandte sich zur Tür, um zu gehen, doch er hielt sie am Arm zurück.

»Wir bleiben aber trotzdem Freunde?« Ihre erhobenen Brauen veranlassten ihn, zu ergänzen: »Das hier eben fühlte sich nicht nach Freundschaft an, es war ...«

»Ein Geschäftsabschluss«, beendete sie seinen Satz. »Das hat nichts mit unserer Freundschaft oder unserem Umgang miteinander zu tun. Ich möchte das strikt voneinander trennen. Sobald das Rechtliche geklärt ist, können wir uns Gedanken machen, wie unsere Ehe aussehen soll.«

»Noch mehr Bedingungen?« Die Frage sollte ein Scherz sein, fühlte sich jedoch nicht so an. Sie brauchten einen Rahmen für ihr zukünftiges Zusammenleben.

»Ich halte es für sinnvoll, vorher darüber zu reden. Bis die Verträge fertig sind, wird es ein paar Tage dauern, was jedem von uns Gelegenheit gibt nachzudenken, wie wir diese Ehe gestalten wollen.«

»Ja, natürlich.« Seine Antwort kam automatisch und er wunderte sich nach wie vor, dass ihm ihr geschäftliches Gebaren so viel ausmachte. »Vorrangig bereite ich mich dann erstmal auf den Vertragsabschluss vor.«

»Eine hervorragende Idee.« Ohne ihn eines weiteren Blickes zu würdigen, verließ sie sein Zimmer.

Für einen Moment sah George ihr reglos nach. Mit dieser Entwicklung hatte er nicht gerechnet. Wie es aussah, nahm alles den bestmöglichen Verlauf für ihn. Warum zur Hölle verspürte er dann keine Freude?

Penny

Faktisch war Penny zufrieden mit dem Heiratsarrangement. Selbstverständlich war ihr aufgefallen, wie sehr ihr ungewöhnlicher Vorschlag George zugesetzt hatte. Umso mehr sprach es für ihn, dass er trotzdem zugestimmt hatte. Es war das Beste so, denn nun mussten sie sich beide keine Sorgen über ihre Zukunft machen.

Sie bedauerte lediglich, dass sich ihr Verhältnis zu George seitdem verändert hatte. Ihren Unterhaltungen fehlte die frühere Leichtigkeit und er half auch nicht mehr in der Schule. Seine Entschuldigung, er sei vollauf damit beschäftigt, alles für Hochzeit und Erbschaft in die Wege zu leiten, war durchaus plausibel, Penny hatte selbst genug mit den Hochzeitsvorbereitungen zu tun. Doch da war noch etwas anderes: eine neue, schwer zu fassende, schier unüberbrückbare Distanz zwischen ihnen, die Penny nicht gefiel. Es fühlte sich so an, als ob George sie dafür bestrafen wollte, dass sie ihre Hochzeit als Geschäft betrachtete, was lächerlich war. Schließlich war es ursprünglich seine eigene Idee.

Sie hoffte, dass sich alles normalisieren würde, sobald sie erst einmal verheiratet waren. Er bestand darauf, die Vorbereitungen schnellstmöglich über die Bühne zu bringen, daher hatten sie einen Zeitraum von drei Wochen anberaumt. Aus diesem Grund, und weil sich Georges Familie offiziell noch in Trauer befand, sollte es nur ein kleines Fest werden, doch auch das wollte geplant werden.

Da Georges Mutter in Schottland weilte, hatte es Pennys Mutter übernommen, die Feierlichkeiten zu organisieren. Und das tat sie mit Hingabe. So verflogen die Tage im Nu und Penny fand sich am Vorabend der Hochzeit in Gesellschaft ihrer Mutter, ihrer Schwestern sowie Helen und Phoebe im Garten wieder. Die Herren waren zu ihrer Überraschung von Georges Bruder Hugh für den Abend eingeladen worden und sollten auch dort übernachten. Wie jeder wusste, brachte es Unglück, wenn der Bräutigam die Braut vor der Hochzeit sah.

Die Trauung würde in der Dorfkirche stattfinden, in der die beiden Gruppen dann wieder aufeinandertrafen. Doch dieser Abend gehörte erst einmal ihrer Familie. Merkwürdigerweise hatten es bisher alle vermieden, sie auf ihre Beweggründe für diese Ehe anzusprechen. Penny konnte nur vermuten, dass sich ihre Mutter jeden Kommentar in diese Richtung verbeten hatte.

So ahnte sie bereits, um was es gehen würde, als Helen sie an diesem Abend um einen gemeinsamen Spaziergang bat. Sobald sie sich weit genug von den anderen Frauen entfernt hatten, berührte die Schwägerin sie sanft am Arm. »Seit meiner Schwangerschaft hatten wir kaum Gelegenheit, miteinander zu sprechen. Das tut mir wirklich leid. Als Erklärung kann ich lediglich die Übelkeit und dann die Ankunft meiner Schwester ins Felde führen. Das ist natürlich keine Entschuldigung. Ich war nicht da, als du eine Freundin brauchtest, das ist unverzeihlich. Trotzdem will ich versuchen, es wieder gutzumachen, soweit das möglich ist. Du weißt, dass du mit mir über alles reden kannst, oder?«

»Sei nicht albern«, sagte Penny mit einem Lächeln. »Du warst nun wirklich mehr als ausgelastet in den letzten Wochen. Es gibt keinen Grund, sich zu entschuldigen.«

»Und dennoch hätte ich für dich da sein sollen, nachdem George dir den Antrag gemacht hat. Oder als Phoebe sich bei dir darüber ausgeweint hat, dass sie kein Zuhause hat. Was ich sagen will, ist Folgendes: Ich hoffe, du hast dieser Ehe nicht nur zugestimmt, weil du Angst hast, mein ungeborenes Kind könnte irgendetwas an deiner Situation ändern.«

»Aber nein, wie kommst du denn auf so etwas? Ich weiß, dass Gabriel immer für mich sorgen wird und euer Kind daran nicht das Geringste ändert.« Mittlerweile hatten sie sich so weit vom Haus entfernt, dass lediglich die schwindende Abendsonne noch einen letzten Rest Licht bot. In diesem suchte Penny den Blick ihrer Schwägerin, um sie von der Ehrlichkeit ihrer Worte zu überzeugen.

Helen schenkte ihr ein Lächeln. »Dann bin ich beruhigt. Du weißt, dass ich George schätze, dennoch wundere ich mich etwas über deinen Sinneswandel. Bestimmt hast du einen guten Grund und ich würde mich freuen, wenn es tiefempfundene, wahre Liebe wäre. Leider befürchte ich, dass dem nicht so ist.«

»Du hast recht, romantische Gefühle haben wenig damit zu tun«, gab Penny zu, fühlte sich jedoch verpflichtet, hinzuzufügen: »Wobei ich die innige Freundschaft, die George und mich seit langem verbindet, nicht kleinreden will.«

»Sicher nicht.« An Helens Stimme erkannte Penny, dass ihre Freundin sich um sie sorgte.

Deshalb zählte sie nacheinander alle ihre Bedingungen auf sowie die Vorteile, die sich für sie durch diese Verbindung ergaben. Dank der vertraglich zugesicherten Rechte stand sie mit George als Ehemann weitaus besser da als zuvor. Und das war die volle Wahrheit. Sie hatte lange darüber nachgedacht und sich dann für diese Ehe entschieden. Wenn sie jemals ihre eigene

Herrin sein wollte, war das der einzige Weg. »Außerdem mögen wir uns«, schloss sie, »wie er nicht ganz falsch bei seinem ursprünglichen Antrag festgestellt hat.«

»Darf ich ehrlich sprechen?« Helen sah kurz zu Penny, die nickend ihre Zustimmung erteilte, und sprach weiter: »Wie gesagt, ich schätze George sehr, und dennoch bin ich beunruhigt. Gabriel meinte, dass Eure ungewöhnliche Vereinbarung jedem von Euch gestatten wird, eigenständig zu bleiben. Er geht davon aus, dass George über kurz oder lang sein vorheriges Leben in London wieder aufnehmen wird. Ist das wirklich in deinem Sinne?«

Penny verstand, worauf Helen hinauswollte. Wenn ein Mann sich dem Glücksspiel, dem Alkohol und anderen Frauen hingab, fiel das letzten Endes auch auf seine Ehefrau zurück. Spielen würde er nicht mehr, das hatte er versprochen und der Rest sollte ihr egal sein. Aber was war, wenn sie Kinder bekamen, würden die darunter leiden? Müßig, sich jetzt darüber Gedanken zu machen. »Ich bin sicher, wir werden eine Lösung finden, die für uns beide zufriedenstellend ist.«

»Wenn zufriedenstellend das ist, was du dir erhoffst? Meiner Meinung nach hast du mehr verdient.«

»Da ich nie vorhatte zu heiraten, ist per Definition alles, was ich bekomme, mehr als erwartet. Und dank des Ehevertrags kann ich dabei nichts verlieren.«

»Aber wirst du auch glücklich sein? Allein bei der Vorstellung, er könnte dich mit einer anderen betrügen, zerreißt es mir das Herz.« Jetzt, da es ausgesprochen war, schien es Helen leidzutun, denn sie hielt an und nahm Pennys Hand. »Damit will ich nicht sagen, dass er das tun wird, aber ...«

»Das kommt auf die Bedingungen an, die wir aushandeln.« Der Gedanke war ihr natürlich auch schon gekommen und sie hatte fest vor, mit George darüber zu reden. Es bestand ja die Möglichkeit, dass die ehelichen Pflichten ihnen beiden keinen Spaß bereiteten. In dem Fall würde sie ihn nicht zur Treue zwingen. Solange er diskret vorging, würde sich ihre Ehe da nicht von vielen anderen unterscheiden. Diese Details gingen allerdings nur sie und George etwas an.

Auch sie war stehengeblieben. »Ich weiß sehr genau, worauf ich mich einlasse. Georges Eskapaden der Vergangenheit sind mir wohlbekannt. Sei versichert, dass ich gründlich nachgedacht habe und überzeugt bin, das Richtige zu tun.«

»Dann bleibt mir nur noch, dir von Herzen alles Gute zu wünschen.«

Penny dankte ihrer Schwägerin und gemeinsam gingen sie zu den anderen zurück.

Eine Vernunftehe?

Penny

»Erkläre ich euch hiermit zu Mann und Frau. Ihr dürft die Braut jetzt küssen.«

Die Worte des Priesters hallten noch in Penny nach und sie suchte Georges Blick.

Er erwiderte ihr Lächeln, was ihre Unsicherheit dämpfte. Der Augenblick fühlte sich wider Erwarten gut an. Auch dass er sich zu ihr herab beugte und kurz vor ihren Lippen verharrte, auf ihre Erlaubnis wartend, gefiel ihr. Ganz wie er es ihr vor vielen Jahren gezeigt hatte, neigte sie den Kopf ein klein wenig zur Seite, um ihre Zustimmung anzuzeigen. Gleich darauf küsste er sie.

Warm und weich. Ein intensives Gefühl, viel besser als in ihrer Erinnerung. Gerade wollte sie ihre Lippen für ihn öffnen, da löste er sich von ihr, nahm ihre Hand, drückte sie und gemeinsam verließen sie den Platz vor dem Altar, um aus der Kirche zu schreiten.

Ihre Familien saßen links und rechts in den Kirchenbänken und Penny sah überall fröhliche Gesichter. So ungewöhnlich diese Verbindung war, hatte sie doch am Ende alle glücklich gemacht. Bei diesem Gedanken zog sich Pennys Herz zusammen. Galt das auch für sie? Der Kuss eben war nicht das gewesen, was sie erwartet hatte. Oder doch? Genaugenommen hatte sie gar nichts erwartet. Aber das warme Gefühl in ihrem ganzen Körper, sobald seine Lippen ihre berührt hatten, hätte sie gern weiter ausgekostet. Dass es ihm anscheinend nicht so ging, erzeugte einen ungekannten Schmerz in ihrer Brust. War das die berühmte Nervosität, die angeblich jede Braut vor der Hochzeitsnacht überfiel? Wie kamen andere Frauen damit klar?

Sie traten aus der Kirche, Penny blinzelte in das helle Sommerlicht und atmete die frische Luft ein. Sie hatte den Geruch nach Weihrauch, altem Stein und Kerzenwachs, der allen Gotteshäusern anzuhaften schien, nie sonderlich gemocht.

Draußen stand das ganze Dorf versammelt, um dem Paar zu gratulieren, denn jeder kannte Penny und ihre Schule.

Die Kinder hatten sich in einer Reihe aufgestellt und gaben ein Lied zum Besten, während die Frauen des Dorfes Penny einen Korb mit Babywäsche überreichten, die ein gutes Omen für eine baldige Schwangerschaft sein sollte.

Die Vorstellung, irgendwann ihr eigenes Baby in den Armen zu halten, erschreckte und verwirrte Penny. Wollte sie überhaupt Mutter werden? Erst seit sie Georges Umgang mit den Kleinen in der Schule gesehen hatte, hatte sie angefangen, darüber nachzudenken, und zu einer Antwort war sie bisher noch nicht gelangt.

Um ein Kind auf die Welt zu bringen, brauchte es eine Schwangerschaft und dafür würde sie mit ihrem Mann intim werden müssen. Etwas, was zwischen ihnen noch nicht Thema gewesen war. Und nachdem George den Kuss ebenso schnell abgebrochen hatte, war er an weitergehenden Intimitäten mit ihr sicher nicht interessiert. Kein Wunder, wenn man bedachte, mit wie vielen erfahrenen Frauen er gerüchteweise das Bett geteilt hatte. Was konnte sie da im Vergleich schon bieten? Trotzdem mussten sie zumindest darüber reden und einen klaren Rahmen für ihre Beziehung abstecken. Am besten, bevor sie heute Abend zu Bett gingen.

Der Tag zog sich schier endlos dahin. Als sich die letzten Hochzeitsgäste endlich verabschiedet hatten, fand sich Penny allein mit George in den Zimmern, die vorerst ihre Unterkunft auf Windham Manor sein sollten. Gabriel hatte ihnen drei nebeneinanderliegende Räume zur Verfügung gestellt. Für jeden von ihnen ein Schlafzimmer, verbunden durch einen gemeinsamen kleinen Salon. Keine Dauerlösung, aber fürs Erste so etwas wie ein Heim mit einem Mindestmaß an Privatsphäre.

In eben diesem Salon standen sie sich nun gegenüber und Penny fühlte sich sonderbar befangen. Es kam selten vor, dass sie nicht wusste, was sie sagen sollte, und doch war genau das der Fall. Um George nicht ansehen zu müssen, musterte sie den Raum. Sie erinnerte sich, dass ihre Mutter ihn hatte renovieren lassen, als Penny noch ein kleines Mädchen gewesen war. Es war eines der Gästezimmer für verheiratete Besucher. Tapeten, Teppiche und Möbel waren in einem zarten Rosa und Weiß gehalten und zeigten deutlich die verschnörkelte Machart des letzten Jahrhunderts. Trotzdem fühlte Penny sich hier wohl.

»Dann ist jetzt der Moment, in dem es komisch zwischen uns wird?« George stand am Fenster, mehrere Meter von ihr entfernt und sah sie nicht an.

»Scheint so«, antwortete sie leise, was ihn dazu veranlasste, sich umzudrehen.

»Das sollte es nicht sein, oder?« Klang da Unsicherheit in seiner Stimme? War er am Ende genauso ängstlich und befangen wie sie?

»Ich weiß nicht, ob wir alles einfach so weiterlaufen lassen sollen wie früher, oder ob das möglich ist. Wir müssen darüber reden, wie wir in Zukunft miteinander umgehen wollen.« Jetzt, da sie sie es laut ausgesprochen hatte, sah sie ihn das erste Mal nach der Hochzeit an.

Sein schönes Gesicht zeigte keinerlei Regung, als wolle er sich seine Wünsche diesbezüglich nicht anmerken lassen. Wenn sie wenigstens gewusst hätte, was sie selbst wollte. Doch obwohl sie sich seit Tagen den Kopf zerbrach, wusste sie keine Antwort.

Er kam einen Schritt auf sie zu, blieb dann aber stehen. »Gut, lass uns darüber reden, wie wir unser Leben zur beiderseitigen Zufriedenheit arrangieren können. Ich hätte da ein paar Vorschläge.«

Das klang für ihren Geschmack zu sehr nach Geschäft. Doch letzten Endes hatte sie selbst diesen Charakter ihrer Beziehung betont, indem sie ihm ihre Bedingungen diktiert hatte. Sie konnte sich also kaum beschweren.

George

Dieses Gespräch schob er seit Tagen vor sich her. Nicht weil er nicht wusste, was er sich von dieser Ehe erwartete. Sondern weil er keinen Schimmer hatte, was Penny wollte. Er hätte es gern gesehen, dass sie einen Konsens fanden, der für sie beide mindestens akzeptabel war. Wie schön wäre es, wenn sie zu dem Verhältnis vor ihrem Sinneswandel zurückkehren könnten. Dazu ihre Unbefangenheit, mit der sie damals seine Lektionen im Küssen entgegengenommen hatte. Doch das war wohl Wunschdenken. Also sollte er gleich mit dem beginnen, was ihm wirklich wichtig war.

»Je länger ich darüber nachdenke, umso sicherer bin ich, dass ich Kinder haben möchte«, begann er das Gespräch. »Entspricht das auch deinen Vorstellungen?« Er bemühte sich redlich, dabei möglichst emotionslos und geschäftsmäßig zu klingen, denn das war es doch, was sie sich von ihm wünschte. Und er hatte sich fest vorgenommen, ihre Wünsche auch weiterhin zu respektieren. Ihm blieb also nichts, außer gespannt auf ihre Antwort zu warten und so zu tun, als würde es ihn nur mäßig interessieren.

»Ich denke schon«, sagte sie leise.

Viel zu leise für die Penny, die er kannte. Das war nicht mehr die selbstsichere Frau, die genau wusste, was sie wollte, und sich nicht scheute, es einzufordern. War das ein Spiel? Oder war sie tatsächlich so verunsichert und hilflos, wie sie wirkte? Dann sollte er die Führung übernehmen und ihr zeigen, was er sich von dieser Ehe erwartete. Einschließlich des vergnüglichen Teils. Einen Versuch war es wert.

»Du denkst?« Mit wenigen Schritten war er bei ihr, nahm ihre Hand in seine und lächelte. »Wenn wir Kinder wollen, bedeutet das, wir müssten die Ehe vollziehen und ...«

»Ich weiß, woher die Kinder kommen.« Jetzt klang sie entrüstet, allerdings sah er zum ersten Mal seit Tagen ein schalkhaftes Glitzern in ihren Augen.

Er befand sich also auf dem richtigen Weg. »Was hältst du davon, wenn wir dort weitermachen, wo wir in der Kirche aufgehört haben?«

»Du meinst den Kuss? Als ich bewiesen habe, dass ich keine gute Küsserin bin und du dich so schnell wie möglich von mir abgewendet hast?«

»Ja, genau ... Was?« Irritiert hielt er inne.

»Ich bin nicht gut in diesen Dingen, aber das wusstest du ja.« Den Blick auf den Boden gerichtet schüttelte sie langsam den Kopf. »Du hast dich damals sehr bemüht, mir alles beizubringen, aber ich fürchte, ich war eine miserable Schülerin. Es tut mir leid.«

»Das glaubst du?« Was für ein lächerlicher Gedanke. Daher kam also ihre Unsicherheit. Hatte sie wirklich keine Ahnung, was es ihn gekostet hatte, diesen Kuss zu unterbrechen? Vehement schüttelte er den Kopf und überwand den letzten Abstand zwischen ihnen. »Ich zeige dir, wie falsch du liegst.«

Wenn sie schon nicht miteinander reden konnten, war das vielleicht ein Weg, sich wieder näherzukommen. Wie früher würde er ihr Lektionen erteilen. Nur, dass sie dieses Mal über das Küssen hinausgehen würden. Er legte den Arm um sie und fand ihren Mund. Einem Blitzschlag gleich durchfuhr ihn ihre Berührung und er zog sie enger an sich, um sich vollkommen in Penny zu verlieren.

Penny

Der Kuss kam unerwartet, dennoch wehrte Penny sich nicht. War es doch genau das, was sie sich in den vergangenen Nächten mehrmals erträumt hatte. Heute erlaubte sie sich, den Kuss zu genießen.

Anders als in der Kirche suchte sich seine Zunge ihren Weg und sie ließ ihn gewähren. Ihr Körper schien sich von selbst an George zu schmiegen und ihre Hände wussten genau, was sie zu tun hatten. Mit der Rechten fuhr sie durch sein Haar, mit der Linken zog sie ihn enger an sich heran. Etwas baute sich in ihr auf, eroberte ihren ganzen Körper und zwang sie, sämtliche Vorsicht fahren zu lassen. Sie wollte nur noch Georges Nähe spüren, seine Lippen auf ihrer Haut.

Als ob er ihre Gedanken gehört hätte, ließ er von ihrem Mund ab und küsste sich an ihrem Hals entlang. Sie reckte sich ihm entgegen, spürte ihren Herzschlag bis an ihre Kehle und hörte sich wohlig seufzen, was George ebenfalls ein Stöhnen entlockte.

»O Gott, Penny«, murmelte er zwischen zwei Küssen.

Jedes Wort schickte ein Beben durch ihre Gliedma-
ßen, das sich in ihrem Unterleib zu sammeln und zu
wachsen schien.

Und doch ließ er erneut von ihr ab. Allerdings nicht,
um sich zurückzuziehen. Er sah ihr tief in die Augen
und fragte eine Nuance dunkler als normal: »Bereit,
eine neue Lektion zu lernen?«

Da sie ihrer Stimme nicht traute, nickte sie und atmete zittrig ein.

»Du musst keine Angst haben. Erst recht nicht davor,
mir könnte nicht gefallen, was du tust.«

»Vorhin in der Kirche hast du den Kuss abgebrochen«, sagte sie vorsichtig.

»Gott, ja! Aber doch nicht, weil es schlecht gewesen
wäre, im Gegenteil.« In seiner Stimme hörte sie ehrliche Entrüstung. »Eine Sekunde länger und ich hätte die
Beherrschung verloren. Wir befanden uns in einer Kirche, deine Eltern waren da, deine Geschwister. Da
konnte ich nicht das hier tun.«

Ohne Vorwarnung beugte er sich zu ihr herab und
knabberte sanft an ihrem Ohrläppchen.

Wie unerwartet und gleichzeitig berauschend!

Penny drehte den Kopf so, dass sie ihm mehr Fläche
darbot, was er mit einem leisen Lachen quittierte. Direkt gefolgt von seinem warmen Atem, mit dem er eine
heiße Spur von ihrem Ohr, ihren Nacken hinunter bis
zu ihrem Schlüsselbein hauchte. Doch es war nicht genug. Sie wollte erneut seine Küsse spüren, seine Haut
an ihrer und reckte sich ihm entgegen.

»Du ahnst gar nicht, was du mit mir anstellst«, raunte
er an ihr Ohr, zog sie fester an sich und suchte erneut
ihren Mund.

Diesmal durchfuhr der Kuss ihren gesamten Körper, intensiv, getrieben, hungrig. Sie drängte sich an ihn, bewegte die Hüfte und war überrascht, wie stark der leichte Druck das Feuer in ihrem Inneren entfachte. Zum ersten Mal in ihrem Leben wollte sie nur fühlen.

Seine Finger hinterließen eine Spur von Hitze, als er ihr das Kleid von den Schultern streifte. Küsse folgten dieser Spur auf der freigegebenen Haut und sie erzitterte.

Das war definitiv eine Lektion, die er bei ihrer letzten Lehrstunde ausgelassen hatte. Hatte er dieses Gefühl gemeint, als er von einer Erfüllung gesprochen hatte, die sie sich nicht einmal vorstellen konnte?

Selbst wenn es nicht so war, genoss sie jede einzelne seiner Berührungen. Auch als er am Verschluss ihres Kleides nestelte, das herunterglitt, sobald er ihn geöffnet hatte. Alle Scham war verschwunden, obwohl ihr Mieder und die dünne Chemise folgten und mehr offenbarten, als je ein anderer Mann von ihrem Körper gesehen hatte. Sie verspürte kein Verlangen danach, sich zu bedecken, sondern wollte, dass er sie sah, weil es ihr Vergnügen bereitete.

Beinahe ehrfürchtig blickte er auf ihre Brüste herab, strich sanft darüber und flüsterte: »Erschrick nicht, genieß es einfach.«

Bevor sie sich fragen konnte, was er meinte, nahm er ihre Spitze in den Mund. Nichts und niemand hatte Penny auf diesen Moment vorbereitet. Heiße Lava fuhr durch ihren Körper, verstärkt durch jedes Saugen und jede Berührung seine Zunge. Sie stöhnte, legte den Kopf in den Nacken und bog sich ihm entgegen, um ihm darzubieten, was er so sehr begehrte wie sie.

Erneut bewegte sie die Hüfte, um irgendwie der Hitze Herr zu werden, die sich dort sammelte. Wie durch ein Wunder fand seine Hand die Stelle, an der sie Druck erwartete, was die bittersüße Qual dämpfte und gleichzeitig verstärkte, auch wenn das unmöglich schien.

Als Antwort auf ihr leises Stöhnen hob George sie kurzerhand in seine Arme, senkte erneut seine Lippen auf ihre und setzte sich in Bewegung. Kurz löste er sich von ihr und sie registrierte, dass sie auf seinem Bett lag. Er stand davor, sie hörte seinen unsteten Atem, der sie erahnen ließ, wie ähnlich er sich fühlte. Er hatte sich seiner Jacke und Weste entledigt und war dabei, das Hemd über den Kopf zu ziehen. Seine nackte Brust beschleunigte ihren Herzschlag noch ein wenig und sie nahm sich vor, ihn dort zu küssen. Wenn es ihm auch nur halb so viel Vergnügen bereitete wie ihr, würde das der Himmel auf Erden werden.

Als Nächstes fiel seine Hose und Penny wusste, dass sie hätte wegsehen sollen, doch sie war viel zu neugierig. Und wurde belohnt. Der Anblick seines nach oben gereckten Glieds schickte Wellen der Lust durch ihren ganzen Körper. Denn darum musste es sich bei dem unwiderstehlichen Gefühl handeln, welches sich zwischen ihren Beinen sammelte und dafür sorgte, dass sie unwillkürlich die Hüften kreisen ließ.

Und schon war er über ihr und sah ihr in die Augen. »Jetzt gibt es kein Zurück mehr«, sagte er mit einer Stimme, die kaum wie seine klang, aber die Sehnsucht in ihr ins schier Unermessliche trieb. »Folge deinen Instinkten.«

Und das tat sie. Sie reckte ihm die Hüften entgegen und fuhr gleichzeitig mit ihren Fingerspitzen über seine breite Brust. Mutig hob sie den Kopf ein wenig an, hauchte einen Kuss auf die Stelle kurz unterhalb seiner Brustwarze und war überrascht, als ihm ein leises Stöhnen entwich. Sie versuchte es erneut, diesmal mutiger und berührte mit ihrer Zunge seine Haut. Sie schmeckte salzig und auf eine Art nach George, die sich nicht in Worte fassen ließ.

Unterdessen glitt seine Hand sanft ihren Oberschenkel herauf und sie sank, ihrerseits stöhnend, in die Kissen zurück. Hatte sie gedacht, seine Küsse würden ihr Innerstes anheizen, loderte sie jetzt lichterloh. Seine Finger wanderten weiter nach oben, bis er die Locken zwischen ihren Beinen berührte, den Druck erhöhte, ihr ein Stöhnen entfuhr und er in ihr war.

Das war der Himmel auf Erden. Sie wand sich unter ihm, wollte mehr und empfing gierig seinen Kuss. Leider verschwand sein Finger, sobald ihre Lippen aufeinandertrafen, was ihr einen Laut der Frustration entlockte, auf den er mit einem Lachen antwortete. Im selben Moment drängte etwas Größeres zwischen ihre Beine. Etwas, was das Feuer besser zu löschen versprach als ein Finger, und Penny streckte sich ihm entgegen.

Vorsichtig drang er in sie ein, glitt wieder hinaus, jedes Mal ein kleines Stückchen weiter und ein klein wenig fester. Bis er einen einzigen Stoß tat, der sie beinahe zerriss.

Sie schrie und George hielt still, als warte er auf eine Reaktion von ihr. Sie hörte nur seinen angestrengten Atem. Die Augen hatte er geschlossen, das Gesicht in höchster Konzentration gespannt. Er sah so wunderschön aus und Penny konnte kaum glauben, dass dies ihr Ehemann sein sollte. Genauso schnell, wie der Schmerz gekommen war, verschwand er und sie reckte sich ihm langsam entgegen, um ihm das zu signalisieren.

Als hätte er nur darauf gewartet, stöhnte er, stieß ein weiteres Mal in sie, noch einmal und immer wieder, bis ihr Innerstes kurz vor dem Explodieren stand.

Plötzlich hielt er inne, ein gequältes »Jaaa« entrang sich seiner Kehle und er sackte schwer über ihr zusammen. Der Druck zwischen ihren Beinen verschwand, warme Feuchtigkeit breitete sich aus, gefolgt von dem Gefühl, um etwas betrogen worden zu sein.

Sie sah zu George, der diesen Moment wählte, um sich von ihr herunter zu wälzen. Stöhnend landete er neben ihr, die Augen geschlossen, der Atem gleichmäßig, aber schnell.

»Für den Anfang eine gute Lektion, würde ich sagen«, murmelte er, griff nach ihr und zog sie in eine Umarmung.

Das linderte ihre Frustration ein wenig, verscheuchte sie jedoch nicht. War das normal? Oder hätte sie etwas anders machen können, um die ersehnte Erlösung zu erfahren? Kurz überlegte sie, ob sie ihn danach fragen sollte, entschied sich jedoch dagegen. Das wäre zu peinlich. George sah auf jeden Fall so aus, als sei er vollkommen befriedigt. Vielleicht würde das beim nächsten Mal ja auch für sie gelten.

Ein Morgen voller Überraschungen

George

»Schlaf, Liebes«, murmelte er und küsste Penny auf die Stirn. Er hatte sie in ihr eigenes Bett gebracht, in dem sie nun unter ihrer Decke lag. Nackt, wie Gott sie geschaffen hatte. Als er sie hochgehoben hatte, um sie hierher zutragen, hatte er den kleinen Blutfleck auf seinem Laken entdeckt, was ihm einen unerwarteten Stich verpasste.

Er hatte ihr das Wertvollste genommen, was sie hatte. Schlimmer noch. Im entscheidenden Moment hatte er die Kontrolle verloren und sein eigenes Vergnügen über ihres gesetzt. Er hatte ihr frustriertes Stöhnen bemerkt, sich aber außer Stande gefühlt, etwas dagegen zu unternehmen. Die Angst, das könne ein weiteres Mal geschehen, hatte ihn förmlich gelähmt und dazu geführt, dass er sie in ihr eigenes Bett brachte.

Bei ihrem Anblick zog sich seine Brust auf eine Art zusammen, die ihm vollkommen fremd war, und mit einem Mal wusste er, was er zu tun hatte. Vorsichtig schlug er die Decke zur Seite und legte sich neben sie.

Sofort schmiegte ihr warmer Körper sich an seinen, was sein Vorhaben enorm erleichterte.

Sanft strich er mit der Hand über ihren Bauch, was ihr ein wohliges Stöhnen entlockte. Ermutigt durch diese Reaktion glitten seine Finger weiter nach unten, er spürte ihre Hitze und erkannte, dass sie bereit für ihn war.

Sehr gut. Er wollte ihr geben, wozu er vorher nicht imstande gewesen war. Vorsichtig ließ er einen Finger in sie gleiten, bewegte ihn und berührte die zarte kleine Perle, die ihr die größte Lust bereiten sollte.

Ein leises Stöhnen war die Antwort, gefolgt von einer Bewegung ihrer Hüfte, die eindeutig nach mehr verlangte. Er nahm einen zweiten Finger dazu, glitt tiefer, rieb sie an genau der richtigen Stelle und genoss jede ihrer Reaktionen, jedes Heben der Hüften, jeden Seufzer und jedes Stöhnen. Mit jeder seiner Bewegungen reagierte sie heftiger, bis ihr ein einziger, langgezogener Laut entwich, sich ihr Innerstes um seine Finger spannte und er wusste, dass er ihr die Erlösung gebracht hatte, die sie verdiente.

Zwar hatte er dabei nicht ihr Gesicht sehen können, was er unbedingt in der kommenden Nacht nachholen wollte. Doch wich eine Anspannung von ihm, die er seit einigen Tagen in sich getragen hatte. Mochte dies auch keine Ehe sein, die auf Liebe aufbaute, fanden sie dennoch im Bett auf eine Art zusammen, die in höchstem Maße zufriedenstellend war.

Neben sich hörte er ihren gleichmäßigen Atem und fragte sich, ob sie überhaupt mitbekommen hatte, was eben geschehen war. Egal, denn in den kommenden

Nächten würde er dafür sorgen, dass sie jedes einzelne Mal mit vollen Zügen genoss.

Vorsichtig erhob er sich und ging zurück in sein eigenes Bett. Denn so befriedigend das eben Erlebte war, sah er sich doch außerstande, neben ihr zu schlafen. Das hatte er noch nie getan und wollte auch jetzt nicht damit anfangen. Sie hatten zwei Schlafzimmer und die sollten sie nutzen.

Wieder in seine eigenen Laken gehüllt, die Pennys unwiderstehlichen Duft verströmten, kam ihm eine Idee, wie er das angespannte Verhältnis, welches tagsüber zwischen ihnen herrschte, ein wenig lockern konnte. Sein Bruder hatte überraschend angeboten, ihm Lighton House zur Verfügung zu stellen. Es schien George wie eine Ewigkeit her, dass er den Titel Baron Lighton geführt hatte. Damals hatte er es nicht zu schätzen gewusst, sich jederzeit auf das dazugehörige Landgut zurückziehen zu können. Erst als es ihm nicht mehr gehörte, war ihm klar geworden, wie wohl er sich dort gefühlt hatte. Es gab keinen besseren Ort für eine Hochzeitsreise mit seiner frisch angetrauten Ehefrau. Er freute sich darauf, ihr all die Orte zu zeigen, an denen er viele schöne Momente seines Lebens verbracht hatte. Außerdem würden Abgeschiedenheit und Natur hoffentlich helfen, die Stimmung zu lockern. Das war sein oberstes Ziel: zu der Unbeschwertheit zurückzufinden, die ihre Beziehung früher gekennzeichnet hatte. Vielleicht war es nicht die große Liebe, aber Eunices mahnende Worte wollten ihm nicht aus dem Kopf gehen. Er gedachte nicht, ein Leben in Schweigen und Einsamkeit führen.

Sein letzter Gedanke vor dem Einschlafen war, dass die Freundschaft mit Penny es wert war, sie zu erhalten.

Penny

Nach dem Frühstück ging sie zurück in ihre Räume, um sich für ihren morgendlichen Ausritt umzukleiden. Anstelle eines Reitkleides hatte Becky ihr allerdings ein Reisekleid bereitgelegt und schien mit Packen beschäftigt. Penny wollte sie gerade fragen, was das sollte, als sie Georges Stimme hinter sich vernahm.

»Was hältst du davon, wenn wir uns zwei Wochen Flitterwochen erlauben? Zeit, die nur uns beiden gehört und in der wir so eine Art Routine für unser Eheleben entwickeln, ohne durch irgendetwas oder irgendwen abgelenkt zu sein?«

»Ich denke nicht, dass wir uns im Moment einen Urlaub leisten können.« Es tat ihr leid, dass sie direkt den finanziellen Aspekt ansprach, und sie sah kurz Unmut in seinen Augen aufblitzen. Hoffentlich verstand er, dass sie das nur ungern sagte, schon weil sie wusste, wie unangenehm George seine Lage war. Doch solche Eitelkeiten konnte er sich im Moment nicht leisten, also musste sie die Stimme der Vernunft sein.

»Wahrscheinlich sollte ich glücklich darüber sein, eine Frau mit einem Händchen für Geld geheiratet zu haben«, sagte er lächelnd und Penny war unsicher, wie ehrlich er es meinte. »Das ist mein Ernst, Sparsamkeit ist eine deiner vielen Tugend, von denen ich noch lernen kann.« Das Lächeln schien echt. »Daher wird es dich freuen zu hören, dass uns dieser Urlaub nichts kosten wird. Hugh hat angeboten, uns Lighton House für zwei Wochen zu überlassen. Es ist nicht so groß wie Windham Manor, aber wunderschön gelegen. Mit der Kutsche sind es etwa sechs bis sieben Stunden in südwestlicher Richtung. Man kann von dort sogar das Meer sehen und ein Strand gehört auch zum Landbesitz. Ich war in meiner Jugend oft dort und bin mir sicher, dass es dir gefallen wird.«

»Und wir wären unter uns?« Mutig sah sie ihm bei der Frage in die Augen. Nicht zuletzt, weil sie hoffte, er würde sie noch einmal küssen – und mehr.

Das, was er vergangene Nacht getan hatte, nachdem sie wieder in ihrem eigenen Bett gelegen hatte, war überwältigend gewesen. Das musste die Erfüllung sein, von der er gesprochen hatte. Sie hatte nichts dagegen, das noch einmal zu erleben. Gern in einem weniger erschöpften Zustand, damit sie sich sicher sein konnte, dass es wirklich passiert war.

»Nur wir und das Personal.« Ein sinnliches Lächeln erschien auf seinen Zügen und er kam so nah zu ihr heran, dass er ihre Hand nehmen konnte. »Genug Zeit für neuen Unterricht.« Er drückte einen Kuss auf ihr Handgelenk und hielt dabei ihren Blick.

»Ich kann es kaum erwarten«, sagte sie ein wenig atemlos, was ihn dazu brachte, sich zu räuspern.

Doch er hielt ihre Hand nach wie vor nah an seinem Mund. »Sicher werden uns die umliegenden Familien einladen, aber das sind lediglich zwei oder drei Abende, die wir außer Haus verbringen würden.« Sein Blick intensivierte sich. »Den Rest der Zeit hätten wir ganz zu unserer Verfügung.«

»Wann brechen wir auf?« Das klang zu schön, um wahr zu sein!

»So bald wie möglich. Ich habe alles in die Wege geleitet. Die Dienerschaft dort und hier sollte genug Zeit haben, Vorbereitungen zu treffen.«

»Dann gehen wir auf Hochzeitsreise.«

Sie teilten dem Rest der Familie ihre Pläne mit, was mit großer Freude aufgenommen wurde. Helen und Phoebe wünschten ihr eine schöne Zeit und kurz später fuhren sie los.

Ihre Unterhaltung floss locker dahin und löste ein wenig die Befangenheit. Jedes Wort fachte die verheißungsvolle Stimmung weiter an, die seit dem Morgen zwischen ihnen herrschte, als könne ihr Körper die kommende Nacht kaum erwarten.

Stunden später hielten sie vor einem recht ansehnlichen Gebäude aus rotem Backstein. Es war im Tudorstil erbaut und damit weit älter als Windham. Trotz seines Alters schien es gut in Schuss zu sein und auch die Auffahrt war gepflegt mit akkurat gestutzten Büschen und Blumenrabatten.

George half ihr aus der Kutsche, hielt ihre Hand dabei länger als nötig, sah ihr tief in die Augen und hauchte abschließend einen Kuss auf ihr Handgelenk. Ihr blieb kaum Zeit, sich zu fangen, da öffnete sich die Tür und zwei ältere Bedienstete erschienen auf der Treppe.

»Wir werden erwartet«, flüsterte George, schenkte ihr ein letztes Lächeln und wandte sich dem Paar vor der

Tür zu. »Mr und Mrs Ashley, was für eine Freude, Sie beide wohlauf zu sehen.«

»Herzlich willkommen, Mylord.« Der Mann verbeugte sich und seine Frau fiel in einen Knicks.

Lächelnd schüttelte George den Kopf. »Kein Lord mehr, Ashley. Vor Ihnen steht der Ehrenwerte Mr Burdon. Darf ich Ihnen meine Frau vorstellen? Lady Penelope Burdon, das ist das Ehepaar Ashley, seit einer Ewigkeit die guten Seelen von Lighton House.«

Die beiden verfielen erneut in Knicks und Verbeugung. »Die allerherzlichsten Glückwünsche zur Eheschließung«, sagte der Mann und ein Lächeln zog über sein faltiges Gesicht. Er war groß gewachsen, genau wie seine Frau, und wirkte agil und voller Elan.

Auch Mrs Ashley schien eine wahre Frohnatur, denn sie lächelte und deutete ins Haus. »Ich habe die Herrenräume hergerichtet. Möchtet Ihr Euch etwas frisch machen nach der Reise? Oder erst ein kleiner Imbiss und eine Tasse Tee?«

»Die Zimmer und dann der Imbiss, denke ich?« Penny sah zu George, der zustimmend nickte.

»Im Anschluss zeige ich dir den Rest des Hauses. Wie gesagt, es ist recht übersichtlich, aber es gibt zwei Arbeitszimmer, ein Musikzimmer und einen Salon zum Garten hinaus. Und das Speisezimmer mit einer viel zu großen Tafel.« Er wandte sich an Mrs Ashley. »Wir möchten bei den Mahlzeiten davon absehen, an den Kopfenden zu sitzen. Zwei Plätze an einem Ende reichen vollkommen.«

Die Frau nickte und in ihren Augen sah Penny ein fröhliches Glitzern. »Die Köchin ist mit dem Abendessen beschäftigt, weshalb ich die Zubereitung des Imbisses übernehmen werde. Ich hoffe, es wird zu Eurer Zufriedenheit. Wir erfuhren gerade erst von Eurer Ankunft und mussten schnell eine Köchin aus dem Dorf holen, um ...«

»Sie haben keinen Grund, sich zu entschuldigen, ich hätte früher Bescheid geben müssen. Ich bin sicher, es wird alles köstlich«, unterbrach George Mrs Ashley und ging an ihr vorbei. »Wir brauchen nicht lange und kommen dann in den Salon.«

Mrs Ashley knickste und Penny betrat an Georges Seite das Haus. Auch von innen sah man ihm das Alter an, aber es war tadellos gepflegt. Böden und Decken der Halle bestanden aus dunklem Holz, genau wie ein Teil der Wände, was recht düster wirkte. Das einzige Licht kam von einer breiten Fensterfront am Ende hinter einer ausladenden Treppe, die sich nach wenigen Metern teilte und zu zwei Fluren führte.

»Ich hätte erwähnen sollen, wie düster es hier ist«, sagte George, während er sie die Treppe hinaufführte. »Jedes Mal, wenn ich hier war, habe ich mir vorgenommen, mehr Fenster in diesen Kasten einbauen zu lassen.« Auf dem oberen Treppenabsatz angekommen seufzte er und drehte sich einmal im Kreis. »Jetzt ist es zu spät und diese Aufgabe fällt meinem Neffen zu.«

»Ich weiß nicht, ob es das überhaupt braucht. Dieses Haus hat Charakter. Es ist alt und mag modernen Standards nicht genügen, aber was ich bisher gesehen habe, wirkt doch recht gemütlich.«

»Wir reden nochmal darüber, wenn du zwei Wochen im Winter hier verbringst, in denen kein einziger Sonnenstrahl seinen Weg in einen der Räume findet.«

»Du magst das Haus nicht?« Das überraschte sie. Hatte er doch vorher so geklungen, als sei es der perfekte Ort.

»Was heißt schon mögen«, antwortete er. »Hassliebe vielleicht? Oder der Gedanke, dass es einmal mir gehört hat und ich es nicht zu schätzen wusste. Jetzt als Gast fallen mir all die Dinge auf, die ich hätte ändern können, und ich frage mich, warum mir andere Dinge wichtiger waren.«

»Weil dein Leben sich geändert hast. Genau wie du«, sagte sie sanft und legte eine Hand auf seinen Arm. »Wenn dich dieses Haus und das, was es bedeutet, traurig stimmen, fahren wir zurück. Wir können sicher auch in Windham ...«

»Nein«, antwortet er entschieden, lächelte aber dabei. »Wir sind hier genau richtig.« Und ohne Vorwarnung zog er sie an sich und küsste sie. »Wir beide brauchen Zeit für uns und ich bin entschlossen, jeden Moment davon zu genießen.«

Danach sprachen sie nicht, sondern versanken in einem Kuss, der all die Sehnsüchte der vergangenen Nacht in Penny wiedererweckte.

»Gehen wir uns die Zimmer ansehen«, sagte George heiser, setzte sich in Bewegung und hielt sie dabei weiter fest. Angekommen, ließ er ihr keine Zeit, sich umzusehen, sondern berauschte sie erneut mit seinen Küssen und seiner Zärtlichkeit. Doch dann zog er sich zurück. »Es tut mir leid, ich wollte nicht ...«

»Aber ich«, sagte sie mutig und fuhr ihm mit der Hand über die Wange.

»Es ist nur ... Ich habe dich letzte Nacht verletzt, was ob deiner Jungfräulichkeit unvermeidbar war. Ein wenig Zeit zum Heilen wäre sicherlich angebracht.«

Es hatte einen Moment großen Schmerzes gegeben und, ja, heute Morgen hatte sie sich leicht wund dort unten gefühlt. Doch das war längst vergangen. Allerdings hatte sie keinerlei Erfahrung mit derlei Dingen, weshalb sie fragte: »Wird es wieder wehtun?«

»Nicht, wenn alles gut verheilt ist. Gott, Penny, es tut mir so leid, dass ich dir wehgetan habe. Du musst mir glauben, dass ...«

»Schon gut, es war nur kurz und der Schmerz war aushaltbar. Ich wollte lediglich wissen, ob es immer so ist.« Mit einem Mal wurde ihr bewusst, wie ungehörig es war, so etwas zu erwähnen, und sie senkte den Blick. Was hatte sie sich nur dabei gedacht? Andererseits war es George, mit dem sie sprach. Vor ihm hatte sie nie irgendwelche Scheu verspürt und es war absurd, heute damit anzufangen.

»Nein«, antwortet er sanft. »Es wird ganz wundervoll sein.« Zärtlichkeit spiegelte sich in seinen Augen und die gleiche Leidenschaft, welche sie am vergangenen Abend gesehen hatte.

»Dann zeig es mir«, flüsterte sie rau und suchte seinen Mund. Einen kurzen Moment überkam Penny der Gedanke, dass es erst Nachmittag war und Mrs Ashley mit Tee und Gebäck auf sie wartete, doch diese Bedenken wurden hinweggewischt von einem Hunger, den sie bisher nicht gekannt hatte. Sie musste ihn auf der Stelle stillen oder sie würde vergehen.

George streichelte sie, spielte mit ihrer Zunge, strich ihr Kleid von den Schultern und liebkoste ihre Brüste.

Nie hätte sie auch nur geahnt, wie berauschend diese Art der Berührung sein könnte.

Gemeinsam fielen sie auf das Bett, genossen die Gegenwart des anderen und als sie sich als Mann und Frau vereinten, folgte die Erfüllung, die Penny so dringend ersehnt hatte. Wenn sich die körperliche Liebe jedes Mal so anfühlte, verstand sie, was die Menschen daran fanden.

Sie lagen einen Moment ermattet und schweigend nebeneinander, bis George sich erhob und ihr einen letzten Kuss gab. »Wir sollten Mrs Ashley nicht zu lange warten lassen.« Um seine Lippen erschien ein schelmischer Zug. »Aber ich wollte dir unbedingt einen kleinen Vorgeschmack auf das geben, was dich in den kommenden zwei Wochen erwartet.«

Pennys Herz klopfte nach wie vor wild und sie kam nicht umhin, zuzugeben, dass sie sich darauf freute.

Wenn Ideen konkret werden

George

»Ich verstehe noch nicht so richtig, was es meiner Zofe helfen sollte, lesen und schreiben zu können.« Man sah der alten Lady Fithelton an, dass sie ihre Worte nicht böse meinte. Vielmehr blickte sie Penny mit offenem Interesse entgegen und schien ernsthaft an ihrer Antwort interessiert.

»Im ersten Moment erscheint es unerheblich, da gebe ich Euch recht«, sagte Penny ruhig und nahm einen Schluck von ihrem Wein. »Doch denkt an die Vorteile. Ihr könntet schriftliche Anweisungen an sie hinterlassen und so sichergehen, dass sie nichts von dem vergisst, was Ihr ihr aufgetragen habt. Oder sie könnte Euch auf einer langen Kutschfahrt vorlesen, genau wie zu Zeiten, in denen Ihr aufgrund einer Krankheit ans Bett gefesselt seid – Gott bewahre, dass so etwas geschieht.«

»Das wäre in der Tat eine willkommene Abwechslung gewesen, als ich letzten Winter mit einem schweren Husten danieder lag.« Sie richtete ihre wässrigen Augen auf ihre Schwiegertochter. »Die arme Cynthia konnte natürlich nicht die ganze Zeit an meiner Seite sein, sie hatte ja noch andere Verpflichtungen.« Ohne auf eine Antwort Cynthias zu warte, sprach sie weiter. »Ich gebe zu, das wäre eine echte Erleichterung. Ihr seid da an etwas Großem dran, meine Liebe.«

George konnte nicht anders, als Pennys Geschick zu bewundern. Lady Fithelton galt als eine Dame vom alten Schlag, die jegliche moderne oder gar liberale Idee ablehnte. Und dennoch gelang es Penny geschickt, sie auf ihre Seite zu ziehen.

»Benedict, mein Lieber«, wandte sich die alte Dame an ihren Sohn, »am Ende ist an diesen wirren Ansichten, die du vertrittst, doch etwas dran. Für einen solchen Dienst würde ich meiner Zofe einen Schilling extra im Monat zahlen. Daran ist nichts Schlechtes.« Sie unterstützte ihre Worte mit einem Nicken. »Sie würde natürlich nach wie vor ihren Platz kennen, aber mir einen größeren Nutzen bringen. Diese junge Dame erklärt das deutlich besser als du.«

»Dann freue ich mich, dass ich Mr und Mrs Burdon zu uns eingeladen habe.« Der Earl lächelte und erhob sich. »Die Damen entschuldigen uns? Wir widmen uns unserem Port und einer Zigarre, während die Damen ihren Tee genießen.«

Auch George erhob sich und sah noch einmal zu Penny, die ihm verschwörerisch zuzwinkerte. Er schenkte ihr ein Lächeln und folgte Fithelton in das benachbarte Zimmer; ein mit dunklem Holz verkleideter Raum, in dem es wenig mehr gab als einige Sessel und eine gut bestückte Bar, die eine ganze Wand füllte.

Lächelnd bot der Earl ihm einen Platz an. »Nehmt Ihr Port oder doch lieber einen Single Malt?«

»Single Malt, wenn es keine Umstände macht.«

»Keinesfalls.« Fithelton schenkte ihnen ein, reichte ein Glas an George und setzte sich neben ihn. »Ihr habt eine außergewöhnliche Frau geheiratet«, sagte er und ließ die goldene Flüssigkeit in seinem Glas tanzen.

»Dessen bin ich mir bewusst.«

»Und verzeiht, wenn ich das so direkt sage, auch eine mit interessanten Ansichten.«

George setzte zu einer Antwort an, doch Fithelton hob die Hand, um ihn davon abzuhalten. »Unsere Familien kennen sich schon lange, auch wenn Ihr und ich nie sonderlich viel Kontakt hatten. Bisher hatte ich mehr mit Eurem Bruder zu tun, was sicherlich daran liegt, dass wir beide die Last der Erben tragen.«

Da George keinen Schimmer hatte, worauf der Earl hinauswollte, nickte er lediglich und wartete auf weitere Ausführungen.

»Außerdem kenne ich ihn aus dem Parlament. Bis vor wenigen Wochen hatte er einen Platz im Unterhaus, da bin ich doch richtig informiert?«

»Genau.« George zwang sich zur Ruhe und vorsichtigen Antworten. Fithelton war ein einflussreicher Mann. Wenn er ihn als Verbündeten gewann, standen seine Chancen, diese Wahl zu gewinnen, deutlich besser.

»Habt Ihr Euch je mit dem Gedanken getragen, in seine Fußstapfen zu treten?«

»Der Gedanke kam mir.« Auch George schwenkte jetzt seinen Drink und beschloss, sich aus der Deckung zu wagen. »Allerdings stimmen meine politischen Ansichten nicht unbedingt mit denen meines Bruders überein.«

»Das hatte ich gehofft.« Fithelton hob sein Glas und die Männer tranken einen Schluck. »Falls Ihr Ambitionen in die Richtung habt und Euch sicher seid, welche Agenda Ihr vertreten wollt, kommt auf mich zurück. Möglich, dass wir uns einigen werden und gegenseitig helfen können.«

Nur mit Mühe gelang es George, seine Erleichterung zu verbergen. Das war genau das, was erhofft hatte.

»Vielen Dank für das Angebot. Ihr versteht sicher, wie schwierig meine Situation ist. Wie Ihr bereits angedeutet habt, sind die Ziele meines Bruders vollkommen andere als meine und seine Kontakte damit wertlos für mich.« Er suchte den Blick des anderen Mannes. »Und verzeiht, wenn ich das so direkt sage«, griff er Fitheltons vorherigen Kommentar auf, »ich kann jede Unterstützung brauchen, um mich durchzusetzen. Mir ist bewusst, dass mein bisheriger Lebenswandel nicht unbedingt dazu beiträgt, mir Vertrauen entgegenzubringen.«

»Solange Ihr Euch dessen bewusst seid, ist viel gewonnen.« Fithelton fixierte ihn. »Mich hat die Wahl Eurer Frau und Euer Umgang miteinander überzeugt. Ich erkenne echte Zuneigung, wenn ich sie sehe. Und Lady Penelope ist im ganzen County für ihre Wohltätigkeit und ihren Sanftmut bekannt. Wenn eine solche Frau Euch für Wert erachtet, bin ich bereit, es ihr gleichzutun.« Er hob einen Finger in die Luft. »Allerdings sollte Ihr Euch stets bewusst sein, dass das nicht für all meine Freunde und Unterstützer gilt. Ihr werdet viel Überzeugungsarbeit leisten müssen und Eure Frau wird Euch dabei gute Dienste leisten.«

Das war ein Punkt, der George Kopfschmerzen bereitete. Bisher hatte er Penny nicht in seine Pläne eingeweiht. Denn eine Karriere als Politiker würde unweigerlich bedeuten, dass sie in London leben mussten. Der Stadt, die sie verachtete. War er ein Feigling, weil er noch nicht mit ihr darüber gesprochen hatte? Vielleicht. Dennoch wollte er den richtigen Zeitpunkt abwarten.

»Ich werde mir Euren Ratschlag zu Herzen nehmen«, antwortete er ausweichend.

»Das freut mich.« Mit einem Zug leerte der Earl sein Glas. »Dann lasst uns zu den Frauen zurückkehren. Meine Mutter kann mehr als anstrengend werden und ich möchte die Geduld Eurer Frau nicht über Gebühr beanspruchen. Ihr seid noch in den Flitterwochen und nicht auf einer politischen Reise.« Er erhob sich und lächelte in Georges Richtung. »Ich wiederhole noch einmal mein Angebot an Euch, Euch an mich wenden, sobald Eure Pläne konkret werden.«

»Und ich bedanke mich noch einmal und versichere, dass ich darauf zurückkomme.«

Zufrieden mit dem Gespräch und ein wenig zuversichtlicher, was seine Zukunft anging, folgte George dem Earl in den Salon zu den Frauen.

Penny

Auf der Rückfahrt erwartete sie eine weitere Überraschung, als George sich neben sie setzte und demonstrativ ein in blaues Leinen gebundenes Buch hervorzog. Es handelte sich um eine Ausgabe von *Stolz und Vorurteil*, die er offenkundig gelesen hatte.

»Interessante Lektüre«, sagte sie mit einem Lächeln, welches er erwiderte.

»In der Tat. Und welch passender Titel. Ich bin nicht sicher, ob ich je zwei Menschen getroffen habe, die stolzer und mehr mit Vorurteilen behaftete waren als Elizabeth Bennet und Mr Darcy. Wobei ich zu behaupten wage, dass er mehr Grund dazu hat als sie.«

»Stolz zu sein? Oder Vorurteile zu haben?«

»Beides. Er ist derjenige mit Geld, Beziehungen und allem, was einen Gentleman ausmacht. Sie hingegen ist auf dem Land aufgewachsen, ihre Familie ist arm und sie ist ...«

»Gebildet und an der Welt interessiert. Sie hat das Beste aus ihren Voraussetzungen gemacht«, verteidigte Penny ihre Heldin. »Und warum sollte sie einen Mann respektieren, der sich derart arrogant und herablassend aufführt? Ich verstehe Miss Bennets Ressentiments voll und ganz.«

»Es liegt wohl in der Natur unserer Geschlechter, sich auf die Seite des eigenen zu stellen. Wobei ich nicht sagen würde, dass einer von beiden besser wegkommt als der andere. Im Grunde sind beide viel zu perfekte Menschen, wie sie nur in Romanen vorkommen.«

»Glaubst du wirklich? Sie haben beide Fehler und benehmen sich nicht immer korrekt, geschweige denn perfekt. Zum Beispiel am Anfang der Geschichte ist Mr Darcy doch arg voreingenommen und beißend in seinen Aussagen, wenn er den Mund denn überhaupt aufbekommt. Und Elizabeth lehnt seinen Antrag hochmütig ab, obwohl sie kaum mit einem besseren Mann rechnen kann.«

»Das kommt mir fast ein wenig bekannt vor, oder?« Georges Mundwinkel zuckten und bevor Penny widersprechen konnte, hob er abwehrend die Hand. »Nicht, dass ich mit Mr Darcy konkurrieren könnte. Die Ziegelei bringt drei- bis viertausend im Jahr, keine zehn. Und von einem Anwesen wie Pemberley kann ich bestenfalls träumen. Ich bezog mich eher darauf, wie ungeschickt sein Antrag vorgetragen war, obwohl er aus tiefstem Herzen kam.« Er sah sie mit gespieltem Ernst an und Penny hatte Mühe, sich das Lachen zu verkneifen.

Sie lehnte sich zurück und musterte ihren Ehemann amüsiert. »Heiratsanträge scheinen weder deine noch meine Stärke zu sein. Aber unseren Stolz und unsere Vorurteile haben wir doch gut in den Griff bekommen.«

Lachend deutet er mit dem Buch in der Hand auf sie. »Dem habe ich nichts hinzuzufügen. Außer wie froh ich bin, dass zwischen uns alles beim Alten ist.« Diesmal war der Ernst in seiner Stimme echt. »Ich habe das vermisst. Ich habe dich vermisst.«

Bei seinen Worten zog sich Pennys Brust zusammen und weitete sich gleichzeitig, was ihr den Atem nahm. Dem Lächeln, welches sie nicht unterdrücken konnte, folgte Hitze, die ihre Wangen hinaufstieg, und sie merkte, dass ihre Lippen verräterisch zitterten. Wie unangebracht. Und was war das für ein Flattern in ihrem Bauch? Wenn sie es nicht besser wüsste, könnte sie glatt annehmen, dass sie dabei war, sich in ihren eigenen Mann zu verlieben. Sicher waren es nur die neuen Erfahrungen der vergangenen Tage, die sie etwas durcheinandergebracht hatten. Die Nähe führte dazu, dass sie einander vertrauten. George war nicht mehr und nicht weniger als ein guter Freund, der gleichzeitig ihr Ehemann war.

»Ging mir auch so«, antwortete sie mit belegter Stimme und George schenkte ihr ein kurzes, strahlendes Lächeln. Erleichtert atmete Penny aus. Ihre Ehe war auf einem guten Weg.

Das Ende der Flitterwochen

George

Die vergangenen beiden Wochen erschienen ihm wie ein Traum, aus dem er nicht erwachen wollte. Das Verhältnis zu Penny gestaltete sich besser, als er je zu hoffen gewagt hatte. Die Hochzeitsreise hatte sie einander so nahegebracht, wie er es bisher nur mit Eunice erlebt hatte. Auch wenn der Vergleich hinkte, da sich diese Freundschaft erst richtig entwickelt hatte, seitdem sie nicht mehr das Bett miteinander teilten. Mit Penny hatte er dagegen beides gleichzeitig: tiefe Freundschaft am Tag und leidenschaftliche Vereinigung bei Nacht. Nie hätte er damit gerechnet, im Bett so gut mit Penny zu harmonieren. Sie hatte die jungfräuliche Scheu schnell abgelegt und war eine äußerst gelehrige und experimentierfreudige Schülerin.

Lächelnd sah er auf sie hinunter. Sie war, an seine Schulter gelehnt, mit einem zufriedenen Lächeln eingeschlafen, während die Kutsche zurück nach Windham rollte. Nachvollziehbar, hatten sie doch in der vergangenen Nacht nur wenig geschlafen. Denn so ausgelassen wie in Lighton House würden sie auf absehbare Zeit nicht zusammenkommen, dafür war Windham Manor zu hellhörig. Allerdings würde er in den nächsten Wochen sowieso viel unterwegs sein und eventuell die eine oder andere Nacht außer Haus verbringen müssen.

Dieser Gedanke ließ sein Glücksgefühl ein wenig abflauen. Er hatte Penny immer noch nichts von seinen politischen Ambitionen erzählt. Sie würde ihn gewiss unterstützen, genau wie Fithelton gesagt hatte. Ging es ihm doch um Themen, die ihr am Herzen lagen: Regulierung von Kinderarbeit, einen besseren Lebensstandard durch Bildung und Reformen, wofür Landbesitzer und Regierung Verantwortung übernehmen sollten. Warum also tat er sich schwer damit, sie einzuweihen? Die Antwort war leicht: Weil der Umzug ihr nicht gefallen würde und ein Leben an der Seite eines Politikers ein vollkommen anderes sein würde als das, welches sie jetzt führte.

War es da nicht besser, sie erst damit zu konfrontieren, wenn er sicher war, dass er diese Wahl gewinnen konnte? Warum jetzt einen Streit provozieren, der vielleicht vollkommen unnötig war? Geschickter wäre es, sich langsam heranzutasten und ihr erst einmal einen Wohnsitz in London schmackhaft zu machen.

Erneut sah er auf sie hinab und ließ sich zu einem Kuss auf ihr Haar hinreißen. Die Zukunft hatte für ihn selten so rosig ausgesehen.

Erst einmal stand ihnen ein Besuch in der Ziegelei bevor, der sie im Alltag ankommen lassen würde. Aber vielleicht konnte er das noch ein wenig hinauszögern. In der Nähe der Ziegelei gab es einen Ort, den er ihr gern zeigen wollte. Eine kleine Waldlichtung an einem Bach, die sich hervorragend für ein Picknick eignete.

Er sah Penny bereits im weichen Gras sitzen, die Beine angewinkelt und so verführerisch, dass es ihn dazu verleitete, sich in der freien Natur mit ihr zu vereinigen. Was sie wohl davon halten würde? Er war bereit, es herauszufinden.

Penny

Penny wartete im Stall von Windham darauf, dass ihre Stute fertig gesattelt war. Heute stand der Besuch in der Ziegelei an, auf den sie sich schon lange freute. Schließlich sollte dieser Betrieb ihren zukünftigen Lebensunterhalt sichern.

Sie hörte Schritte, drehte sich und sah George den Stall betreten. Dieses einmalige Lächeln im Gesicht, bei dem es ihr gleichzeitig heiß und kalt wurde, kam er auf sie zu und hauchte einen Kuss auf ihre Wange, der ein wohliges Schauern in ihr hervorrief. Verheiratet zu sein, hatte durchaus seine Vorteile.

»Wir werden nicht direkt zur Ziegelei reiten«, sagte er mit einem verschmitzten Unterton. »Ich habe vorher noch eine Überraschung für dich.«

»Eine Überraschung?« In ihrer Brust flatterte es verräterisch.

»O ja, ich plane eine unerwartete Entführung.«

»Dir ist klar, dass es nicht unerwartet ist, wenn du es vorher ankündigst?«

»Mmm, solange du nicht weißt, wohin es geht, zählt es als unerwartet, finde ich. Außerdem ist die Sache mit den Entführungen ja schon fast so etwas wie eine Tradition zwischen uns. Ich finde, wir sollten das nach unserer Eheschließung weiter aufrechterhalten.«

»Gefällt mir«, sagte sie und wandte sich wieder dem Stallburschen zu, der ihre Stute fertig gesattelt hatte. »Dann bin ich gespannt, wohin du mich bringst.«

Ein angenehmes Prickeln breitete sich in ihr aus, während sie an das letzte Mal dachte, als George sie entführt hatte. Das war in Brighton gewesen. Ein Strandbesuch stand diesmal sicherlich nicht auf dem Programm, dafür war das Meer zu weit weg. Doch er hatte eigentlich ein gutes Gespür, was ihr gefiel.

Eine halbe Stunde später ritten sie nebeneinander in Richtung Süden. George hatte seinen Wallach neben ihre braune Stute gelenkt und sie bewegten sich in gemächlichem Tempo vorwärts.

»Ich habe das mit der Entführung übrigens wörtlich gemeint«, sagte George mit einem Grinsen im Gesicht. »Wir werden heute nicht mehr nach Windham zurückkehren. Das Gasthaus in Little Crossfield ist gut und ich habe uns dort ein Zimmer für die Nacht gemietet. Sieh es als Abschluss unserer Hochzeitsreise an. Das hat auch den Vorteil, dass wir morgen früh zu Fuß zur Ziegelei laufen können. Sie liegt weniger als eine Meile vom Ort entfernt.«

»Wir übernachten dort? Aber ich habe ...«

»Das ist geklärt. Becky packt eine Tasche und ich habe dafür gesorgt, dass alles für uns bereitsteht, sobald wir später ankommen.«

»Wann hast du Zeit dafür gehabt?«, fragte sie ein wenig erstaunt. Sie hatte sich auf den Besuch gefreut. So sehr ihr Georges Ideenreichtum auch gefiel, wenn es darum ging, ihr eine schöne Zeit zu bescheren, fragte sie sich doch unweigerlich, ob es immer so sein würde. Sie planten etwas und er schmiss im letzten Moment alles über den Haufen. Sie würde ihn darauf hinweisen müssen, dass sie es schätzte, wenn Pläne eingehalten wurden.

»Ich bin früh aufgestanden«, sagte er grinsend. »Und ich habe den Vorteil, dass ich mich hier auskenne. Genau wie in Little Crossfield.«

»Das klingt, als ob du schon da gewesen wärst.«

»Ein paarmal ja. Meistens mit meinem Vater. Die Ziegelei war, nein, ist ein lukrativer Betrieb. Und der einzige, der auf Land steht, das nicht direkt zu irgendeinem Titel gehört. Mein Vater hat das ein oder andere Mal angedeutet, dass ich es erben könnte.«

Ob er bereits da von den Bedingungen gewusst hatte, konnte sie aus seinen Worten nicht heraushören. Im Grunde war es auch egal.

»Das letzte Mal war ich kurz vor unserer Hochzeit dort, wegen der Erbschaft.«

»Warum hast du nichts gesagt? Ich wäre gern mitgekommen.« Sie versuchte, den Unmut, der in ihr aufstieg, zu unterdrücken, doch das gelang ihr nur schlecht.

»Die Stimmung zwischen uns war zu dem Zeitpunkt nicht die beste.« Er schüttelte langsam den Kopf und sah sie entschuldigend an. »Und du hattest ohnehin keine Zeit. Mit Hochzeitsvorbereitungen und der Schule warst du mehr als ausgelastet. Was hätte es also gebracht?«

»Ein Gefühl von Offenheit? Verstehst du das unter gleichberechtigter Partnerschaft?« Sie sprach heftiger als nötig. Sein Alleingang sollte ihr nicht so viel ausmachen, tat es aber.

George zügelte sein Pferd und Penny tat es ihm gleich. Er sah aus, als habe ihn ihre Aussage vollkommen überrascht.

»Es tut mir wirklich leid Penny. Es war keine böse Absicht, wenn überhaupt, Gedankenlosigkeit.« Er meinte, was er sagte, das erkannte sie an der Art, wie er sie ansah. »Ich hätte dich fragen sollen, ob du Zeit hast. In Zukunft werde ich nie mehr davon ausgehen, dass du zu beschäftigt bist. Kannst du mir bitte verzeihen?« Sein flehentlicher Blick aus großen Hundeaugen dämpfte ihren Zorn. Er war eben George. Immer für einen Spaß zu haben, was genau das war, was sie an ihm schätzte. Was machte es da, wenn er ihre Pläne durchkreuzte?

»George Burdon, du bist unmöglich.«

In gespielter Trauer nickte er und seufzte theatralisch. »Ja, das hat mein Vater auch oft gesagt.«

»Über Verstorbene scherzt man nicht.« Trotz ihrer harschen Worte kicherte sie abermals und erhob mahnend den Zeigefinger.

»Zu Befehl. Kommt nicht wieder vor.« Er richtete sich auf und hob die Hand zu einem militärischen Gruß kurz an die Stirn.

»Sei nicht albern«, sagte sie, aber ihre Lippen umspielte immer noch ein Lächeln.

»Wenn ich damit dieses wunderschöne Lächeln auf dein Gesicht zaubere, jederzeit.« In gespielter Nachdenklichkeit legte er eine Hand ans Kinn. »Jetzt bedauere ich, dass wir nicht die Kutsche genommen haben.«

»Warum das denn? Ich reite gern. Und wir haben gestern den ganzen Tag in der Kutsche gesessen.«

»Ich weiß. Aber in der Kutsche hätte ich dich jetzt küssen können. Sozusagen als Vorgeschmack.« Mit einem durchtriebenen Grinsen gab er seinem Pferd die Sporen und galoppierte davon.

Einige höchst undamenhafte Gedanken ließen Hitze in Pennys Wangen aufsteigen und sie fragte sich unweigerlich, was sie wohl an ihrem Ziel erwartete. Die Vorfreude ließ sie ihre Stute ebenfalls antreiben. Sie würde es nur herausfinden, wenn sie George folgte.

Der schnelle Ritt durch den Wald beflügelte sie. Der Weg war eben und weich, die Bäume spendeten genug Schatten und ein Regenguss in der vergangenen Nacht hatte dafür gesorgt, dass es herrlich nach Erde, Blättern und Sonne roch. Ehrlich gesagt, war diese Entführung jetzt schon ein wunderbares Erlebnis und ihr Zorn unbegründet.

Es dauerte nicht lange, bis sie ihn eingeholt hatte und ihre Pferde in eine ruhigere Gangart fielen.

»Hier müssen wir den Weg verlassen«, sagte er unvermittelt und deutete ins Unterholz rechts neben ihnen.

Die Bäume standen weit genug auseinander, dass man gefahrlos hindurchreiten konnte. Allerdings sah Penny weder einen Weg, noch irgendeinen anderen Hinweis darauf, dass, an dieser Stelle ins Dickicht abzubiegen, eine gute Idee wäre.

Trotzdem folgte sie ihm durch das dichter werdende Gehölz, bis es sich teilte und eine Lichtung freigab, die unvermittelt auftauchte. Sie stieß ein ungläubiges Lachen aus, denn die Szenerie hatte etwas unwirklich Magisches an sich und war gleichzeitig wunderschön.

Die freie Fläche maß kaum tausend Quadratfuß und war in ein sonderbares Licht gehüllt. Das Blätterdach zeigte hier deutliche Lücken, durch die gebündeltes Sonnenlicht bis zum Boden drang und sich mit schattigen Plätzen abwechselte. Rechts von ihnen plätscherte ein Bach, an dessen Ufern sich ein weiß-rosa Blütenteppich ausbreitete.

Das allein hätte gereicht, um Penny ein Lächeln ins Gesicht zu zaubern. Doch wie es aussah, hatte George diesen Besuch akribisch geplant. Auf dem Boden lag einladend eine Decke ausgebreitet und ein abgedeckter Korb stand bereit. Sie schienen jedoch allein zu sein.

»Wo kommt das alles her? Wo sind die Bediensteten?«, fragte sie ungläubig und sah ihm zu, wie er vom Pferd stieg.

»Ich glaube nicht, dass wir die brauchen.« Er war zu ihr herangetreten, um ihr beim Absteigen zu helfen.

Was eigentlich ein freundschaftlicher Akt der Hilfeleistung war, gestaltete sich dieses Mal um einiges intimer. Anstatt ihr aus gebührendem Abstand herunterzuhelfen, trat George dicht an sie heran, umfasste ihre Taille mit beiden Händen und hob sie aus dem Sattel, als wäre sie leicht wie eine Feder. Dabei hielt er sie enger an seinem Körper als notwendig und machte keine Anstalten, sie loszulassen, selbst als ihre Füße längst auf dem Boden standen.

Bevor sie reagieren konnte, beugte er sich zu ihr herunter und suchte ihren Mund.

Ohne Scheu reckte sie sich ihm entgegen, schlang ihre Arme um ihn und verlor sich vollkommen im Rausch seiner ungestümen Küsse.

Leider unterbrach er den Kontakt viel zu früh.

»Sachte«, sagte er leise lachend. »Das hier war nicht als Verführung geplant. Ich wollte lediglich ...«

»Wäre es denn verwerflich, wenn ich dich hier und jetzt verführe?«, fragte sie mutig, ihn nach wie vor festhaltend.

»Ganz und gar nicht«, antwortete er und atmete hörbar ein. »Aber lass uns zuerst etwas essen. Zum Nachtisch gibt es Erdbeeren mit Sahne und ich habe die ein oder andere Idee, was wir damit anstellen können.« Er hauchte einen zarten Kuss auf ihre Wange, zwinkerte ihr verschwörerisch zu und fuhr sich mit der Zunge über die Lippen, was einen heißen Schauer durch ihren Körper jagte.

Das versprach, ein wirklich aufregendes Picknick zu werden. Sie konnte es kaum erwarten.

London oder Sussex?

George

Der gestrige Tag und auch die darauffolgende Nacht hatten sich ganz nach seinen Vorstellungen entwickelt und auch der Morgen war wundervoll. Zum ersten Mal wachte er neben ihr auf, was ein Glücksgefühl auslöste, von dem er noch den ganzen Tag zehren würde. Er sollte definitiv in Erwägung ziehen, das häufiger zu tun.

Das Frühstück hatten sie aufs Zimmer bringen lassen und saßen sich jetzt entspannt gegenüber. Ein guter Zeitpunkt, um die Zukunft anzusprechen.

»Was kannst du mir noch über Clay Industries erzählen?«, fragte sie just in diesem Augenblick und sah ihn über ihre Kaffeetasse hinweg an. »Was erwartet mich?«

»Nichts wirklich Spannendes«, antwortete er schulterzuckend. »Es ist eben eine Ziegelei. Ich habe letzten Monat mit dem Verwalter gesprochen. Ein patenter Mann in meinem Alter. Soweit ich das beurteilen kann, hält er die Zügel fest in der Hand und treibt die Männer zu Höchstleistungen an, ohne sie zu überfordern. Die Gewinne können sich sehen lassen. Thomas Smith scheint genau der Richtige für diese Aufgabe zu sein. Ich bin gespannt, was du von ihm hältst.«

»Sagtest du Thomas Smith?« Bei der Nennung des Namens runzelte sie die Stirn und stellte die Tasse ab.

»Ja, genau. Kennst du ihn?«

Sie schüttelte den Kopf. »Ich wollte nur sichergehen, dass ich den Namen richtig verstanden habe.«

»Du wirst sehen, er ist ein umgänglicher Mann. Hab also keine Scheu, Fragen zu stellen. Ich habe ihm bereits gesagt, dass die Ziegelei uns beiden gehört und dass dein Wort genauso viel Gewicht hat wie meines. Er weiß, dass er sich mit allen Fragen direkt an dich wenden kann, sollte ich in London sein.« Zufrieden, endlich beim entscheidenden Thema angelangt zu sein, biss er in seinen Toast.

»Hast du denn vor, nach London zu fahren?« Ihr Stirnrunzeln vertiefte sich, als sei sie von dem Gedanken wenig begeistert.

»Nicht sofort«, antwortete er beschwichtigend. »Allzu lange will ich es aber nicht vor mir herschieben. Wir können nicht ewig in diesen drei Zimmern bei deinem Bruder leben. Ich muss mich nach einem geeigneten Haus für uns umsehen, jetzt wo das Finanzielle geregelt ist.«

»Bitte? Du suchst nach einem Haus für uns beide in London?«

»Ja. Du hast in den Vertrag schreiben lassen, dass ich mit der Mitgift ein Haus erstehen soll, und das ...«

»Aber doch nicht in London! Ich dachte an ein Anwesen hier in der Nähe, sodass ich meine Schüler weiter unterrichten kann.«

»Richtig, aber das schließt doch ein Haus in London nicht aus, oder? Vielleicht solltest du in Erwägung ziehen, eine weitere Lehrkraft anzustellen, damit du Zeit hast …«

»Was?« Sie schlug so energisch mit der Hand auf den Tisch, dass das Geschirr klapperte.

Das lief denkbar schlecht. Was seine eigene Schuld war. Warum platzte er mit seinem Anliegen einfach so heraus? Sein Plan war doch gewesen, sie langsam an die Idee heranzuführen. Andererseits drängte die Zeit. Mit Fithelton als möglichen Unterstützer waren seine Pläne, in die Politik zu gehen, deutlich weiter gereift. Und dazu gehörte ein Haus in London.

Sollte er ihr jetzt von seinen Plänen erzählen? Ein Teil von ihm wollte genau das tun, denn ihre Unterstützung könnte ihm einen Vorteil bringen. Doch irgendetwas hielt ihn zurück. Die Angst, sie könne ihn nicht ernst nehmen? Vielleicht. Oder der Wille, diese eine Sache in seinem Leben allein auf die Beine zu stellen? Denn was hatte er bisher aus eigenem Antrieb erreicht?

Es musste irgendwie möglich sein, ihr die Stadt auf andere Art schmackhaft zu machen.

»Nun sieh doch mal …«, sagte er langsam, stockte und setzte neu an. »Deine Schule ist auf Windham Manor. Dort hast du bereits lebenslanges Wohnrecht, wenn ich nicht irre. Wir könnten natürlich einen weiteren Wohnsitz in der Nähe erwerben. Nur wofür? Damit du deine Tage weiterhin auf Windham verbringst? Dein Schulprojekt kannst du überall verwirklichen, du bist nicht mehr auf Gabriels Unterstützung angewiesen. Es war doch dein Wunsch, unabhängiger zu werden.«

»Richtig und ich stimme dir auch zu, dass wir nicht zwangsläufig hier in der Nähe leben müssen. Aber London? Ich habe dir doch erzählt, wie sehr mich die Stadt anwidert.«

»Das weiß ich, aber hast du je darüber nachgedacht, wie viel mehr Gutes du dort tun könntest? Dazu kommt, dass ich Pläne habe, die voraussichtlich längerfristige Aufenthalte in der Stadt erforderlich machen werden.« Das hatte er nicht sagen wollen, weil es Fragen aufwarf, doch er verlor die Geduld und er hatte Schwierigkeiten, leise und gefasst zu sprechen. »Wenn du nicht mitkommen willst, respektiere ich das. Du könntest auf Windham Manor bleiben oder wir suchen dir ein Haus in der Nähe. Ich würde dich dann besuchen, wann immer es meine Pflichten gestatten.« Ihr Blick schnitt ihm ins Herz, doch er musste in dieser Sache seinen Standpunkt deutlich machen. Sie würde es verstehen, sobald seine Pläne konkret genug waren, um sie ihr zu präsentieren. »So oder so gedenke ich, ein angemessenes Domizil in London zu erwerben. Ich würde mich selbstverständlich freuen, wenn du mit mir in die Stadt kommst, aber bitte fühle dich nicht gezwungen.«

Penny

Sprachlos starrte Penny ihren Mann an. Das war kein Scherz, er war fest entschlossen, in die Stadt zurückzugehen. Egal, wie es ihr damit ging. Der Gedanke, irgendwo allein zu leben, behagte ihr ganz und gar nicht. Also musste sie entweder bei ihrem Bruder auf Windham bleiben oder hier alles aufgeben, um mit George ins verhasste London zu ziehen. Das war nicht die Freiheit, die sie sich von dieser Ehe erhofft hatte.

»Wie du selbst gesagt hast«, fuhr er fort, als würde er ihren Unmut gar nicht bemerken, »ist die Ungerechtigkeit in London groß. Nirgends in England werden gute Menschen mehr gebraucht als dort. Menschen wie du. Mir fallen spontan mehrere wohltätige Projekte ein, die von deiner Unterstützung wirklich profitieren könnten. Oder du machst etwas Eigenes. In der Stadt könntest du so viel mehr bewirken als hier. Und ich will dir dabei helfen.«

Er hatte es offensichtlich doch bemerkt. Seine Worte hallten in ihr nach und sorgten für einen wilden Strudel der Gefühle. Sollte sie seinen Vorschlag nicht wenigstens in Erwägung ziehen? Brauchten die Menschen in London ihre Hilfe dringender? Natürlich war sie stolz auf das, was sie aufgebaut hatte. Doch sie musste zugeben, dass die Menschen hier auch ohne ihre Schule eine Zukunftsperspektive hatten. Auf jeden Fall eine bessere als das durchschnittliche Londoner Waisenkind. Aber konnte sie in der Stadt wirklich etwas bewirken?

»Lass mich bitte darüber nachdenken«, sagte sie zögerlich.

»Selbstverständlich, nimm dir die Zeit, die du brauchst. Ich weiß, du magst London nicht besonders, aber die Stadt hat auch ihre guten Seiten und ich würde mich freuen, sie dir zu zeigen.«

»Du erwähntest etwas von Plänen, die deine Anwesenheit dort erfordern?«

»Ja, das ...« Sie schien einen Nerv getroffen zu haben, denn George errötete leicht und suchte augenscheinlich nach Worten. »Wie soll ich sagen? Ich habe ein paar Ideen, nichts Spruchreifes. Aber es wird dir gefallen, falls alles so läuft, wie ich es erhoffe. Bitte, gib mir noch etwas Zeit. Ich erkläre es dir, sobald meine Pläne konkrete Form annehmen, versprochen.« Er wirkte dabei so schuldbewusst, aber trotzdem aufrichtig und ein klein wenig verzweifelt, dass ihre Wut verrauchte. Was auch immer er vorhatte, es schien ihm ernst.

In Sachen Umzug nach London war das letzte Wort allerdings noch nicht gesprochen. So leicht würde sie es ihm nicht machen. Die Wahl ihres Wohnortes war eine Entscheidung, die sie als Paar treffen mussten.

Nachdem sie ihr Mahl beendet hatten, kam George zu ihr herüber, nahm sie in den Arm und küsste sie. »Bitte verzeih mir meine Gedankenlosigkeit. Es fällt mir nicht leicht, mich auf einen anderen Menschen einzustellen. Ich habe so lang allein gelebt und war nur mir selbst Rechenschaft schuldig, dass es sicher dauern wird, bis ich mich daran gewöhnt habe, meine Entscheidungen mit dir abzusprechen und meine Wünsche frühzeitig klarzumachen. Aber ich verspreche dir hoch und heilig, dass ich mein Bestes geben werde.«

»Das gilt auch für mich. An dieser Stelle müssen wir wohl beide noch dazulernen.« Sie lehnte sich kurz an ihn, um ihm zu zeigen, dass sich ihr Zorn gelegt hatte.

Verheiratet zu sein, war komplizierter, als sie sich vorgestellt hatte. Doch die Tatsache, dass George sich damit genauso schwertat wie sie, versöhnt Penny etwas. Trotz ihrer Meinungsverschiedenheiten sah es nicht so aus, als würde er diese Ehe bereuen, also tat sie das ebenfalls nicht.

George

Schweigend verließen sie den Gasthof. Das Gespräch war schlecht gelaufen. Er wusste, dass sie Zeit brauchte, um sich an den Gedanken zu gewöhnen. Um sie zu überzeugen, musste er sich zurückhalten und sie nicht weiter bedrängen, auch wenn es ihm schwerfiel.

Die Sitzungen des House of Commons zogen sich oft über Monate hin. Es gab also gute Gründe für einen Wohnsitz in der Stadt. Und sobald er genug Landbesitzer in Sussex auf seine Seite gebracht hatte, würde er ihr von seinen Plänen fürs Unterhaus erzählen. Je schneller, desto besser.

Eventuell sollte er doch seinen Bruder um Hilfe bitten. Sie waren zwar selten einer Meinung, aber Hugh würde sicher lieber einen Verwandten als Nachfolger im House of Commons sehen als einen Fremden, solange er nichts von Georges liberaler Agenda wusste. Es widerstrebte George zwar, seinen Bruder derart hinters Licht zu führen, aber wenn er dessen Kontakte nutzen wollte, war ein gewisses Maß an diplomatischem Taktieren unumgänglich.

Er machte sich gedanklich eine Notiz, diesbezüglich so schnell wie möglich bei Hugh vorstellig zu werden, und wandte sich wieder Penny zu. Als Erstes würde er ihr den Teil der Ziegelei zeigen, in dem sein Vater Häuser für die Arbeiter und ihre Familien hatte bauen lassen, das würde ihr gefallen und die Wogen ein wenig glätten.

Offiziell waren die Gebäude zwar Teil des Dorfes, aber sie unterschieden sich deutlich vom älteren Kern der Ortschaft. Der bestand aus kleinen Cottages, nur wenige, wie der Gasthof, wiesen zwei Stockwerke auf. Die meisten waren uralt und hatten nur einen gemauerten Kamin.

Die neuen Häuser hingegen waren alle dreistöckig und aus den hier üblichen rötlichen Ziegelsteinen errichtet, aus denen auch Windham Manor bestand. Damit erschöpften sich jedoch die Ähnlichkeiten. Während sich Windham durch eine Vielzahl hoher Fenster, eleganter Erker und schmaler Kamine auszeichnete, handelte es sich bei den Wohnstätten für die Arbeiter um schmucklose rechteckige Gebäude mit einfachen Fenstern und breiten Schornsteinen, aus denen trotz der Hitze des Tages dunkler Rauch aufstieg. Um Platz zu sparen, standen die insgesamt acht Gebäude eng beieinander, getrennt nur durch schmale Gassen.

»Stammen die Ziegel aus unserer Ziegelei?« Penny war vor dem ersten Haus stehen geblieben und sah sich aufmerksam um.

Froh, dass sie das Schweigen brach, sagte er: »Ich denke schon. Clay Industries ist in den letzten Jahren enorm gewachsen und viele der Arbeiter leben mit ihren Familien hier, inzwischen mehr als fünfzig Männer. Mein Vater hat diese Häuser für sie bauen lassen.«

Ein beinahe revolutionäres Vorgehen, über das sich sein alter Herr und sein Bruder lautstark gestritten hatten. Hugh war strikt dagegen gewesen, seiner Meinung nach war es Geldverschwendung, zumal ein Großteil der Arbeiter zu dem Zeitpunkt ja eine eigene Bleibe gehabt hatte. Aber der alte Earl hatte gemeint, dass man Arbeiter auf diese Art eher langfristig bindet und dass zufriedene Angestellte mit Familie vor Ort bessere Arbeit leisten. Völlig abgesehen davon, dass man die Investition langfristig wieder reinholen konnte, indem man die Miete vom Lohn abzog. Es war eine der seltenen Gelegenheiten gewesen, bei denen George mit seinem Vater einer Meinung gewesen war.

»Dann gehört das ganze Dorf deiner Familie?«, fragte Penny und beobachtete dabei ein paar mehr oder weniger zerlumpte Kinder, die in einer engen Gasse zwischen zwei Häusern spielten.

»Nur dieser Teil. Diese Gebäude und das Land, auf dem sie stehen, gehören zur Ziegelei und sind damit in meinen, ich meine, unseren Besitz übergegangen. Die Stelle war ideal, weil es hier bereits Lagerkeller gibt. Das Dorf steht über einem kleinen Höhlensystem und ein Eingang befindet sich unter diesem Haus.« Er zeigte auf das größte der Gebäude. »Dort unten ist es beständig kühl, sodass Lebensmittel sich länger halten.«

»Aber sicher auch ein wenig gruselig. Ich habe mich noch nie gern unter der Erde aufgehalten.«

»Das verstehe ich gut. Allerdings ist es für die Menschen hier ein Segen. Sie können ihre Vorräte dort lagern.«

»Mmh«, entgegnete Penny, ohne Erkennen zu lassen, ob es ein Laut der Zustimmung oder Ablehnung war.

»Das passt irgendwie zum Rest. Alles ist eng und dunkel.«

Etwas weiter entfernt standen mehrere Frauen, die Wäsche zum Trocknen aufhängten und dabei einen Plausch hielten. Bei genauerem Hinsehen sahen auch sie ärmlich aus, genau wie die Kinder.

»Das mag sein«, sagte er schnell. »Aber die Arbeiter haben von hier aus einen kurzen Weg zur Produktionsstätte und ihre Familien leben in der Nähe. Früher haben viele unserer Männer in Nachbarorten gewohnt und mussten jeden Tag zu Fuß herkommen. Die Unterkünfte, in denen sie gehaust haben, waren die Bezeichnung Haus kaum wert. Mein Vater hat immer gesagt, für diese Menschen ist das hier der Ort, an dem alles besser wird. Die Nähe zu Brighton und die Baulust des Prinzregenten haben für eine steigende Nachfrage an Ziegeln gesorgt. Daher ist unser Personalbedarf in den letzten Jahren stetig gestiegen. Ohne diese Häuser gäbe es gar nicht genug Wohnraum in der Gegend.«

»Hier muss etwas geschehen.« Penny ließ den Blick schweifen. »Ich denke darüber nach. Heute möchte ich mich nur umsehen und verstehen, wie alles funktioniert.« Seufzend wandte sie sich ihm wieder zu. »Dann liefern wir also Steine an den Regenten?« Sie ließen die Häuser der Arbeiter hinter sich und näherten sich der Ziegelei. Der Weg führte sie am Waldrand entlang. Auf der anderen Seite sah man die Rauchwolken aus den großen Brennöfen aufsteigen. War der Geruch nach verbranntem Holz vorher schon stark gewesen, so intensivierte er sich hier noch einmal.

George dämmerte, dass Penny nicht vorhatte, die Ziegelei einfach weiterlaufen zu lassen wie bisher. Sie

würde Veränderungen anstoßen, auch was die Lebens-
bedingungen der Arbeiter anging. Ein Teilaspekt, dem
er bisher keine allzu große Aufmerksamkeit geschenkt
hatte. Er war jedoch offen für alles und gespannt auf
ihre Vorschläge.

»Ja«, beantwortete er ihre Frage. »Wenn auch nicht
mehr in dem Ausmaß wie noch vor ein paar Jahren. Der
Pavillon in Brighton wird zwar beständig ausgebaut
und vergrößert, doch er ist in weiten Teilen fertigge-
stellt. Allerdings löst die häufige Anwesenheit des Regenten eine wahre Flut an Neubauten aus. Auf einmal
möchte jede Familie ein Domizil in der Lieblingsstadt
ihres Souveräns und da kommt Clay Industries ins
Spiel. Ich hatte einige Differenzen mit meinem Vater,
aber sein Geschäftssinn ist nicht zu leugnen. Er hat
Kontrakte mit allen wichtigen Baufirmen in Brighton
abgeschlossen, sodass wir der Hauptlieferant für Zie-
gelsteine sind.« Aus seiner Stimme sprach ein gewisser
Stolz und er schämte sich nicht dafür.

»Das freut mich zu hören. Wirst du mir den Rest des
Betriebs zeigen? So wie es sich anhört, kennst du dich
ja ganz gut aus. Ich glaube, ich würde lieber von dir
über das Gelände geführt werden und Erklärungen erhalten als von einem fremden Verwalter.«

Wärme breitete sich in Georges Brust aus. Freude darüber, dass seine Frau in seiner Nähe sein wollte. »Aber
gern«, antwortete er lächelnd. »Ich beantworte dir alle
Frage nach bestem Wissen und Gewissen.«

Sie hatten die eigentliche Ziegelei inzwischen erreicht. Vor ihnen erhob sich ein relativ kleines Gebäude
aus Ziegelsteinen, welches die Verwaltung beherbergte.
In einigen hundert Metern Entfernung standen die

Brennöfen, die hohe Rauchsäulen in den Himmel bliesen. In mehreren Dutzend Holzunterständen wurde emsig gearbeitet.

»Woher stammt der Lehm?«, fragte Penny. »Ich kann nirgendwo eine Grube sehen.«

»Die liegt hinter den Brennöfen. Logistisch nicht unbedingt ideal, aber das ist dem natürlichen Wachstum der Ziegelei geschuldet. Die ursprüngliche Grube war dort.« Er zeigte auf eine Senke zu ihrer Linken, in der jetzt große Tische standen, an denen Männer den Ton in Formen pressten. »Heutzutage wird der Lehm dort geformt, dann in die Trockenschuppen gebracht.« Er nickte mit dem Kopf in Richtung der Holzunterstände. »Und danach gebrannt.«

»Gibt es keine Möglichkeit, den Ablauf effizienter zu gestalten? Es erscheint mir unsinnig, den Lehm erst über das ganze Gelände zu transportieren und dann wieder zurück.«

»Was für eine kluge Frau Ihr doch seid, Lady Penelope«, erklang eine Stimme hinter ihnen. Der Verwalter.

Clayton Industries

Penny

Die Worte gingen Penny durch und durch, denn sie hatte die Stimme auf Anhieb erkannt. Sie kamen ohne jeden Zweifel aus dem Mund des Mannes, in den sie sich vor Jahren verliebt hatte. Der Mann, für den sie bei George Unterricht im Küssen genommen hatte, um ihn zu beeindrucken.

»Tom«, sagte sie so ruhig wie möglich, während sie ein höfliches Lächeln auf ihr Gesicht zwang und sich zu ihm umwandte. »Wie ... überraschend.«

»In der Tat«, sagte Thomas Smith und lächelte ebenfalls. Er war ein nicht allzu groß gewachsener Mann mit dunklem Haar und angenehmem Äußeren. Penny kam nicht umhin, zu bemerken, dass die Jahre seiner Attraktivität nicht geschadet hatten, im Gegenteil.

»Ihr kennt euch?« Georges Blick ging von Penny zu dem Verwalter und zurück.

»Selbstverständlich«, antwortete Tom, bevor Penny sich eine Antwort überlegen konnte. »Ich wurde auf Windham Manor ausgebildet, wusstet Ihr das nicht?«

Penny erkannte genau den Moment, in dem George realisierte, in welcher Beziehung sie einst zu Tom

Smith gestanden hatte. Seine Augen weiteten sich, sein Blick huschte erneut zwischen ihr und Tom hin und her, bevor sich ein schmales Lächeln auf seinem Gesicht ausbreitete, welches Penny nicht zu deuten wusste.

»Nein, das war mir unbekannt. Um es mit den Worten meiner Frau zu sagen: Wie überraschend.«

»Ihr habt Lady Penelope geheiratet?« Jetzt war es an Tom, seine Verblüffung zu überspielen, was ihm schlecht gelang.

»Vor zwei Wochen«, sagte George mit einem gepressten Unterton in der Stimme, den Penny nicht von ihm kannte. Außerdem trat er näher an sie heran, so dass sie seine Wärme angenehm in ihrem Rücken spürte.

»Dann akzeptiert bitte meine allerherzlichsten Glückwünsche. Mein Herr.« Tom verbeugte sich vor ihnen beiden. »Mylady.«

»Danke«, sagte Penny, um einen neutralen Ton bemüht. Was sollte sie von Toms Anwesenheit halten? Ihr Techtelmechtel war Jahre her und, wenn man es genau nahm, war es nicht einmal das gewesen. Sie hatten sich ein paarmal getroffen, scheue Blicke getauscht und am Ende einen heimlichen Kuss geteilt. Am nächsten Tag war er verschwunden und nie wieder aufgetaucht. Keine Entschuldigung, kein Wort des Abschieds, nichts. Sie hatte lange gebraucht, um über diese Zurückweisung hinwegzukommen, und das Wiedersehen bereitete ihr Unbehagen. Aber wenn er sich als fähiger Verwalter entpuppte, sah sie keine Notwendigkeit, ihm aus ihrer gemeinsamen Vergangenheit einen Strick zu drehen.

»Danke«, kam es mit Verzögerung auch von George. »Sie haben sicher viel zu tun.« Er sah sich auf dem Gelände um. »Ich kann meiner Frau selbst alles zeigen. Ihre kostbare Zeit wird nicht benötigt, Mr Smith.«

Penny verbarg ihre Überraschung. In Georges Worten klang ja fast so etwas wie Eifersucht durch. Aber das war lächerlich, schließlich waren sie sich darüber einig, dass ihre Beziehung rein geschäftlicher und nicht romantischer Natur war. Also musste es für Georges Anspannung einen anderen Grund geben.

»Selbstverständlich«, antwortete Tom lächelnd. »Es gibt viel zu tun. Morgen wird eine große Lieferung abgeholt und ich war auf dem Weg, die Verladung zu überwachen. Wie wäre es, wenn Ihr Euch am Ende Eures Rundgangs anschließt? Die Ziegel für den Versand vorzubereiten, ist sozusagen der letzte Schritt. Wollt Ihr mit Eurer reizenden Frau gern dabei sein?«

»Vielen Dank, wir werden vielleicht darauf zurückkommen«, sagte George kurz angebunden, verabschiedete sich von dem Verwalter und führte Penny in Richtung der Tische, an denen die Ziegel geformt wurden.

»Du ahnst, in welchem Verhältnis ich einst zu Tom ... Mr Smith stand?«, fragte Penny, sobald sie unter sich waren. Sie hatte sich entschieden, mit offenen Karten zu spielen und das Problem offensiv anzugehen.

»Ja«, presste George hervor. »Und es gefällt mir nicht, dass ich das erst jetzt erfahre. Das erklärt allerdings deine Reaktion auf seinen Namen. Warum hast du nichts gesagt?«

»Weil ich mir nicht sicher war, ob er es wirklich ist«, antwortete sie wahrheitsgemäß. »Er hat Windham damals ohne ein Wort des Abschieds oder der Erklärung verlassen. Bis heute Morgen war ich davon ausgegangen, dass ich ihn niemals wiedersehen würde. Ich hatte nicht damit gerechnet, dass er nur wenige Meilen entfernt von Windham Manor lebt.« Die Erkenntnis, dass es so war, schmerzte. Nicht, weil sie noch Gefühle für Tom hegte oder ihm nachtrauerte. Sondern weil Tom sich jederzeit bei ihr hätte melden können und es trotzdem nie getan hatte. Die besondere Beziehung, die sie damals geglaubt hatte, zu ihm zu haben, war offensichtlich pure Einbildung gewesen. Sie schämte sich, dass sie so dumm gewesen war. Wochenlang hatte sie sich in den Schlaf geweint und sich damit getröstet, dass er ein besseres Leben weit weg von ihr begonnen hatte.

Du weißt doch gar nicht, wann er hierher zurückgekommen ist, schalt sie sich selbst. Doch im Grunde war es egal. Sie musste akzeptieren, dass ihre Zuneigung zu Tom einseitig gewesen war. Das Leben war weitergegangen, ihre Romanze nicht mehr als eine unbedeutende Episode, der man keine große Bedeutung beimessen durfte.

George

Wie hatte er das übersehen können? Tom Smith war der Mann, den Penny damals so unbedingt hatte küssen wollen, dass sie bereit gewesen war, ihn um Unterricht zu bitten. Er wusste nicht, was zwischen den beiden vorgefallen war, hatte angenommen, sie sei zur

Vernunft gekommen. Schließlich war sie die Tochter eines Herzogs und Smith nur ein dahergelaufener Verwalter. So einen Mann hätte ihre Familie niemals gebilligt.

Genaugenommen spielte es keine Rolle, die Frage war vielmehr, ob diese unerwartete Verbindung zu einem Problem werden konnte. Smith hatte sich bisher als hervorragender Verwalter erwiesen, aber was, wenn er noch Gefühle für Penny hegte? Würde das seine Arbeit nachteilig beeinflussen?

Mach dich nicht lächerlich, George. Diese Liaison ist Vergangenheit, die beiden hatten seit Jahren keinen Kontakt mehr. Dennoch blieb ein ungutes Gefühl.

Verärgert über sich selbst schob er den Gedanken beiseite. Besser, er konzentrierte sich auf den eigentlichen Zweck ihres Besuchs. »Lassen wir das«, sagte er, um einen leichten Tonfall bemüht. »Wir sind hier, um die Ziegelei zu besichtigen. Fangen wir an.« Sie blieben am Rand der großen Mulde stehen, die vom früheren Tonabbau geblieben war. »Wie bereits erwähnt, befand sich an dieser Stelle die ursprüngliche Tongrube. Als klar wurde, dass wir expandieren müssen, um der Nachfrage gerecht zu werden, hat mein Vater eine neue, größere Grube weiter außerhalb anlegen lassen. Hier werden nur noch Ziegel geformt und getrocknet.«

»Ich verstehe, wie es dazu kam, aber wäre es nicht geschickter, den Ton direkt dort zu formen, wo er abgebaut wird? So wie früher? Mir erscheint das nicht wirklich effizient.«

»Mein alter Herr hatte seine Gründe. Die nötigen Umbauten wären beträchtlich. Das kostet nicht nur Unmengen von Geld, es würde auch die Produktion für geraume Zeit lahmlegen. Er meinte auch, dass die Arbeiter sich mit Veränderung unglaublich schwertun. Neue Arbeitsabläufe werden nur zögerlich angenommen und es dauert lange, bis sich eine neue Routine einstellt. Er war fest davon überzeugt, dass sich große Umstellungen nicht rechnen. Deshalb ist alles so, wie es jetzt ist. Wenn man bedenkt, wie erfolgreich der Betrieb sich unter seiner Führung entwickelt hat, sollten wir davon ausgehen, dass er wusste, was er da tat.«

Penny schüttelte den Kopf und er ahnte, was kommen würde.

»Oder es liegt daran, dass er als Erzkonservativer selbst kein Freund von Veränderung war. Gib mir etwas Zeit, mich genauer mit der ganzen Sache zu beschäftigen, ich habe ein paar Ideen. Vielleicht fangen wir mit kleinen Umstellungen an, dann werden wir ja sehen, ob dein Vater recht hatte.«

George schwankte zwischen Stolz über ihren unbedingten Willen, aktiv mitzumischen, und Enttäuschung, weil sie seinem Urteil nicht vertraute. Auch wenn dieses Urteil zugegebenermaßen nicht sein eigenes war. Allerdings war dem Geschäftssinn seines Vaters stets zu trauen gewesen. Weit mehr als seinem eigenen.

»Mach das«, sagte er ruhig. »Es kann sicher nicht schaden, darüber nachzudenken. Wir können über alles reden.«

»Sehr gut. Wir sehen Mr Smith ja noch. Er kann mir sicher genaue Informationen geben, wie die derzeitigen Abläufe sind und wo es ungenutztes Optimierungspotenzial gibt.« Auf ihrem Gesicht zeichnete sich ein Lächeln ab. »Danke, dass du so gefasst darauf reagiert hast, dass er ein alter Bekannter von mir ist. Das ist ewig her und hat nichts zu bedeuten.«

In George regte sich Missfallen. Wenn es nach ihm ging, würden sie nie wieder über Pennys Beziehung zu Thomas Smith sprechen. »Das habe ich auch nicht angenommen. Es wäre nur nett gewesen, wenn du mich vorgewarnt hättest«, sagte er steif.

Sie drehten sich im Kreis. Den ganzen Morgen schon. Der Tag hatte so vielversprechend begonnen und war dann von Stunde zu Stunde schlimmer geworden. Diese Ehe war mit mehr Problemen behaftet, als er geahnt hatte.

Vor der Hochzeit war seine einzige Sorge gewesen, ob sie ihr freundschaftliches Verhältnis wiederherstellen konnten. Nun waren sie sich plötzlich über die elementarsten Dinge uneins: Wo sie in Zukunft wohnen sollten oder wie die Ziegelei zu führen war. Dazu kam noch die Sache mit Thomas Smith. Würde es helfen, Penny hier entgegenzukommen? Wenn er guten Willen zeigte und zuließ, dass sie engen Kontakt zu dem Verwalter pflegte, um Ideen für die Ziegelei zu entwickeln, war sie vielleicht im Gegenzug bereit, London eine Chance zu geben.

Penny griff nach seiner Hand. »Entschuldige bitte. Wie gesagt, ich wusste es nicht, ich hatte nur einen Verdacht, nachdem du den Namen genannt hattest. Ich hätte sofort etwas sagen sollen, wollte dich aber nicht unnötig beunruhigen. Das war falsch, es wird nicht wieder vorkommen.«

»Nicht der Rede wert«, brummte er versöhnlich. »Ich hätte es wahrscheinlich genauso gemacht. Mach dir keine Vorwürfe.« Er drehte sich zu den Trockenschuppen. »Sehen wir uns den Rest an und machen uns dann auf den Rückweg.«

Penny

Unsicher, ob George ihr wirklich glaubte, folgte sie ihm. Leider konnte sie nichts gegen sein Misstrauen tun. Wenn sie ehrlich war, hätte sie in seiner Lage ähnlich reagiert. Unwillkürlich musste sie daran denken, wie er mit Lady Oakley auf dem Ball aufgetaucht war.

Obwohl sie ihn nie mit ihren Gedanken konfrontiert hatte, war sie doch ins Grübeln über die Beziehung der beiden geraten. Allerdings hatte diese Begegnung vor ihren Heiratsplänen stattgefunden und sie damit, genaugenommen, kein Recht darauf, eifersüchtig zu sein.

Wenn es denn Eifersucht war, die George in diesem Fall antrieb. Wahrscheinlicher war Besitzdenken. Sie war jetzt seine Ehefrau und gehörte damit ihm. Auch wenn sie hinreichend klargemacht hatte, dass dem in ihrem Fall nicht so war, war diese Art zu denken in Männerköpfen weit verbreitet. George war und blieb ein Produkt des britischen Adels, auch wenn er keinen Titel mehr besaß.

Es war schwer vorherzusagen, wie sich das erneute Zusammentreffen mit Tom auf ihre Ehe auswirken würde. Oder Georges Beziehung zu Lady Oakley, die er sicher treffen würde, sollte er nach London gehen. Bei dem Gedanken zog sich ihr Herz zusammen und sie hoffte im Stillen, dass es noch eine ganze Weile dauern würde, bis George sie verließ.

Tom trafen sie an diesem Tag nicht noch einmal. Er war nicht anwesend, als sie den Teil der Ziegelei erreichten, in dem die Ziegel für den Transport vorbereitet wurden, und keiner von ihnen fragte, wo er sich aufhielt.

Zurück im Gasthof nahmen sie einen späten Lunch ein und ritten zurück nach Windham. Sie sprachen weder über Tom, noch darüber, wo sie in Zukunft leben wollten. Die unterschwellige Spannung ignorierend, bemühten sich beide um eine locker leichte Stimmung, stets darauf bedacht, sich gegenseitig zu beweisen, wie gut sie im Grunde miteinander auskamen.

Eheliche Freuden und eheliche Pflichten

George

Zwei Wochen waren seit dem Besuch in der Ziegelei vergangen und George dachte nach wie vor mit Verdruss an Thomas Smith. Er hatte Penny nicht noch einmal auf ihn angesprochen, vermutete aber, dass sie die Gesellschaft des Mannes suchte.

Warum sonst lag sie ihm ständig damit in den Ohren, weitere Treffen zu vereinbaren? Von ihren Schulaktivitäten einmal abgesehen, schien sie sich mit nichts anderem zu beschäftigen als der Ziegelei.

Er selbst trieb seine Pläne für das Unterhaus voran. Fünf Besuche hatte er seit seiner Rückkehr aus Lighton House absolviert und eine schier endlose Menge an Briefen geschrieben. Nach wie vor schob er es vor sich her, Penny davon zu erzählen, er wartete noch auf den passenden Zeitpunkt. Für heute war ein Gespräch mit seinem Bruder geplant und für den kommenden Tag ein weiterer Besuch bei Lord Fithelton. Wenn alles glatt lief, würde George seine Kandidatur bald offiziell bekannt geben können.

Vielleicht sollte er Penny zu den Fitheltons mitnehmen und ihr seine Pläne auf dem Weg eröffnen.

Dagegen sprach andererseits, dass Eunice anwesend sein würde. Sie war ebenfalls mit den Fitheltons bekannt und hielt sich für ein paar Tage bei ihnen auf. Von seiner Freundschaft zu Eunice hatte er Penny bisher ebenfalls nicht erzählt und er wurde das Gefühl nicht los, dass sie wenig Verständnis aufbringen würde. Das Haus der Fitheltons war unter den gegebenen Umständen nicht der Ort, an dem die beiden wichtigsten Frauen in seinem Leben zum ersten Mal aufeinandertreffen sollten.

Noch einmal darüber nachgedacht, war es sicherer, Penny nicht mitzunehmen. Er hatte es so lange herausgezögert, sie einzuweihen, da konnte ein Tag mehr auch nicht schaden.

Die Tür zum Salon öffnete sich und sie trat ein. Schön wie eh und je, ging es ihm durch den Kopf. Unweigerlich dachte er an die vergangene Nacht, in der sie sich leidenschaftlich geliebt hatten. Sie hatte ihn, wie jeden Abend, in seinem Bett erwartet. Es war eine stillschweigende Übereinkunft, eine Art Ritual, das sich jedes Mal wiederholte und von dem sie niemals abwichen. Penny erwartete ihn, sie liebten sich und danach trug George sie zurück in ihr Bett.

Ein ums andere Mal hatte er sich gefragt, ob sie protestieren würde, wenn er es nicht tat, oder ob sie gern in seinen Armen eingeschlafen wäre. Da sie allerdings nie eine Andeutung in diese Richtung machte, schwieg er und hielt sich stets an den gewohnten Ablauf. Manchmal war es das Beste, den Status quo aufrecht zu erhalten.

»Wie sehen deine Pläne für heute aus?«, fragte sie mit höflichem Interesse in der Stimme.

»Ich habe etwas mit meinem Bruder zu besprechen und werde gegen Abend zurück sein«, antwortete er ebenso höflich.

Selbst wenn seine Pläne im Sand verlaufen sollten, hatten sie immerhin dafür gesorgt, dass er und sein Bruder sich wieder etwas näher gekommen waren. Das hatte er bei seinen Bestrebungen zwar nicht im Sinn gehabt, aber es war ein netter Bonus.

Penny kommentierte seine Antwort nicht weiter, sondern nickte lediglich und wandte sich ab.

»Und was hast du heute vor?«, wollte er wissen.

»Nach der Schule werde ich zur Ziegelei reiten und einen Blick in die Bücher werfen.«

»Warum?« Sie hatten einen fähigen Verwalter, auch wenn er den Mann nicht leiden konnte. Hatten ihre Gründe, sich die Bücher anzusehen, am Ende etwas damit zu tun, dass sie diesem Mann näher sein wollte? Wie jedes Mal, wenn er an Pennys Beziehung zu Thomas Smith dachte, kochte Wut in ihm hoch und es gelang ihm kaum, sich unter Kontrolle zu halten.

»Weil sie mir gehört,« war Pennys Antwort. »Und ich damit eine Verantwortung habe, die ich ernst nehme.«

»Uns«, presste George hervor. »Sie gehört uns. Willst du damit sagen, dass ich mich vor der Verantwortung drücke?«

»Nein. Aber wenn du es so interpretieren möchtest, will ich dir nicht widersprechen.«

»Na, vielen Dank.« Er schnaubte. »Schon einmal darüber nachgedacht, dass manche Dinge am besten so bleiben sollten, wie sie sind? Weil sie gut laufen?«

»Ach, du meinst wie meine Schule hier?«, antwortete sie spitz. »Da du nicht vorhast, mich an deinem Leben teilnehmen zu lassen, gestalte ich meines so, wie es mir beliebt. Und dazu gehört jetzt auch die Ziegelei.«

»Ich möchte dich ja an allem teilhaben lassen, was mich bewegt.« Seine Stimme war viel zu laut. »Da ist nur diese eine Sache, um die ich mich vorher noch kümmern muss und ...«

»Bei der ich im Weg bin«, schloss sie seinen Satz. »Schon verstanden.«

Bei der ich es nicht ertragen könnte, vor deinen Augen zu scheitern, hätte er sie am liebsten korrigiert, schwieg jedoch und hob stattdessen die Hände in einer Geste der Hilflosigkeit.

»Dem ist nichts mehr hinzuzufügen.« Mit einem Seufzer wandte sie sich zur Tür. »Kommst du mit zum Frühstück oder hast du Wichtigeres zu tun?«

Er presste die Zähne aufeinander, um dem Drang zu widerstehen, sie einfach zu küssen und die Unstimmigkeiten vergessen zu machen. Warum stritten sie in letzter Zeit ständig, wenn er doch nur eins wollte: Sie in seinen Armen halten und das innige Verhältnis der Hochzeitsreise zurückbekommen.

Dann solltest du aufhören, ihr wichtige Aspekte deines Lebens vorzuenthalten. Lange konnte er nicht mehr schweigen.

Penny

»Dann sehen wir uns übermorgen?«

Den eindeutig freudigen Tonfall und den bedeutungsvollen Blick, den Tom ihr zuwarf, ignorierte Penny. Ihr war nicht entgangen, dass er mit ihr flirtete. Eine echte Frechheit, wenn man bedachte, wie er sie damals ohne ein Wort hatte sitzen lassen. Abgesehen davon war sie inzwischen eine verheiratete Frau. Doch obwohl sie ihm demonstrativ die kalte Schulter zeigte, hörte er nicht damit auf.

»Mein Mann und ich werden in zwei Tagen herkommen, um alles Weitere zu besprechen.«

Sein Blick verdunkelte sich, auch wenn seine Züge weiterhin das freundliche Lächeln zeigten. Penny konnte nur hoffen, dass er endlich verstand.

Jetzt musste sie sich allerdings beeilen, wenn sie zum Dinner zurück in Windham sein wollte. Sie ritt, so schnell sie es sich in der Dämmerung zutraute, und mit jeder Meile steigerte sich ihre Vorfreude. Denn sobald es draußen dunkel wurde, schienen ihre Probleme mit George wie weggeblasen. Seit Tagen war es das gleiche Spiel.

Sie wachte morgens allein in ihrem Bett auf. In sich trug sie eine Mischung aus glückseliger Befriedigung und tiefer Enttäuschung. Beides geboren aus den gemeinsamen Stunden der vorangegangenen Nacht.

Wenn sie dann den Salon betrat, jedes Mal mit dem festen Vorsatz, diesmal nicht mit ihm zu streiten, geschah es trotzdem. Ein Wort gab das andere und sie trennten sich für den Tag. Sie überdachte den Umbau der Ziegelei, prüfte die Ausgaben, traf sich mit Tom oder arbeitete in der Schule. George verbrachte seine Zeit wo-auch-immer und sagte ihr nicht, was er tat.

Sie erreichte die Stallungen und war sich bewusst, dass ihr nur wenig Zeit blieb, sich zum Dinner umzukleiden. In ihrem Zimmer wartete Becky bereits auf sie. Für diesen Abend hatte Penny ein wundervolles zartrosa Kleid mit tiefem Ausschnitt herausgesucht, von dem sie wusste, dass es George gefiel. Voller Vorfreude schlüpfte sie hinein und schalt sich eine dumme Gans.

Sie mussten klären, was zwischen ihnen im Argen lag. Doch irgendwie fanden sie keinen Zugang zueinander. Und dennoch liebte er sie jede Nacht mit einer berauschenden Leidenschaft, an die nichts herankam, was Penny je zuvor erlebt hatte.

Seufzend wandte sie sich der Tür zum gemeinsamen Salon zu. Irgendwann würden sie alles klären. Nur nicht heute.

»Ah, meine wunderschöne Frau«, sagte George, sobald sie den Raum betrat. »Wollen wir?«

Enttäuscht stellte Penny fest, dass er ihr weder seinen Arm anbot, noch ihrer körperbetonten Garderobe große Beachtung schenkte. Auch während des Dinners redete er kaum mit ihr, sondern tauschte hauptsächlich Höflichkeiten mit Gabriel, Helen und Phoebe aus.

Nach dem Dinner gingen die Damen in den Salon für eine abschließende Tasse Tee, währen George und Gabriel ihren Port genossen.

Pennys Begleiterinnen unterhielten sich angeregt über einen Brief, den sie von ihrer älteren Schwester erhalten hatten, was Penny nur recht war. Denn mit jeder Minute, die verstrich, kam der Zeitpunkt näher, an dem

George und Gabriel wieder zu ihnen stoßen würden. Wie jeden Abend konnte sie es kaum erwarten, sich zum Schlafen in die gemeinsamen Gemächer zurückzuziehen. Was sollte sie auch dagegen unternehmen? Ihr Körper reagierte auf ihren Ehemann nun einmal, wie er reagierte.

Just in diesem Moment öffnete sich die Tür und die Männer traten ein. Penny kam nicht umhin, zu bemerken, wie gut George aussah. Heute trug er dunkle Breeches, Weste und Jacke, was einen denken ließ, er würde einen Ball besuchen.

Was auch immer er tagsüber trieb, hatte die Sorgenfalten aus seinen edlen Zügen verschwinden lassen. Er lachte über etwas, was Gabriel gesagt hatte, und sah dann zu ihr. Sein Blick ruhte ein wenig zu lange auf ihren Lippen, glitt zu ihrem Ausschnitt und sie war froh, dieses Kleid gewählt zu haben.

Sein Lächeln veränderte sich und ließ jeden Zentimeter ihrer Haut vibrieren. Alle Gedanken an ein klärendes Gespräch traten in den Hintergrund. Die Nacht gehörte nicht ihren Sorgen, sondern allein der Leidenschaft. Und wenn die das einzig Gute an ihrer Beziehung war, dann würde sie eben die festhalten.

George

Seit Penny vor über zwei Stunden den Salon zwischen ihren Schlafzimmern betreten hatte, konnte er an nichts anderes denken, als die hinreißenden Ansätze ihrer Brüste zu küssen, die sich dank des Kleides verführerisch abzeichneten. Seit er erwähnt hatte, wie sehr ihm dieses Kleid gefiel, trug sie es öfter und stellte seine Selbstbeherrschung damit auf eine harte Probe. Wortwörtlich. Er hatte sich die ganze Zeit zwingen müssen, nicht in ihre Richtung zu sehen.

»Ich würde ja so gerne Georginas Sohn …«, sagte Helen gerade, doch George hörte gar nicht richtig zu, sondern erhob sich.

Keine Sekunde länger konnte er den Anblick ihres Ausschnitts ertragen, ohne über sie herzufallen. Normalerweise gelang es ihm, sich so lange zurückzuhalten, bis Penny nach oben gegangen war. Dann folgte er ihr in gebührendem zeitlichen Abstand. Heute jedoch schaffte er es nicht, seine Triebe zu unterdrücken. Er wollte sie. Jetzt.

»Entschuldigt die Unterbrechung«, sagte er in so freundlichem Tonfall, wie es ihm möglich war. »Ich glaube, Penny ist nicht ganz wohl und ich sollte sie nach oben begleiten.«

»Wie aufmerksam«, sagte sie leise. »Mich plagen tatsächlich leichte Kopfschmerzen.«

Er musste ein Lächeln unterdrücken und reichte ihr seinen Arm. Die Hitze ihrer Fingerspitzen schien sich durch den Stoff zu brennen und ließ es noch enger in seinen Breeches werden. Gott, diese Frau brachte ihn um den Verstand.

Sie verabschiedeten sich und verließen gemächlichen Schrittes den Salon. Schweigend durchquerten sie die Halle, stiegen die Treppe nach oben und gelangten in den Flur, der zu ihren Räumen führte. Sanftes Kerzenlicht erhellte Pennys Züge und er konnte nicht länger warten.

Ohne Vorwarnung zog er sie an sich und küsste sie. Wild, leidenschaftlich, ohne die Raffinesse, die er ihr beigebracht hatte. Er war ganz Gefühl und – welch herrliches Wunder – sie erwiderte seine Begeisterung, stöhnte aufreizend unter seinen Küssen und reckte sich ihm entgegen.

Halb von Sinnen drängte er sie weiter, bis sie eine Tür erreichten. Ihre? Seine? Gleichgültig, solange sie nur vom Flur wegkamen und er ihr endlich dieses Kleid von den Brüsten reißen konnte.

Penny

Sie streckte sich ihm entgegen, als hinge ihr Leben davon ab. Und in gewisser Weise tat es das auch. Denn würde er nicht bald in ihr sein, sie ausfüllen, würde sie schier vergehen.

Innerlich dankte sie ihm, dass er sie aus ihrer Qual erlöst hatte. Denn im Salon mit den anderen hatte sie an nichts anderes denken können als daran, seine Lippen auf ihrem Körper zu fühlen. Dass es ihm offenbar genauso ging, fachte die Glut nur noch weiter an. Dieses Brennen, dieses überwältigende Verlangen, seine nackte Haut auf ihrer zu spüren, zu verschmelzen und gemeinsam Glückseligkeit zu erlangen.

Inzwischen hatte er den Verschluss ihres Kleides geöffnet und schob es in einer fast groben Geste nach unten. Ihr Mieder folgte und er umfasste sanft ihre Brüste. Wenn auch nur durch die dünne Chemise. So schnell sie konnte, entledigte sie sich ihrer Kleider und zog auch das dünne Hemd über den Kopf. Nur in Strümpfen stand sie vor ihm und begann, ihn ebenfalls zu entkleiden. Stück für Stück schwand jeglicher Stoff zwischen ihnen und endlich waren sie sich so nah, wie es zwei Menschen nur sein konnten.

Sie fielen auf das Bett und vergaßen jeglichen Streit, alle Probleme und Zwistigkeiten, die zwischen ihnen standen. Hier auf den Laken dieses Bettes konnten sie das sein, was sie im Alltag nicht hinbekamen: Liebende.

Leider gelang es ihnen auch diesmal nicht, das Gefühl in den nächsten Tag hinüberzuretten.

Am nächsten Morgen sprachen sie kaum miteinander und George verschwand direkt nach dem Frühstück, ohne ihr mitzuteilen, wohin oder wann er wiederkommen würde. Sein Verhalten schmerzte, doch sie war fest entschlossen, sich davon nicht die Laune verderben zu lassen. Wenn er tat, wonach ihm der Sinn stand und sein Leben ohne sie führte, war das sein gutes Recht. Aber was er sich herausnahm, konnte sie schon lange.

Sie würde sich fürs Erste weigern, von hier wegzugehen. Wenn sie noch ein Jahr auf Windham lebten, konnten sie eine Menge Geld sparen und in die Ziegelei investieren. Mit den richtigen Maßnahmen konnte man die Gewinne erheblich steigern, das glaubte auch Tom.

Ein wenig nagte das schlechte Gewissen an ihr, weil sie George nicht von ihrem letzten Treffen mit Tom erzählt hatte. Andererseits teilte er ihr ja auch nicht mit, wo er sich herumtrieb. Seufzend schob sie den Gedanken beiseite und widmete sich erneut den Plänen, die vor ihr auf dem Lehrerpult ausgebreitet lagen.

Kurz darauf stieß Phoebe zu ihr, die angeboten hatte, bei der Vorbereitung für das nächste Treffen zu helfen. Eigentlich hatte Penny das mit George zusammen machen wollen, doch der trieb sich einmal mehr Gottweiß-wo herum und ihre Schwippschwägerin war dankbar für die Abwechslung.

So verbrachten sie ihre Zeit damit, darüber zu diskutieren, wie man die Gebäude der Ziegelei am besten umbauen oder verlegen sollte, um Wege zu verkürzen und die Arbeit effektiver zu gestalten.

»Das hat Spaß gemacht«, sagte Phoebe, nachdem sie fertig waren. »Ich denke, die ehemalige Grube zuzuschütten und als Lagerplatz für die getrocknete Ware zu nutzen, ist wirklich clever.«

Penny drückte die Schultern durch und dehnte ein wenig ihren geschundenen Nacken. Den ganzen Mittag hatten sie über der Karte gebrütet, bis ihnen eine Lösung eingefallen war. »Unglaublich, dass niemand vorher darauf gekommen ist. Man muss die Straße nur ein klein wenig verlängern und der Abtransport der Ziegel gestaltet sich leichter.« Sie sah zu ihrer neuen Freundin. »Nochmals danke. Du warst eine große Hilfe.«

»Nicht doch«, winkte Phoebe ab. »Ich genieße solche Herausforderungen. Erinnerst du dich, wie ich mich nach meiner Ankunft hier darüber beschwert habe,

dass ich kein Zuhause habe und nirgendwo hinge-
höre?«

Penny nickte, denn wie konnte sie das vergessen? Dieses Gespräch war schließlich der Grund gewesen, aus
dem sie letztendlich in die Heirat mit George eingewil-
ligt hatte.

»Daran hat sich nichts geändert. Allerdings hat dieses
Leben auch seine Vorzüge. Es bietet neue Herausforderungen. Ich werde häufig mit anderen Menschen und
anderen Lebensweisen konfrontiert und manchmal
werde ich mit Tagen wie diesen belohnt, an denen ich
unerwartet meine Fähigkeiten einsetzen kann. In solchen Momenten habe ich das Gefühl, dass dieses Leben
genau das Richtige für mich ist. Es beweist zumindest
eins: Ich bin in der Lage, mit jeder Situation zurechtzu-
kommen. Sei es das Freiräumen eines alten Tempels
bei sengender Hitze oder als Gesellschafterin für meine
Schwestern, wenn sie eine Familie gründen.« Lachend
sah sie zu Penny. »Und manchmal darf ich dabei helfen,
Lösungen für logistische Probleme auszuknobeln. All
das wäre nicht möglich, wenn ich einen eigenen Wohnsitz mit festem Tagesablauf hätte. Was hilft mir finanzielle Sicherheit, wenn ich dafür in einem goldenen Kä-
fig festsitze? Dann doch lieber dahin gehen, wohin die
Umstände mich treiben, und gelegentlich die Chance
bekommen, über mich hinauszuwachsen.« Ein erneu-
tes Lachen, dann winkte sie ab. »Nicht, dass wir hier
wahrhaft Großartiges vollbringen würden. Aber ich
mag die Herausforderung und das befriedigende Gefühl, ein Hindernis überwunden zu haben. Etwas zu erreichen. Helen sagt immer, dass in mir das Herz eines
Mannes schlägt. Aber ich glaube, das ist Unsinn, wir

Frauen können genauso ehrgeizig und tatkräftig sein wie jeder Mann, wenn nicht noch mehr. Wir müssen uns nur trauen.«

In Penny regte sich etwas, von dem sie nicht wusste, was es war. Ein Gefühl, als hätten Phoebes Worte einen Anstoß gegeben, von dem sie nur noch nicht genau sagen konnte, wozu. Auch Penny war aufgefallen, wie sehr es ihr gefiel, mit der Ziegelei ein neues Projekt zu haben. Sie hatte sich nur noch nie Gedanken darüber gemacht, warum. Sobald sie Ruhe hatte, würde sie das nachholen.

Graue Wolken am Horizont

George

Gut vierundzwanzig Stunden später kehrte George nach Windham Manor zurück. Das Gespräch mit Lord Fithelton hatte wesentlich länger gedauert als erwartet, doch sein Plan, den zweiten Sitz für Sussex im Unterhaus anzustreben, war gefasst. George bedauerte nur, dass es zu spät geworden war, um noch am selben Tag nach Hause zu reiten, denn er hätte die Nacht wirklich gern mit seiner Frau verbracht.

Es wäre alles einfacher gewesen, wenn nicht ausgerechnet Eunice zu Gast gewesen wäre. Diese Klippe hatte George glücklich umschifft und es war an der Zeit, Penny in seine Pläne einzuweihen. Am besten heute noch.

»Penny?«, rief er, als er ihre gemeinsamen Gemächer betrat, erhielt jedoch keine Antwort. Wo konnte sie sein? Sicher in der Schule oder im Gespräch mit Helen oder Phoebe irgendwo im Haus. Voller Elan machte er sich auf die Suche und stieß auf der Treppe beinahe mit Gabriel zusammen.

»Der Mann, den ich suche«, sagte George lächelnd. »Ich habe etwas mit dir zu besprechen.«

»Dann gehen wir in mein Arbeitszimmer, würde ich sagen. So wie du aussiehst, sind es gute Nachrichten?«

»Ganz hervorragende!« Er begleitete seinen Freund und sie machten es sich in den Sesseln gemütlich. In wenigen Worten schilderte George seine Fortschritte und kündigte auch den Besuch der Fitheltons für das kommende Wochenende an. »Ich weiß, ich hätte dich vorher fragen müssen«, sagte er ein wenig zerknirscht. »Mir ist nur allzu bewusst, dass das hier nicht mein Haushalt ist. Ich habe die Einladung spontan ausgesprochen, mitten in einem sehr engagierten Gespräch und da ...«

»Keine Problem«, unterbrach ihn Gabriel. »Ich freue mich, dass du etwas gefunden hast, wofür du dich einsetzen willst. Politik ist ein wichtiges Betätigungsfeld und es kann nicht schaden, dort gute Männer sitzen zu haben. Genau wie die richtigen Unterstützer. Soweit ich gehört habe, zählt Fithelton zu den Vorreitern, was moderne Arbeitsbedingungen angeht. Hast du endlich mit Penny darüber gesprochen?«

»Ich hatte es gerade vor, aber ich kann sie nirgends finden. Hast du eine Idee, wo sie sein könnte?«

»Die habe ich. Sie ist in die Ziegelei geritten, um sich mit dem Verwalter zu treffen.«

»Sie hat eine Verabredung mit Smith? Allein?« Sich bewusst, dass er viel zu laut gesprochen hatte, dämpfte er seine Stimme. »Wann ist sie aufgebrochen?« Ihm fielen die gehobenen Augenbrauen seines Freundes auf.

Natürlich verstand der nicht, worum es ging. Gabriel hatte keine Ahnung, dass der Verwalter einst Lehrling auf Windham Manor gewesen war. Und selbst wenn, wusste er sicher nichts von Pennys damaliger Schwärmerei für den Mann und George hatte auch nicht vor, ihm davon zu erzählen.

»Vor zwei Stunden etwa.« Gabriel runzelte die Stirn. »Sie trifft sich häufiger mit ihm, um den Umbau zu besprechen. Gibt es ein Problem, von dem ich wissen sollte?«

»Kein Problem, nein.« Wohlwissend, dass sein Verhalten, gelinde gesagt, merkwürdig war, stand George auf und verabschiedete sich von Gabriel. »Ich reite nach Little Crossfield«, sagte er lediglich und stürmte hinaus.

Seine gute Laune hatte sich in Luft aufgelöst. Warum traf sich Penny mit diesem Kerl? Noch dazu hinter seinem Rücken. Zugegeben, sie hatten in den Wochen seit ihrer Rückkehr wenig miteinander gesprochen. Schon gar nicht über ihre Probleme. Ganz besonders nicht über Thomas Smith. Trotzdem war es merkwürdig, dass Gabriel von ihren regelmäßigen Besuchen bei dem Mann wusste, er aber nicht. Hatte sie gute Gründe, ihre Besuche vor ihm zu verheimlichen?

Georges Gedanken wirbelten wild durcheinander, während er sich aufs Pferd schwang und lospreschte. Was erwartete ihn, wenn er in der Ziegelei ankam? Bilder von Penny in den Armen des Verwalters zogen vor seinem inneren Auge vorbei und er unterdrückte einen Fluch. Wilder Zorn, wie er ihn noch nie erlebt hatte, durchflutete seinen Körper und er malte sich aus, wie er Smith mit den Fäusten traktierte oder zum Duell forderte.

Dieser Gedanke ließ ihn innehalten und sein Pferd zügeln. Mit einer Klarheit, die ihn ängstigte, erkannte er, was mit ihm geschah: Er war eifersüchtig. Eine Emotion, die er zeitlebens aus tiefstem Herzen verachtet hatte.

Wenn seine Gefühle nicht so intensiv und der Wunsch, Smith Gewalt anzutun, nicht so stark gewesen wäre, hätte die Situation fast etwas Komisches gehabt. Wie oft hatte er wutschnaubende gehörnte Ehemänner belächelt und ihre geistige Gesundheit infrage gestellt. Eine außereheliche Liaison war ein Kavaliersdelikt, mehr nicht. Ehemänner, die ihre Frauen nicht zufrieden stellen konnten, durften sich eigentlich nicht beschweren. Sie sollten stattdessen froh sein, wenn die vernachlässigte Ehefrauen ihre Triebe diskret befriedigten. Doch nun, da er selbst auf der anderen Seite stand, kamen ihm auf einmal Zweifel.

Seiner Kehle entrang sich ein selbstironisches Lachen. *Eifersucht, meine Güte, wie tief bist du gesunken!* Und doch kam er nicht gegen dieses alles beherrschende Gefühl an.

Zumindest half ihm diese Erkenntnis, nicht wie ein Wilder das Ziegeleigelände zu stürmen und sich dabei bloßzustellen. Er war ein Gentleman und würde sich auch so verhalten. Selbstverständlich musste er mit Penny reden, das Gespräch würde schmerzhaft werden, aber sie waren zivilisierte Menschen. Nach wie vor innerlich aufgewühlt, aber deutlich ruhiger, erreichte George das Ziegeleigelände. Schon von Weitem sah er Penny neben Smith stehen. Sie inspizierten die alte Tongrube, in der die Arbeiter die Ziegel in Form pressten.

Neben ihnen stand noch eine weitere Person, eine Frau, von der er auf die Entfernung allerdings nicht sofort erkennen konnte, um wen es sich handelte. Erst, als sie sich in seine Richtung drehte und auf ihn deutete, erkannte er sie. Es war Helens Zwillingsschwester Phoebe.

Warum war sie hier? *Sicher nicht, um ein heimliches Stelldichein zwischen deiner Frau und dem Verwalter zu beobachten.* Oder war es genau das? Hatte Penny die andere Frau als Alibi mitgebracht? Oder um nicht in Versuchung zu geraten?

Werd nicht paranoid, schalt er sich. Das war nur die Eifersucht, die aus ihm sprach. Rational betrachtet, gab es keinen Grund anzunehmen, Penny könne ihn betrügen.

Und warum ist sie dann ohne dich hergekommen? Wer weiß, wie oft sie hier war, während du deinen politischen Ambitionen nachgejagt bist. Verdammt!

Er zügelte sein Pferd, stieg ab und band es vor dem Haus des Verwalters an. Kurz hatte er ein schlechtes Gewissen, weil sich niemand um das verschwitzte Pferd kümmerte, doch das konnte er vorerst nicht ändern. Er würde nach diesem Gespräch eine Pause im Dorf einlegen, um es versorgen zu lassen.

Jetzt ging er erst einmal in Richtung der drei, bemüht, seinen Zorn unter Kontrolle zu halten.

»George«, rief Penny lächelnd und kam auf ihn zu. »Wie schön, dass du es doch noch geschafft hast. Wir ...«

Weiter kam sie nicht, weil er sie an sich zog und küsste. Ganz sicher nicht wie ein Gentleman, aber er wäre geplatzt, wenn er nicht irgendwie verdeutlichte, dass sie ihm gehörte. Der Kuss fiel gröber aus als beabsichtigt und angeekelt von sich selbst, stieß er Penny beinahe von sich.

Sie musterte ihn aus zusammengekniffenen Augen, sagte aber nichts. Smith begrüßte ihn überschwänglich und zeigte auf die in der Grube arbeitenden Männer. »Die Ladys waren gerade dabei, mir das neue Konzept für die Ziegelei zu erläutern, und ich muss sagen, dass die Pläne durchaus etwas für sich haben. Wenn man die Mulde zuschüttet und ...«

Es gelang George nicht, sich auf die Worte des Mannes zu konzentrieren. Das Einzige, was in seinem Kopf Platz hatte, war die Tatsache, dass Penny mit Smith über etwas geredet hatte, wovon er, George, nie zuvor gehört hatte. Offensichtlich hatte Penny Geheimnisse und vertraute diesem Kerl mehr als ihm.

Innerlich rief er sich selbst zur Ordnung. Er konnte nicht mehr klar denken. Wie sollte er unterscheiden, welche Gedanken gerechtfertigtem Zorn entsprangen und welche seiner Eifersucht? Darauf musste er unbedingt eine gute Antwort finden, um sich nicht vollends zum Narren zu machen.

Penny

George benahm sich merkwürdig und Penny hatte nicht die geringste Ahnung, warum. Gut, er war verärgert, dass sie den Termin allein wahrgenommen hatte. Allerdings fand sie, dass sie dabei im Recht war. Was konnte sie dafür, dass er gestern früh ohne ein Wort verschwunden und nicht wieder aufgetaucht war? Wenn überhaupt hatte sie Grund zur Beschwerde, weil er sich den gesamten gestrigen Tag und die Nacht irgendwo herumgetrieben hatte.

Allerdings waren das keine guten Voraussetzungen für ein Gespräch über Veränderungen. Vielleicht war es besser, dieses Treffen zu beenden und auf einen anderen Tag zu legen. »Wie wäre es, wenn wir die Besprechung über Umbauten auf einen späteren Zeitpunkt verschieben?« An George gewandt fügte sie hinzu: »Du hattest sicher eine anstrengende Reise und ...«

»Nein, keineswegs«, fiel er ihr ins Wort. »Wenn wir schonmal alle hier sind, sogar Miss Phoebe, sollten wir zu Ende führen, was du begonnen hast.«

Der Seitenhieb gegen ihre Freundin gefiel Penny nicht. »Phoebe hat mir dabei geholfen, die Pläne für den Umbau zu entwickeln, weshalb ich es für eine gute Idee hielt, sie in dieses Gespräch mit einzubeziehen und ...«

»Beziehen wir jetzt jeden in unsere Lebensplanung mit ein? Das war mir nicht bewusst«, sagte er und fixierte Penny.

Seine Laune war schlechter, als sie gedacht hatte. Es war eine Sache, wenn er sie anging. Phoebe hatte seinen Zorn aber gewiss nicht verdient.

»Nicht jeden, nur gute Freunde, die so nett sind einzuspringen, wenn du nicht auffindbar bist. Ich habe Phoebe bereits versichert, wie dankbar wir beide für ihre Hilfe sind«, antwortete sie, wütend darüber, es ihm überhaupt erklären zu müssen. »Das Gleiche gilt für Sie, Tom. Wenn Sie uns bitte entschuldigen würden?

Ich möchte privat mit meinem Ehemann sprechen. Alles andere kann warten.«

»Selbstverständlich. Ich bedanke mich und stehe jederzeit zur Verfügung.«

Ihr fiel auf, dass er die Worte direkt an sie und nicht an George richtete, doch das war nichts, womit sie sich im Moment beschäftigen wollte.

»Danke«, sagte sie und wandte sich ab. Aus dem Augenwinkel sah sie Tom davoneilen. Eine Sorge weniger. Phoebe konnte sie schlecht wegschicken, ohne deren Ruf zu gefährden, also wandte sie sich George zu, der nach wie vor knallrot im Gesicht war.

»Jetzt zufrieden?«

»Was interessiert dich meine Zufriedenheit?« Er schnaubte und atmete tief ein. »Ihr hättet ruhig weitermachen können. Wenn du dich in Mr Smiths Gegenwart wohler fühlst als in meiner, muss ich das akzeptieren. Zumindest weiß ich jetzt, woran ich bin. Vielleicht ist es ja auch besser so.«

Woher kam das denn jetzt? »George, was ...?«

»Ich habe nicht vor, das hier in aller Öffentlichkeit weiter zu besprechen. Ich reite zurück. Falls du reden willst, weißt du, wo du mich findest.« Mit diesen Worten stürmte er zu seinem Pferd, stieg auf und gab ihm die Sporen.

Verwirrt sah Penny ihm nach und verstand die Welt nicht mehr. Was bitte war das denn gewesen?

»Hattet ihr Streit?«, stellte Phoebe die logische Frage, die Penny jedoch nur verneinen konnte.

»Es lief alles soweit gut. Zwischen uns hatte sich eine Routine eingespielt, von der ich dachte, sie sei eine gute Basis.« Mit zusammengekniffenen Augen sah sie der

Staubwolke nach, die George hinterlassen hatte. »Ich sollte hinterherreiten und ihn beruhigen. Irgendetwas muss passiert sein. Ich habe ihn noch nie so aufgewühlt gesehen.« Möglicherweise hatte es ja gar nichts mit ihr und ihrem Vorstoß hier in der Ziegelei zu tun, sondern mit seinem mysteriösen Ausflug.

»Hältst du das für eine gute Idee?« Phoebe sah sie skeptisch an. »Du kennst ihn besser als ich. Ich erinnere mich lediglich an meinen Vater, den ließ man besser eine Weile in Ruhe, wenn er sich über irgendetwas aufgeregt hatte.«

Die beiden Frauen setzten sich in Bewegung. Ihre Pferde standen im Dorf, was bedeutete, dass es sowieso eine Weile dauern würde, bis Penny wieder in Windham eintraf.

»Ich weiß nicht, wie es bei George ist«, sagte Penny wahrheitsgemäß. »So ungehalten habe ich ihn noch nie erlebt. Wir hatten unsere Differenzen und Schwierigkeiten. Aber bisher konnten wir über alles vernünftig reden. Nicht so wie eben.«

»Er beruhigt sich bestimmt bald.« Phoebe lächelte ihr aufmunternd zu. »Ich hoffe, es lag nicht daran, dass ich dich begleitet habe? Hätte ich das gewusst ...« Sie brach ab und schüttelte den Kopf. »Dann hätte ich ganz genauso gehandelt. Zum ersten Mal seit meiner Rückkehr nach England komme ich mir halbwegs nützlich vor. Wenn ihn das stört, ist es sein Problem, nicht meins.«

Trotz des eben Geschehenen lächelte Penny ihre neue Freundin an. »Und ich habe ernst gemeint, was ich vorhin gesagt habe. Wir sind dir zu großem Dank verpflichtet, auch wenn mein dickköpfiger Ehemann das noch nicht eingesehen hat. Ich werde dafür sorgen, dass er es begreift, versprochen. Und ich hoffe, dass du uns auch in Zukunft unterstützen wirst. Das bedeutet mir wirklich viel.«

»Es wäre mir ein Vergnügen.«

Die Frauen erreichten den kleinen Stall am Gasthaus und bestiegen ihre Pferde. Je näher sie Windham kamen, umso schweigsamer wurde Penny. Im Geiste ging sie das Gespräch mit George in der Ziegelei durch und Zorn stieg in ihr auf.

Er hatte kein Recht, sie so anzugehen. Oder Phoebe in ihren Streit mit hineinzuziehen – um was auch immer sich dieser eigentlich drehte. Denn das war ihr nicht ganz klar. Offensichtlich war er aus irgendeinem Grund wütend auf sie. Lag es daran, dass sie ihm die Umbaupläne nicht zuerst vorgelegt hatte? Oder daran, dass sie mit Tom arbeitete? Oder mit Phoebe? Oder dass sie ohne George zur Ziegelei geritten war? Alles zusammen? Oder besorgten ihn andere Dinge und er ließ nur seine schlechte Laune an ihr aus?

Fragen über Fragen, auf die sie keine Antwort wusste. Sie würde der Sache auf den Grund gehen und ihn zur Rede stellen, was seine Stimmung voraussichtlich nicht verbessern würde. Denn sie hatte nicht vor, sich seine unberechtigten Vorwürfe widerstandslos gefallen zu lassen und Abbitte zu leisten, im Gegenteil. Wenn einer von ihnen Grund hatte, sich für sein Verhalten in der letzten Zeit zu entschuldigen, dann war er das.

Wie es aussah, würden sie in Kürze ihren ersten richtigen Ehestreit führen.

Klare Worte

Penny

Sie fand George im gemeinsamen Salon. Er stand am Fenster und drehte sich nicht um, als sie eintrat. Allerdings konnte sie deutlich erkennen, wie sich seine Schultern anspannten.

»Wir sollten über das reden, was in der Ziegelei passiert ist«, begann sie das Gespräch. Kein perfekter Einstieg, aber ihr fiel nichts Besseres ein.

»Was gibt es da zu reden?«, fragte er mit einer Gleichgültigkeit, die nur gespielt sein konnte. »Das war doch unsere Abmachung: Unsere Heirat ist nur eine geschäftliche Vereinbarung. Jeder von uns kann tun und lassen, was er für richtig hält. Wenn du also deine Zeit mit Thomas Smith verbringen möchtest, ist das deine Sache.« Der letzte Satz klang deutlich aggressiver. Nach wie vor drehte er sich nicht zu ihr um.

»Er nimmt sich immerhin die Zeit, sich meine Vorschläge anzuhören.« In dem Bewusstsein, im Recht zu sein, schob sie das Kinn nach vorn. »Im Gegensatz zu dir. Und was interessiert es dich auf einmal, wie ich meine Zeit verbringe? Du bist es doch, der sich ständig ohne ein Wort Gott-weiß-wohin davonstiehlt. Ich ahne nicht einmal, wo oder mit wem du die letzte Nacht verbracht hast.«

»Es wird dich überraschen zu hören«, sagte er betont ruhig, »dass ich dir just heute Morgen mitteilen wollte, wo ich war und was mich in den letzten Wochen so beschäftigt hat.« Endlich drehte er sich um. Seine Züge wirkten wie eine Maske der Gleichmut, die sie schlucken ließ. So hatte sie ihn noch nie erlebt.

Als Reaktion darauf hob sie die Brauen. »Und?«

Ein verächtlicher Laut kam über seine Lippen und er schüttelte den Kopf. »Interessiert dich das wirklich? Wärst du nicht lieber bei Thomas Smith, um dir sein Süßholzgeraspel anzuhören?«

In diesem Moment dämmerte Penny, was George umtrieb. Er war eifersüchtig. Auch wenn es völlig grundlos und unnötig war, ergab sein Verhalten nur so einen Sinn. Er unterstellte ihr allen Ernstes eine Affäre mit Tom. Eine solche Ungeheuerlichkeit konnte sie nicht auf sich sitzen lassen.

»Was fällt dir ein? Tom und ich …«

»Du nennst ihn Tom und fragst, was mir einfällt?« Sein Ton war schärfer geworden und er beugte sich beim Sprechen leicht in ihre Richtung. »Für dich sollte er Mr Smith sein. Sich ohne deinen Ehemann mit ihm zu treffen, ist selbst dann fragwürdig, wenn da nicht eure gemeinsame Vergangenheit wäre.«

»Wie bitte?« Ungläubig schüttelte sie den Kopf. »Mein Verhältnis zu Mr Smith«, sie sprach seinen Namen betont langsam aus, »ist rein geschäftlicher Natur und du hast selbst gesagt, dass ich in Geschäftsdingen genauso Ansprechpartner für ihn bin wie du. Da kannst du dich kaum beschweren, wenn er mit mir redet, während du nicht da bist. Was dachtest du denn, woher ich Informationen über die Ziegelei bekomme? Er hat alle Bücher und Geschäftspapiere, kennt die Kosten, Einnahmen, Arbeitsabläufe und so weiter. Mit wem hätte ich denn sonst sprechen sollen?«

»Red dir das nur ein. Wir wissen beide, warum du seine Nähe wirklich suchst.«

Die Schärfe wich einem Tonfall, den Penny von George ebenfalls nicht kannte: Bitterkeit. Woher kam das alles plötzlich?

»Sei nicht albern. Von dieser Ziegelei hängt unsere Zukunft ab.« Seine Eifersucht war lächerlich und sie musste ihn zur Vernunft bringen. »Unsere finanzielle Zukunft. Wenn wir jetzt investieren, wird sich das bald auszahlen. Zugegeben, wir müssten unsere Ausgaben kurzzeitig reduzieren und meine Mitgift in die Ziegelei stecken ...«

»Ausgeschlossen!«, ging er dazwischen. »Wir brauchen dieses Haus in London. Denn während du hier Alleingänge unternimmst und Geld verplanst, das von Rechtswegen eigentlich mir gehören sollte, habe ich entschieden ...«

»Was war das?« Ihr Puls schoss in die Höhe und sie ballte die Hände zu Fäusten. »Es handelt sich um meine Mitgift, von der ...«

»Genau festgelegt ist, wofür wir sie verwenden«, sagte er kalt. »Nämlich, um uns ein Heim zu schaffen, in dem wir in Zukunft leben werden.« Mit steinerner Miene deutet er auf sie. »Deine Bedingung, wenn ich daran erinnern darf. Nicht meine.«

Sie atmete einmal tief durch, um ihr Gemüt zu beruhigen. Seine Aussage, die Mitgift stünde ihm allein zu, durfte sie nicht davon abbringen, ruhig zu argumentieren, selbst wenn es ihr schwerfiel. »Es wäre klüger, das Geld für längst überfällige Veränderungen in der Ziegelei zu verwenden. Ich bin noch dabei, die Bücher zu prüfen, um zu sehen, wie viel wir damit auf Dauer einsparen könnten. Aber ich bin jetzt schon sicher, dass auf lange Sicht ...«

»Ich muss widersprechen«, unterbrach er sie abermals, »denn ich habe konkrete Pläne, die keinen Aufschub dulden. Die Nachwahlen für den zweiten Unterhaus-Sitz von Sussex stehen vor der Tür und ich werde kandidieren.« Er fixierte sie mit seinem Blick. »Du hast richtig gehört. In den vergangenen Wochen habe ich mit aller Kraft daran gearbeitet, Gleichgesinnte und Verbündete zu finden, und ich kann mit Stolz sagen, dass ich gute Chancen habe, diese Wahl zu gewinnen. Du siehst sicher ein, dass unter diesen Umständen ein Wohnsitz in London unabdingbar ist.«

Im ersten Moment blieb Penny tatsächlich der Mund offen stehen. Was hatte er da eben gesagt? »Ins Parlament? Du?«

George

»Warum der überraschte Tonfall? Traust du mir das nicht zu?« George war sich seines ätzenden Tons und seiner ablehnenden Haltung bewusst. Sie passte zwar zu dem Aufruhr in seinem Innerem, entsprang aber nicht ausschließlich seiner Eifersucht.

Die vergangene Stunde hatte er damit zugebracht zu überlegen, wie er mit diesem alles zerreißenden Gefühl umgehen sollte. Und war zu dem Schluss gekommen, dass er es ausmerzen musste. Nichts war jämmerlicher als ein vor Eifersucht schäumenden Ehemann, der seiner Frau nicht geben konnte, was sie brauchte, und die Schuld dafür bei anderen suchte. Denn nur in solchen Fällen gab es Grund zur Eifersucht. Zufriedene Frauen suchten ihr Vergnügen nicht anderswo. Lief es im Schlafzimmer doch nicht so gut, wie er gedacht hatte? Oder lag es an anderen Dingen? Eunice hatte damals oft gesagt, dass sie sich von ihrem ersten Mann nicht geliebt gefühlt hatte. War das auch Pennys Problem? Liebe hatte für diese Ehe allerdings nie zur Debatte gestanden.

Die Vorstellung, wie Penny in Smiths Armen lag, ihn küsste und sich von ihm berühren ließ, während sie Liebesschwüre austauschten, nahm ihm beinahe die Luft zum Atmen. Dabei war es doch genau das, was er ursprünglich vorgeschlagen hatte. Eine Ehe, in der sie beide ihren Neigungen nachgehen konnten und möglichst wenig miteinander zu schaffen hatten.

Es war nicht ihre Schuld, dass er sich plötzlich nicht mehr im Griff hatte und möglicherweise mehr für sie empfand, als sie vereinbart hatten. Ihm blieb nur ein Ausweg: Er musste dieses brennende Gefühl in seinem Inneren ein für alle Mal ausmerzen, bevor er sich vollkommen der Lächerlichkeit preisgab.

Gerade erst war es ihm gelungen, seinem Leben eine neue Richtung zu geben, auf die er stolz sein konnte. Das würde er sich nicht von unerwiderten Gefühlen kaputtmachen lassen. Es war genau, wie sein Vater immer gesagt hatte: Unnötige Gefühlsduseleien verleiteten zu Fehlern – und die konnte er sich zurzeit nicht leisten.

»Ich traue dir alles zu«, beantwortete sie seine Frage. »Ich bin nur überrascht. Warum Politik? Du hast dich nie sonderlich dafür interessiert.«

»Du klingst wie Eunice. Sie hat gestern fast genau denselben Wortlaut benutzt, um mir zu ...«

»Wer ist Eunice?«

Ihr eisiger Tonfall versetzte etwas in ihm in Schwingung und er antwortete ruhig: »Eine Freundin. Du kennst sie eventuell als Lady Oakley.« Auf einmal hoffte er, dass sie Anstoß daran nehmen würde. Dass sie ebenso eifersüchtig auf Eunice war wie er auf Thomas Smith. Denn das würde doch bedeuten, dass sie ebenfalls etwas für ihn empfand.

»Lady Oakley war gestern ebenfalls bei den Fitheltons zu Gast?« Sie musterte ihn mit zusammengekniffenen Augen.

»Ja, sie sind befreundet.«

»Ihr hast du also von deinen Bestrebungen erzählt?«

»Ja«, antwortete er, wohl wissend, dass diese Aussage sie verletzen würde, falls sie etwas für ihn empfand. Warum nur sehnte er sich so sehr danach? »Sie ist eine enge Freundin.«

»Natürlich«, antwortete Penny. »Wie konnte ich so blind sein?«

Irgendwo in seinem aufgewühlten Gemüt erkannte er, dass sein Wunsch, sie zu verletzen, erfolgreich war. Verständlich, denn in gewisser Weise hatte er gesagt, dass seine Freundschaft zu Penny nicht besonders eng war. Oder war da noch mehr in ihren Augen? Eifersucht auf eine mögliche Geliebte? Konnte es wirklich sein, dass Penny mehr von ihm wollte als Freundschaft? Falls dem so war, musste er sich unbedingt für seine Worte entschuldigen und klarstellen, in welcher Beziehung er zu Eunice stand.

»Entschuldige, Penny, ich wollte …«, setzte er an, doch sie hob abwehrend die Hände.

»Lass gut sein. Ich muss nachdenken.«

»Was gibt es da nachzudenken?«

»Das fragst du mich?« Ihre Stimme drohte, sich zu überschlagen. »Wie es scheint, gibt es einiges, was ich in dieser Ehe überdenken muss. Zum Beispiel, dass du mir ein Verhältnis unterstellst, während du selbst die Nacht mit deiner Geliebten verbringst.«

Das war zu befürchten gewesen, er hatte es offenen Auges herausgefordert. Und erhielt die Quittung dafür, dass er ihr nicht von Anfang an reinen Wein eingeschenkt hatte. »Du denkst ernsthaft, Eunice sei meine Geliebte?«

»Leugnest du es? Dir hat deutlich weniger gereicht, um mir eine Affäre mit Tom vorzuwerfen.«

»Ich habe dir gar nichts vorgeworfen. Ich habe dir nur gesagt, dass du gerne Zeit mit ihm verbringen kannst, wenn du das möchtest!« Er ballte die Hände zu Fäusten. »Eunice ist eine alte Freundin, die über gute Beziehungen verfügt und mich in dieser Sache unterstützt, nichts weiter.«

Sein Bauchgefühl sagte ihm, dass dies nicht der geeignete Augenblick war, seine frühere intime Beziehung mit Eunice zu erwähnen. Je eher sie dieses Thema hinter sich ließen, desto besser.

»Stell dir vor, welche Möglichkeiten sich mit einer Stimme im Parlament eröffnen. Wir könnten helfen, politische Veränderungen anzustoßen.« Er suchte ihren Blick. »Ich will mich dafür einsetzen, dass es niemandem mehr so geht wie den Carpenters. Dafür, dass ein Schicksalsschlag nicht Familien auseinanderreißt. Dem, was im Armenhaus von Brighton geschieht, muss ein Riegel vorgeschoben werden. Wir müssen die Lords und Landbesitzer, also all diejenigen, die Arbeiter beschäftigen, dazu bringen, die Bedingungen zu verbessern. Schuldbildung, wie du sie auf Windham bietest, sollte es für alle geben.«

Kurz überlegte er, seinen Redefluss zu stoppen, entschied sich jedoch dagegen. Er würde nach London gehen, das war beschlossene Sache und er wollte, dass sie begriff warum. Wenn sie sich weigerte mitzukommen, konnte er daran nichts ändern. Aber er wollte zumindest dafür sorgen, dass sie stolz auf ihn war.

»Ich will etwas verändern, Penny. Weil du mir gezeigt hast, dass es wichtig ist, Gutes zu tun und Leuten zu helfen, die nie eine echte Chance hatten. Und es gibt Menschen, die genauso denken wie wir. Eunice und ihr Mann zum Beispiel. Oder Lord Fithelton.«

»Das sind ehrbare Ziele, keine Frage.« Sie richtete den Blick auf das Fenster hinter ihm. »Es ändert nur leider nichts daran, dass wir unterschiedliche Vorstellungen von unserer Zukunft haben. In Anbetracht der Umstände wäre es das Beste, wenn du deine Pläne in London verfolgst und ich hierbleibe. Ich bitte dich lediglich darum, mit dem Hauskauf zu warten, bis ich alles geprüft habe und klar ist, wie eine mögliche Investition in die Ziegelei aussehen würde. Wenn es so weit ist und du genau weißt, ob deine politischen Pläne erfolgreich sind, setzen wir uns zusammen und reden darüber, wie es weitergehen soll.«

Am liebsten hätte er sie an den Schultern gepackt und geschüttelt. Weil sie so verdammt rational war, weil sie ihr Leben ohne ihn leben wollte und weil ihm das etwas ausmachte. *Du liegst in dem Bett, dass du dir selbst gemacht hast, George.* Seufzend ergab er sich in sein Schicksal.

»Das klingt vernünftig.« Zur Unterstreichung seiner Worte nickte er kurz. »Ich werde noch heute nach London aufbrechen und mich nach einer vorläufigen Bleibe umsehen. Ich lasse dich dann wissen, wo du mich erreichen kannst.«

Sie nickte, wandte sich ohne ein weiteres Wort ab und ging in ihr Zimmer. Für einen Augenblick sah er ihr nach, machte einen Schritt in ihre Richtung, hielt dann jedoch inne. Was brachte es, ihr hinterherzugehen?

Sie hatten dieses Gespräch angesichts der widrigen Umstände recht zivilisiert geführt. Penny hatte sich mit keiner Silbe anmerken lassen, dass sie mehr für ihn empfand als Freundschaft. Und warum sollte sie auch? Jetzt rächte es sich, dass er so vehement betont hatte, es sei ja keine Liebesheirat. Stöhnend rieb er sich über die Augen. Warum war die Ehe so viel komplizierter als erwartet?

Er musste sich damit abfinden: Sie wollte, dass er ging, also würde er gehen. Im Grunde hatte sie recht, es war das Beste für alle Beteiligten.

Penny

Sie wusste nicht, wie sie es geschafft hatte, aus dem Zimmer zu kommen, ohne vor George in Tränen auszubrechen. Aber es war ihr gelungen, bis zum Bett zu kommen, auf dem sie jetzt bäuchlings lag und in ihr Kissen weinte. Weinte wegen einer Ehe, die sie nie gewollt hatte, und Gefühlen, von denen sie bis eben nicht gewusst hatte, dass sie da waren.

Erst, als George zugegeben hatte, mit wem er die vergangene Nacht verbracht hatte, war ihr klar geworden, dass sie sich in ihn verliebt hatte. Schlimmer noch, sie liebte ihn auf gewisse Weise schon viel länger, hatte es sich jedoch nie eingestehen wollen.

Für einen Moment hatte sie gehofft, seine Eifersucht auf Tom sei ein Zeichen dafür, dass auch er Gefühle für sie entwickelt habe, doch diese Hoffnung hatte sich schnell zerschlagen. Er hatte nach wie vor Kontakt zu Lady Oakley. Und Penny war sich der Natur dieses Verhältnisses bewusst, auch wenn George es leugnete. Seine Eifersucht auf den Verwalter entsprang offenbar allein den eitlen Besitzansprüchen, wie sie Männer typischerweise pflegten. Er war nicht anders als all die anderen. Wie konnten sich Männer im Bett so zärtlich, liebevoll und verständnisvoll geben und dann die darauffolgende Nacht mit einer anderen Frau verbringen, ohne mit der Wimper zu zucken?

Dass er mit Lady Oakley offen über seine Zukunftspläne sprach, während er sie im Dunklen gelassen hatte, war nurmehr das Tüpfelchen auf dem I gewesen. Leider war sie selbst schuld an dem Gefühlschaos, in dem sie steckte. Jahrelang war sie auf der Hut gewesen, wenn es um George gegangen war. Nie hatte sie ihn zu nah an sich herangelassen. Nicht einmal, als er sie das Küssen gelehrt hatte. Und jetzt ...

Sie ließ ihren Tränen freien Lauf, in der Hoffnung, dass sie den Schmerz lindern mochten. Sobald das geschehen war, würde sie all ihre Konzentration der Ziegelei widmen. Beim Studium der Geschäftsbücher ergaben sich bestimmt weitere Gelegenheiten zum Sparen. Sie würde einen Weg finden, das Geld für den Umbau so schnell wie möglich zusammenzubekommen.

Die Verlockungen Londons

George

Gelangweilt blickte George auf das Geschehen unter sich hinab. Das Schauspiel, eine Tragödie, versetzte ihn in Unruhe. Es ging um Untreue, Verrat und falsch verstandene Loyalität. Nichts davon konnte er in seinem gegenwärtigen Zustand ertragen.

»Gefällt dir das Stück nicht?« Neben ihm saß Eunice, in Begleitung ihres Mannes Ian. Sie musterte ihn aus leicht zusammengekniffenen Augen. Verdammt, sie kannte ihn viel zu gut.

»Ist nicht mein Fall«, sagte er und erhob sich. »Ich werde den Abend bei *Brook's* verbringen. Zwei oder drei Partien Hazard, um das hier zu vergessen. Und, wer weiß, vielleicht zieht es mich dann noch auf den Ball von Lady Langridge.« Kurz regte sich das schlechte Gewissen. Seit einigen Nächten vertrieb er sich seine Zeit am Spieltisch, obwohl er Penny versprochen hatte, das nicht mehr zu tun. Allerdings hielten sie sich beide schon lange nicht mehr an ihre Versprechen, was machte es also, wenn er dieses brach?

»Du solltest unbedingt dort hinkommen«, warf Ian ein. »Ich möchte dich ein paar Gentlemen vorstellen, die deiner Sache zuträglich sein könnten.«

George nickte und fragte sich, warum ihm das so wenig bedeutete. Weil dir dieses neue Leben im Grunde zu mühsam ist, gab er sich selbst die Antwort. Händeschütteln, ständig die gleichen Worte wiederholen, sich freundlich und zuvorkommend geben, auch den ermüdenden Gesprächspartnern gegenüber, war wesentlich anstrengender, als er gedacht hatte. Seit drei Wochen tat er nichts anderes und hatte nicht das Gefühl, dass er auch nur einen Schritt vorangekommen war.

Zugegeben, in den vergangenen Tagen hatte er sich mehr und mehr den Vergnügungen hingegeben, die London bot. Aber warum auch nicht? Ein ums andere Mal war ihm der Gedanke gekommen, dass er seine Ambitionen aufgeben und akzeptieren sollte, was er war: Ein jüngerer Sohn mit geringem Einkommen, der zu nichts anderem gut war, als seine Tage mit Müßiggang und seine Nächte am Spieltisch zu verbringen. Das hatte bisher gut für ihn funktioniert und würde es sicher wieder.

»Ich denke darüber nach«, sagte er und verließ die Loge der Oakleys in Covent Garden, bevor seine Freunde weiter in ihn dringen konnten.

Mehrmals hatte Eunice das Gespräch mit ihm gesucht, doch er hatte jedes Mal abgeblockt. Sie wollte über Penny und seine Ehe reden, nur gab es da nichts zu besprechen. Seit er von Windham aufgebrochen war, hatte er nichts mehr von seiner Frau gehört. Er hatte sich vorgenommen, noch einmal mit ihr zu sprechen, sobald sie sich meldete, doch das tat sie nicht.

Wahrscheinlich war sie froh über sein Verschwinden und vergnügte sich mit ...

Er schüttelte den Gedanken ab und machte sich auf den Weg in seinen Club. Hoffentlich würde das Penny und ihren Liebhaber aus seinen Gedanken verdrängen.

»Verdammt, George, was hast du dir dabei gedacht?«

Vorsichtig schlug er die Augen auf und wollte erwidern, dass er an gar nichts dachte, doch Eunice ließ ihn nicht zu Wort kommen.

»Wie kommst du auf die Schnapsidee, dein gerade erst errungenes Vermögen aufs Spiel zu setzen?«

Langsam wurde er wach und erinnerte sich daran, dass er den Abend mit Spielen verbracht hatte. Der Rausch des Spiels und des Gewinnens hatte Penny für eine Weile aus seinem Kopf vertrieben. Allerdings konnte er sich beim besten Willen nicht daran erinnern, ein Vermögen gesetzt zu haben.

»Was habe ich?«, fragte er, richtet sich auf und blinzelte mehrmals.

»Du hättest beinahe um deine Mitgift gespielt«, antwortete Eunice kopfschüttelnd.

»Beinahe ist das entscheidende Wort hier.« Inzwischen war er vollkommen wach und die Erinnerung an den vergangenen Abend kam langsam zurück. »Am Ende habe ich es nicht getan und das ist es doch, worauf es ankommt.«

»Weil Ian noch rechtzeitig kam, um dich davon abzuhalten.«

»Ach was, ich hatte längst entschieden, nicht darauf einzugehen. Es gibt also keinen Grund, mich so böse anzusehen.« Er verstand die Aufregung nicht.

»Verdammt, George, was ist los mit dir? Du hast deiner Frau versprochen, nicht mehr zu spielen. Dein Ehrenwort. Ist dir das nichts mehr wert?«

Eunices Frage brachte es auf den Punkt. Genau darüber hatte er nachgedacht. Die Versuchung war groß gewesen, Thorntons Herausforderung anzunehmen und die fünftausend Pfund Mitgift zu setzen. Er hätte gewinnen können, dessen war er sich sicher. Aber er hatte es versprochen und deshalb der Versuchung widerstanden. Nicht zuletzt, weil er sich die Enttäuschung in Pennys Augen vorgestellt hatte, wenn sie davon erfahren hätte.

Um sein schlechtes Gewissen zu überspielen, fuhr er sich durch das Haar. »Ich würde nie ...«

»Ian behauptet etwas anderes. Er sagt, dass es deine Idee war.«

George legte den Kopf in den Nacken. »Woher will er das wissen? Ich hatte mich bereits dazu entschieden, es nicht zu tun, als dein Mann ankam.«

Eunice seufzte tief. »Du leugnest es also nicht. Was ist nur los mit dir, George? Ich dachte, du hättest das alles hinter dir gelassen?«

»Was?«

»Das Spielen um zu hohe Summen, den Alkohol ...«

»Ich habe nicht getrunken. Zumindest nicht übermäßig.« Das dumpfe Pochen hinter seinen Schläfen strafte seine Worte Lügen.

Eunice hatte recht. Er hatte zu viel getrunken. Und er hatte um Geld gespielt. Obwohl er Penny versprochen hatte, es nicht mehr zu tun. Auch wenn die Einsätze an seinem Tisch anfangs klein gewesen waren und sie lediglich um ein paar Shilling gespielt hatten. Bis die

Dinge irgendwann eskaliert waren. Er hatte es vergeigt, das ließ sich nicht leugnen, auch wenn am Ende nichts Schlimmes passiert war.

Stöhnend massierte er sich die Schläfen. »Gut, nehmen wir mal an, du hättest recht. Was schlägst du vor?«

Eunice stemmte energisch die Arme in die Hüften. »Du nimmst ein Bad, rasierst dich, trinkst ein oder zwei Tassen starken Kaffee und dann erzählst du mir offen und ehrlich, warum du allein hier in London bist.«

Er schloss die Augen und hätte ihr am liebsten gesagt, dass sie ihn in Ruhe lassen sollte. Andererseits konnte er schlecht so weitermachen wie bisher. Irgendwann würde er über die Stränge schlagen und etwas Unbesonnenes tun, das er bereuen würde.

Gegenüber Eunice und auch gegenüber Penny hatte er zwar behauptet, dass er nur spielte, wenn er sicher war, zu gewinnen, aber das war nicht die ganze Wahrheit. Er spielte, weil er dabei einen Kitzel empfand, dieses bestimmte Etwas, das ihm das Gefühl gab, am Leben zu sein. Überrascht erkannte er, dass es dem Gefühl ähnelte, das Penny in den vergangenen Wochen in ihm ausgelöst hatte. Merkwürdig.

»In dreißig Minuten in deinem Salon?«, fragte er schicksalsergeben, hörte ihre Zustimmung und dann, wie sie den Raum verließ. Erst danach öffnete er die Augen wieder und stieß einen tiefen Seufzer aus.

Die Angst vor diesem Gespräch, die ihn in der letzten Zeit fest im Griff gehabt hatte, schien sich verzogen zu haben. Die Eskapaden des gestrigen Abends hatten irgendwie dafür gesorgt, dass er endlich bereit war, sich mit seinen Problemen auseinanderzusetzen. Es war an der Zeit, ehrlich zu sein, nicht nur Eunice, sondern vor allem sich selbst gegenüber.

Ohne Zögern betrat er den kleinen Salon, den Eunice zu ihrem Reich gemacht hatte. Ganz in Blau und Kirschholz gehalten, nannte ihn George für sich den Blauen Salon. Nicht zuletzt, weil seine Mutter immer sagte, jedes anständige Haus sollte einen besitzen.

Eunice stand am Fenster, die Hände hinter dem Rücken verschränkt, und blickte in den kleinen Garten ihres Stadthauses hinaus. Bei seinem Eintreffen drehte sie sich um und lächelte ihn an. »Ian lässt sich entschuldigen. Ehrlich gesagt, hielt ich es für besser, wenn wir dieses Gespräch unter vier Augen führen«, sagte sie und deutete auf einen blau gepolsterten Stuhl. »Setzen wir uns.«

Er nickte und fragte sich dabei, ob sie nicht eigentlich genau wusste, was er zu sagen hatte. Was erwartete sie wirklich von ihm? Bedauern? Oder Reue?

Eunice ließ sich auf ihrem Platz nieder, ordnete ihr Kleid und faltete die Hände im Schoß. »Willst du erst eine Predigt oder erzählst du mir gleich, warum?«

Trotz der ernsten Situation und weniger Stunden Schlaf lachte er leise. »Die Predigt habe ich verdient, oder?«

»Wenn du das einsiehst, kann ich mir die Worte ja sparen. Also: Warum?«

»Weil ich bin, wie ich bin, schätze ich.« Keine rühmliche Antwort, aber die traurige Wahrheit.

»Erzähl keinen Unsinn. So bist du nicht«, warf Eunice ein. »In all den Jahren habe ich nie erlebt, dass du dein Wort gebrochen hättest. Und jetzt brichst du es gleich mehrfach. Gegenüber deiner Ehefrau. Das sieht dir überhaupt nicht ähnlich. Vielleicht fangen wir lieber damit an, was zwischen euch vorgefallen ist? Warum bist du in London und sie in Windham?«

Er öffnete den Mund, um seine Standardantwort zu geben, schloss ihn jedoch wieder. Die Ausrede, dass er nach einem Haus suche und Unterstützer für seine Wahl, war zu billig. Er musste der bitteren Wahrheit ins Auge sehen, wenn er selbst damit klarkommen wollte. »Weil sie glücklich mit einem anderen ist«, sagte er fest und merkte, wie seine Hände den Rand des Stuhls umklammerten.

Eunices Augen weiteten sich und sie beugte sich ein klein wenig in seine Richtung. »Deine Frau hat einen Liebhaber? Bist du sicher?«

»Natürlich bin ich sicher«, presste er hervor. »Fast sicher.«

»Dann hat sie es zugegeben?«

»Nein, sie streitet es ab. Aber ich bin nicht blind und sehe, was vor sich geht.«

»Und was genau ist das?«

Schnell fasste er zusammen, was er über Smith und Penny wusste. »Und ich benehme mich wie ein eifersüchtiger Trottel. Deshalb bin ich gegangen, bevor ich mich vollständig zum Gespött mache.«

»Ach, George.« Eunice seufzte schwer. »Hast du je darüber nachgedacht, warum du eifersüchtig bist?«

»Weil ich guten Grund dafür habe?«

»Diese Antwort ist selbst für dich lächerlich.«

Er wollte widersprechen, doch sie ließ ihn nicht zu Wort kommen. »Das führt zu nichts. Also doch die Predigt. Hör auf, deine Augen davor zu verschließen. Du hast Penelope Giddeon geheiratet, weil du etwas für sie empfindest, und aus keinem anderen Grund.«

»Ich ...«

»Predigt, schon vergessen? Ich rede, du hörst zu.«

Ihr resoluter Tonfall zeigte, wie ernst es ihr war, und George nickte ergeben. Das hatte er verdient. Allerdings war es absurd, dass er in Penny verliebt sein sollte. Oder doch nicht? Immerhin war ihm die Möglichkeit ein oder zwei Mal durch den Kopf gegangen.

»Du brauchtest eine Zuflucht, jemanden, der dich auffängt, der dich und all deine Schwächen kennt und dich trotzdem liebt. Und das ist sie. Sie hat dich nie verurteilt, immer zu dir gehalten und dir ihr Vertrauen geschenkt. Und sie hat dich damals auserwählt, um ihr größtes Geheimnis zu wahren. Ihre Gefühle für diesen Mr Smith. Und so dankst du es ihr?«

Ihr intensiver Blick fraß sich regelrecht in seinen und er schaffte es nicht standzuhalten. Stattdessen betrachtete er das Muster des Teppichs und zuckte mit den Schultern.

Da Eunice schwieg, hob er den Kopf. »Darf ich jetzt etwas dazu sagen?«

Sie atmete hörbar ein. »George, heute bist du wirklich anstrengend.«

Als Antwort schnaubte er. »Es geht um Liebe, genau wie du sagst. Sie liebt ihn und wer bin ich ...«

»Was bringt dich auf den Gedanken?«

Verdutzt sah er Eunice an. »Ihre heimlichen Treffen mit ihm? Wahrscheinlich wusste sie schon lange, dass er in der Ziegelei arbeitet, und hat mich nur geheiratet, um ...«

»George Burdon, gerade machst du deinem Namen alle Ehre«, unterbrach sie ihn. »Hör auf, deiner Frau stets das Schlimmste zu unterstellen.«

»Das tue ich nicht. Ich bin lediglich realistisch. Sie war es doch, die diese Ehe am Ende wollte. Und zwar zu ihren Bedingungen, denen ich zustimmen musste, wenn ich mein Erbe bekommen wollte. Es war eine Vernunftehe, ohne Gefühle, darauf haben wir uns ausdrücklich geeinigt.«

»Ist dir je der Gedanke gekommen, dass sie das nur gesagt hat, weil sie Angst hatte, verletzt zu werden?«

»Was?« George war verwirrt. »Ich verstehe nicht.«

»Ernsthaft, George?« Eunice wirkte nun wirklich aufgebracht. »Was verstehst du nicht? Dass ein Mädchen besorgt sein könnte, dass ein Mann mit deinem Ruf nur mit ihr spielt und sie irgendwann fallen lässt? Oder dass die Kleine dich seit einer Ewigkeit heimlich liebt?«

»So ist Penny nicht. Du kennst sie überhaupt nicht. Es gibt keine Gefühle zwischen uns.«

Eunice schüttelte skeptisch den Kopf. »Du hast wegen ihr dein ganzes Leben auf den Kopf gestellt. Deine Entscheidung, in die Politik zu gehen, zum Beispiel. Das ist doch ein Versuch, deine Frau zu beeindrucken, oder irre ich mich?«

Spontan wollte George widersprechen, doch er nahm sich etwas Zeit, darüber nachzudenken, bevor er widerstrebend antwortete: »Am Anfang. Inzwischen ist es mir wirklich ernst damit. Penny hat mich vielleicht inspiriert, aber ich mache das nicht ihr zuliebe, sondern weil ich selbst daran glaube, dass wir etwas ändern können. Ich finde, jeder sollte versuchen, die Welt ein

Stück besser zu hinterlassen und genau das habe ich
vor.«

»Ein lobenswertes Ziel. Und trotzdem hast du ihr
nichts von deinen Plänen erzählt. Womit wir zurück
bei der ursprünglichen Frage wären: Warum?«

George zuckte mit den Schultern »Ich weiß auch
nicht«, sagte er leise. »Aus Angst, sie könnte meine Ambitionen lächerlich finden? Genau das ist übrigens passiert. Sie konnte gar nicht glauben, dass ich in die Politik gehen könnte. Und das hat verdammt weh getan.
Auch wenn sie eventuell recht hat.« Auf eine gewisse
Weise war es befreiend, das einmal laut auszusprechen.

»Ja, das klingt in der Tat so, als würdest du gar nichts
für sie empfinden.« Eunices Stimme troff vor Sarkasmus. »Warum hast du sie nochmal in Windham zu-
rückgelassen?«

»Weil ...« Er fuhr sich mit der Zunge über die Lippen.
Es war Zeit, die bittere Wahrheit laut auszusprechen.
»Weil ich ihr nicht im Weg stehen möchte. Sie hat es
verdient, glücklich zu werden ...«

»Und du glaubst, dass sie mit diesem anderen Mann
glücklicher ist als mit dir?«, beendete Eunice seinen Gedanken.

George nickte widerstrebend.

»Du bist wirklich ein Esel.« Sie warf ihm einen stra-
fenden Blick zu. »Wenn ich dich nicht besser kennen
würde ...« Sie zögerte und plötzlich weiteten sich Ihre
Augen. »George Burdon, du hast Angst davor zu lieben.
Noch mehr als sie. Angst, etwas falsch zu machen.
Angst, ihrer Liebe nicht würdig zu sein, vor ihrer Ableh-

nung.« Eunice war aufgestanden und zu ihm herübergekommen. Ganz leicht legte sie ihre Hand an seine Wange. »So kenne ich dich ja gar nicht.«

Unwillig schüttelte George den Kopf »Das ist Unsinn und das weißt du auch.«

Sie ignorierte seine Worte. »Hast du eine Ahnung, was für ein großartiger Mann du bist? Penny kann sich wirklich glücklich schätzen.« Ihre Stimme war nun sanft, fast zärtlich. »Du musst deine Angst besiegen, George. Wenn du diese Frau liebst, und daran habe ich nicht den geringsten Zweifel, musst du zu ihr gehen und ihr das sagen. Egal, welche Vereinbarung du glaubst, mit ihr zu haben.«

»Aber ich ...« Er fluchte und hob den Kopf, um Eunice ins Gesicht zu sehen. »Was, wenn sie mich abweist? Ich habe ihr versprochen, dass es eine reine Vernunftehe sein würde. Wie kann sie meinem Wort vertrauen, wenn ich den obersten Grundsatz unserer Vereinbarung nicht respektiere?« Er ließ den Kopf hängen.

»Ist das der Grund, dass du wieder gespielt hast? Weil du das Gefühl hast, ihr gegenüber bereits wortbrüchig zu sein, da du etwas für sie empfindest? Oh, George, das ist wirklich dumm. Geh zu ihr, rede mit ihr. Was soll schon Schlimmes passieren?«

George schnaubte ein weiteres Mal. »Eine ganze Menge. Denn ich weiß nicht, was ich tun werde, wenn sich meine Befürchtungen hinsichtlich Mr Smith bewahrheiten.«

»Glaubst du wirklich, dass sie diesen Mann dir vorzieht? Gab es dafür echte Anzeichen oder ist das nur die Eifersucht, die aus dir spricht? Wann hat sie echte Gefühle gezeigt?«

Das war eine gute Frage. Er versuchte, sich die Details seines letzten Gesprächs mit Penny ins Gedächtnis zu rufen. Wie sie ruhig geblieben war, als er ihr vorgeworfen hatte, eine Affäre mit Smith zu haben. Erst, als sie von Eunice erfahren hatte, waren ihr die Tränen in die Augen getreten, obwohl sie versucht hatte, es zu verbergen. Ihre Empörung darüber, dass er eine Liebschaft abstritt, und ihr Weinen danach, hatte er zwar gehört, aber ignoriert.

Er hielt inne und sein Brustkorb zog sich zusammen. Wie hatte er das übersehen können?

Die Geschehnisse nach ihrer Hochzeit kamen ihm in den Sinn. Die wunderschönen Tage ihrer Hochzeitsreise. Die Nächte, in denen sie sich geliebt hatten. Die Enge wich einem Sehnen in seiner Brust, das ihn schier zu zerreißen drohte, als ihm klar wurde, was die Vereinigung mit Penny so unvergesslich machte: Er liebte seine Frau. Er musste an ihre Blicke denken, kurz bevor sie zu Bett gingen, daran, wie sich nachts aneinandergeklammerten, selbst nachdem sie tagsüber Differenzen gehabt hatten. Sie hatte ihn nie gefragt, was er trieb, wenn er den ganzen Tag ohne sie unterwegs gewesen war. *Weil sie dir vertraut, du Hornochse. Und wie dankst du es ihr?*

»Nach unserem letzten Gespräch bin ich gegangen und ich habe sie weinen gehört«, sagte er leise und seine Brust zog sich weiter zusammen. »In meiner Wut dachte ich, sie weint, weil ich sie entlarvt habe, aber vielleicht ... Nein, ganz sicher habe ich sie verletzt. Sie hat geweint, weil ich ihr nicht geglaubt habe, sie nicht in meine Pläne eingeweiht habe, dich aber schon. Sie dachte, dass sie mich an dich verloren hat. Wie konnte ich nur so blind sein?« Mehrfach fuhr er sich durch das Haar.

Eunice hingegen lächelte zufrieden. »Ich habe es dir gleich gesagt.«

Gequält verzog er das Gesicht. »Danke für die Erinnerung.« Von neuer Entschlossenheit erfüllt, stand er auf. »Ich muss zurück nach Windham und retten, was zu retten ist. Wenn ich schnell reite, die Pferde oft genug wechsele und auf Schlaf verzichte, kann ich morgen Abend dort sein.«

»Es bringt nichts, sich zu Tode zu hetzen. Nimm dir Zeit, überlege, was du sagen willst, und tritt ihr ausgeruht gegenüber.«

»Ausruhen kann ich mich noch, wenn ...«

Ein Klopfen unterbrach ihn und Swallow, der Butler der Oakleys, erschien in der Tür. »Ein Brief für Mr Burdon«, sagte er in seinem schnarrenden Tonfall. »Es wurde auf höchste Dringlichkeit verwiesen, weshalb ich mir anmaße zu stören.«

Mit wenigen Schritten war George bei ihm und nahm den Brief entgegen. Er war in Pennys feiner Handschrift geschrieben. Mit zitternden Fingern öffnete er ihn und las die Zeilen.

Bitte komm zurück. Wir müssen reden.
In tiefer Liebe
Penny

In tiefer Liebe.
Die Worte hallten in ihm nach und bestärkten, was er gerade erst zu begreifen begann. Ihre Streitigkeiten, den Kummer, den sie sich gegenseitig bereiteten, alles

beruhte nur darauf, dass sie sich ihre Gefühle füreinander nicht eingestehen konnten. Weil sie sich liebten und keiner sich traute, es zuzugeben.

Pures Glück schien durch seine Adern zu fließen und er merkte, wie sich ein Grinsen auf seinen Zügen ausbreitete. »Das war die beste Nachricht, die Sie je überreicht haben, Swallow.« Und an Eunice gewandt: »Sie liebt mich und sie möchte, dass ich zurückkomme. Es ist alles so leicht, ich habe es nur nicht gesehen.« Lachend lief er zu Eunice und küsste sie auf die Wange. »Ich reise sofort ab und versuche, so schnell wie möglich in Windham zu sein. Schickst du bitte meine Sachen nach?« Er wartete ihre Antwort nicht ab, sondern war schon auf dem Weg in sein Zimmer, um sich für die Reise fertig zu machen. »Du bist ein Schatz«, rief er noch in Eunices Richtung und danach beherrschte nur noch Penny und ihre gemeinsame Zukunft sein Denken.

Derweil auf Windham Manor

Penny

»Sag ein Wort und ich reise noch London, um ihn hierher zurück zu schleifen.« Gabriels Fäuste öffneten und schlossen sich in schneller Folge. »Freund hin oder her, er hat kein Recht, dir das anzutun!«

»Er tut mir nichts an«, versuchte Penny zu beschwichtigen. »Unsere Ehe ist eine rein geschäftliche Verbindung, die nur dazu dient, uns beiden einen finanziellen Vorteil zu bringen.«

»Einen finanziellen Vorteil?« Er wedelte mit einem Brief wild hin und her. »Er hat wieder angefangen zu spielen, obwohl er dir sein Ehrenwort gegeben hatte, damit aufzuhören. Helens Schwester schreibt, dass ihr Mann ihn mehrfach bei *Brook's* am Kartentisch gesehen hat. Das ist unverzeihlich und ich überlege ernsthaft, ihn deshalb zu fordern.«

»Gabriel, jetzt hör aber auf!« Diese Neuigkeiten schürten Wut in ihr, keine Frage, änderten jedoch nichts an ihrem Wunsch, sich mit George auszusprechen.

Vor drei Tagen hatte sie ihm eine Nachricht zukommen lassen, in der sie ihn bat zurückzukommen. Davor hatte sie wochenlang geschwiegen und auf ein Wort von ihm gewartet. Irgendwann war ihr klar geworden, dass sie selbst aktiv werden musste, wenn ihr etwas an dieser Ehe lag. Und das tat es. Georges Abwesenheit hatte ihr schmerzlich bewusst gemacht, wie sehr sie ihn vermisste. Natürlich stand da noch die Sache mit seiner Geliebten im Raum. Er hatte darüber sprechen wollen und sie hatte ihn aus verletztem Stolz davon abgehalten. Sie wusste so gut wie nichts über diese Frau außer dem, was ihr Lady Stonewall auf jenem Ball in Brighton gesagt hatte. Sie war es George schuldig, sich seine Version der Geschichte anzuhören.

Den Fakt, dass er wieder angefangen hatte zu spielen, konnte sie allerdings nur schwer ignorieren. Nur war das eine Sache, die sie mit George persönlich klären wollte und nicht über ihren Bruder.

»Du machst aus einer Mücke einen Elefanten«, sagte sie deshalb. »Er hat bestimmt keine erheblichen Beträge verspielt.«

»Wie kannst du das so ruhig hinnehmen?« Gabriels Stimme hallte laut durch den Raum. »Es geht darum, dass er sich überhaupt an den Spieltisch gesetzt hat. Obwohl er dir sein Ehrenwort gegeben hatte, es nicht zu tun!«

»Mir«, antwortete Penny ruhig. »Nicht dir. Das ist eine Sache zwischen mir und meinem Ehemann.«

»Aber ich kenne ihn besser als du. Ich habe geahnt, dass etwas nicht stimmt, als er sich bei Oakley einquartiert hat, anstatt mein Angebot anzunehmen, während seines London-Aufenthalts in Dark Hall zu übernachten.«

»Oakley?«, fragte Penny überrascht. War das nicht der Name der Frau gewesen, mit der sie ihn auf dem Ball gesehen hatte? War er etwa bei ihr? Sie hatte sich nicht groß darum gekümmert, wem die Adresse gehörte, an die sie ihre Nachricht geschickt hatte.

»Ja, er lebt bei Lord Oakley, meines Erachtens ein vernünftiger und integerer Mann. Ich glaube, George hat mein Angebot abgelehnt, damit ich nichts von seinen Eskapaden erfahre. Er weiß genau, dass mir das Personal in Dark Hall treu ergeben ist. Aufgeflogen ist er trotzdem.« Erneut hielt er den Brief in die Höhe.

Penny sah ihren Bruder nachdenklich an. »Lord Oakley ist doch verheiratet, nicht wahr?«

Gabriel nickte verdutzt. »Seit ein oder zwei Jahren.«

»Weißt du, ob die Ehe glücklich ist?«

Er kratzte sich am Kopf. »Ich glaube schon. Wieso fragst du?«

Pennys Gedanken rasten. Das passte nicht zu dem, was Lady Stonewall über George und Lady Oakley erzählt hatte. Oder doch? Hatte sie nicht erwähnt, dass die Ehe der Oakleys eine Liebesheirat gewesen war? Selbst wenn nicht, würde Lady Oakleys Mann kaum zulassen, dass der Liebhaber seiner Frau in seinem Haus wohnte. Andererseits, was wusste sie schon über derlei Dinge? Es konnte doch sein, dass dieser Lord ein Faible dafür hatte, dabei zuzusehen, während seine Frau sich anderweitig vergnügte. Oder hatten die beiden eine Affäre hinter seinem Rücken?

»Und George ist sowohl mit Lord Oakley, als auch mit seiner Frau bekannt?«, fragte sie zur Sicherheit nach.

»Ja, er kennt die beiden seit Jahren. Lady Oakley war früher ...« Gabriel schüttelte den Kopf. »Das ist eine Ewigkeit her. Mittlerweile sind sie nur noch gut befreundet. Hat er dir das nicht erzählt?«

Sie winkte ab. »Nein, vergiss es. Ich werde ihn danach fragen, wenn ich ihn das nächste Mal sehe. Ich habe ihm geschrieben und ihn gebeten zurückzukommen. Wir müssen einiges klären, zwischen uns gibt es zu viele Missverständnisse.«

»Hör auf, ihn zu verteidigen, Penny. Ein Gentleman bricht sein Wort nicht. Dafür gibt es keine Entschuldigung, ich ...«

»Genug!«, unterbrach sie ihn rüde. »Du hast keine Ahnung, was genau er mir versprochen hat und inwiefern er es eingehalten hat. Also gib Ruhe.«

Gabriel lachte laut auf. »Du verbietest mir in meinem eigenen Haus den Mund? Weiter so, Schwesterherz. Schön zu sehen, dass du noch Feuer hast. Aber du verschwendest es an den Falschen.«

Errötend senkte Penny den Kopf, denn sie wusste, dass aus Gabriel nur der Beschützerinstinkt sprach. »Ich will lediglich sagen, dass ich das auch ohne deine Hilfe in den Griff bekomme.«

»Ich weiß nicht, woher du deinen Optimismus nimmst, aber schön. Ich werde mich vorerst zurückhalten. Wenn das dein Wunsch ist.«

»Das ist es. Sobald wir unsere Missverständnisse beseitigt haben, wird alles gut.«

»Das will ich ihm auch geraten haben«, murmelte Gabriel. »Wenn George sich nicht am Riemen reißt, prügele ich die Vernunft zur Not in ihn rein.« Mit finsterer Miene verabschiedete er sich und ließ Penny allein mit ihren Gedanken.

Wie sollte sie die Zeit bis zu Georges Rückkehr überbrücken? Je nachdem, wie schnell er nach dem Erhalt ihres Briefes aufbrach, konnte er in zwei bis drei Tagen hier sein, ihr blieb also noch mehr als genug Zeit, sich auf das klärende Gespräch vorzubereiten.

Dass er gern spielte, hatte sie gewusst. Auch, dass erst sein Vater und später sein Bruder Spielschulden für ihn bezahlt hatten. Das war auch der Grund, dass sie von ihm gefordert hatte, das Glücksspiel aufzugeben. Er hatte zwar gesagt, dass er nur spielte, wenn er sicher war, unter dem Strich Gewinn zu machen, aber das war doch genau das, was alle Spieler von sich behaupteten. War sie zu naiv, was dieses Thema anging? War er am Ende spielsüchtig und nicht in der Lage, sein Versprechen einzuhalten?

Jetzt, wo sie darüber nachdachte, fiel ihr auf, wie wenig sie im Grunde über ihren Ehemann wusste. Wenn er wollte, konnte er äußerst charmant und mitfühlend sein. Er brachte sie zum Lachen und die Kinder in der Schule liebten ihn und seine offene Art. Doch er konnte auch jähzornig und verschlossen sein. Offensichtlich tendierte er dazu, seine Probleme allein zu lösen, und es fiel ihm schwer, andere mit einzubeziehen. An dieser Stelle hatte er einiges mit Gabriel gemeinsam.

Genau wie mit ihr selbst, musste sie sich widerwillig eingestehen. Was die Hochzeit betraf, hatte sie ihn vor vollendete Tatsachen gestellt, die er ohne zu murren akzeptiert hatte. Sie hatte sich eine Zukunft gesichert und setzte seit dem Tag ihrer Trauung alles daran, diese umzusetzen – ohne mit ihm darüber zu sprechen. Wenn sie ehrlich war, hatte sie es genossen, auf eigene Faust und ohne Rücksprache zu handeln. Es machte alles so viel leichter. Dass er in den Augenblicken nicht da gewesen war, wenn sie darüber sprechen wollte, war eine gute Ausrede gewesen. Nicht nur ihm gegenüber, auch vor sich selbst.

So konnte es nicht weitergehen. Entweder, sie redeten miteinander und arbeiteten daran, sich gegenseitig mehr mit einzubeziehen, oder diese Ehe war zum Scheitern verurteilt.

Doch erst einmal musste sie sich um ein paar andere Dinge kümmern. Zum einen hatte sie Mr Carpenter eine Anstellung in der Ziegelei verschafft und damit ihr Versprechen gegenüber Gabriel eingelöst. Die Trockenschuppen mussten in Schuss gehalten werden und für den geplanten Umbau würden sie einen guten Schreiner brauchen.

Zum anderen wollte sie noch mit Tom die Bücher durchgehen, um, basierend auf den laufenden Zahlen, einen sinnvollen Investitionsplan für das kommende Jahr zu erstellen. Zeit, sich auf den Weg zu machen.

Als Erstes begleitete sie die Carpenters zu ihrer neuen Wohnung nach Little Crossfield. Ein kleiner Karren reichte problemlos für die Familie und ihre gesamten Habseligkeiten.

Penny hatte sich bereits vergewissert, dass die Wohnung mit dem Wichtigsten ausgestattet war. Zwei Betten, ein Tisch mit drei Stühlen und ein Ofen, auf dem die Familie das Essen zubereiten konnte.

Die Arbeiterwohnungen waren besser, als Penny anfangs vermutet hatte. Sie verfügten über zwei Zimmer und einen ordentlichen Kamin, der das innere rauchfrei hielt. Jedes Zimmer hatte ein Fenster mit hölzernen Fensterläden, was mehr war, als manche Kate zu bieten hatte.

Es dauerte nicht lange, bis die Carpenters ihre Sachen verstaut hatten. Mr Carpenter machte sich gleich auf den Weg zur Arbeit und der kleine Peter lief nach draußen, um mit den anderen Kindern zu spielen, während Penny Mrs Carpenter nach unten führte, um ihr den Keller zu zeigen.

»Das hier ist der Kohlenkeller und die Luke da drüben führt runter in die Höhlen unter den Häusern. Mir wurde gesagt, dort unten sei es auch im Sommer kühl, was gut ist, um Lebensmittel zu lagern. Und das war eigentlich alles.«

»Noch einmal meinen allerherzlichsten Dank, Lady Penelope«, sagte die Frau und sah Penny dankbar an. »Ich will mir gar nicht ausmalen, wie es uns ergangen wäre, wenn Ihr nicht im rechten Moment wie ein Engel erschienen wärt, um uns zu retten.«

»Ein Engel bin ich wahrlich nicht«, wehrte Penny ab. »Ich gebe lediglich mein Bestes.«

»Und das ist so viel mehr, als andere tun. Wir haben jetzt eine eigene Wohnung, in diesem tollen Haus. Es ist wirklich fantastisch, ich kann es immer noch kaum glauben.«

Penny hob abwehrend die Hände. »Das ist wirklich nicht mein Verdienst. Das habt ihr dem verstorbenen Vater meines Mannes zu verdanken. Er hat diese Häuser für die Arbeiter gebaut, weil er für sie einen Ort erschaffen wollte, an dem alles besser ist.«

»Das ist ihm wirklich gelungen, aber Ihr solltet Euer Licht nicht unter den Scheffel stellen. Ohne Euch wären wir niemals hierhergekommen. Wenn es mehr Menschen wie Euch gäbe, wäre die ganze Welt ein besserer Ort. Dann wäre es uns nie so schlecht ergangen.«

»Zuviel der Ehre. Ich hätte nicht viel tun können, um zu verhindern, dass Sie und Ihr Mann in diese Situation geratet.« Das entsprach der Wahrheit. Gegen Krankheit konnte sie wenig ausrichten.

»Mein Felix hätte nach seiner Genesung gewiss direkt wieder Arbeit bei Euch gefunden. Und das, was unser Peter in Eurer Schule gelernt hat, wird ihm sicher auch weiterhelfen. Genau wie die Arbeit mit den Pferden, die hat ihm viel Freude bereitet.«

Das brachte Penny auf eine Idee. »Was würden Sie davon halten, Peter zurück nach Windham zu schicken? Er könnte bei den Dienstboten wohnen, weiter zur Schule gehen und im Stall arbeiten. Der Stallmeister hält große Stücke auf ihn und würde ihn sicher gern als Pferdeknecht ausbilden.«

Mrs Carpenter blinzelte mehrmals, sichtlich bemüht, das Gesagte zu verarbeiten. »Das ... klingt wirklich toll. Bitte verzeiht, aber ich muss das erst mit meinem Mann besprechen.«

»Selbstverständlich, es hat ja keine Eile. Lassen Sie es mich wissen, wenn Sie sich entschieden haben. Ich muss jetzt aber wirklich los zum Treffen mit dem Verwalter.« Innerlich war Penny ein wenig neidisch, weil es Mrs Carpenter offensichtlich wesentlich leichter fiel als ihr, mit ihrem Ehemann offen über wichtige Zukunftsentscheidungen zu reden.

Der Gedanke beschäftigte Penny auch auf ihrem Weg zur Ziegelei. Es musste doch einen Grund geben, dass sie sich damit so schwertaten. Lag es an ihren lang unterdrückten Gefühlen für ihn, oder daran, dass er so stur war? Nein, ihr Hauptproblem momentan war, dass er sich in den Kopf gesetzt hatte, in London wohnen zu müssen. Zumindest hatte er eine Erklärung geliefert, er wollte in die Politik gehen. War das am Ende nur eine Ausrede oder war es ihm ernst damit? Vielleicht lohnte es sich, der Idee zumindest eine Chance geben.

Sie hasste London und hatte während jedes Besuchs nur darauf gewartet, in ihr geliebtes Zuhause zurückzukehren. Doch sie erinnerte sich daran, was Phoebe gesagt hatte. Wie sehr sie an Herausforderungen und Veränderungen in ihrem Leben gewachsen war. Penny hatte zeitlebens nie etwas gewagt. Gut, sie hatte in Windham die Schule gegründet, was durchaus als Herausforderung gelten konnte. Allerdings eine, bei der sie alle Folgen gut im Blick gehabt hatte und das Elend und die Armut ignorieren konnte, die sie an London so erschreckt hatten. Risiken hatte sie ebenso gescheut wie die Stadt.

Aber die Probleme der Menschen dort verschwanden nicht dadurch, dass sie wegsah. War sie im Grunde nicht besser als all die anderen, die in London lebten und das Elend ignorierten, das sich jeden Tag vor ihrer Nase abspielte? Ein furchtbarer Gedanke. Hatte George recht und sie konnte in London viel mehr für die Armen tun als hier?

Wenn sie ihm und seinem Wunsch, in London zu leben, eine Chance gab, hatte sie nicht nur die Möglichkeit, mehr Gutes zu tun, es war auch eine Gelegenheit, etwas zu riskieren, das sie nicht komplett überschauen konnte. Sie musste ja nicht gleich bis nach Ägypten reisen wie Phoebe. London wäre ihr Abenteuer genug. Und wenn sie es dort nicht mehr aushielt, konnte sie George immer noch bitten, mit ihr nach Sussex zurückzukehren.

Ein Lächeln breitete sich auf ihrem Gesicht aus. Genau das würde sie ihm sagen. Und wenn ihre Pläne, die Ziegelei betreffend, aufgingen, würde ihr Einkommen bald mehr als ausreichend sein, um seine politische Karriere zu finanzieren. Ein genauer Blick in die Bilanzbücher würde das sicher bestätigen. Zum ersten Mal seit Wochen freute sie sich auf die nächsten Tage und das, was die Zukunft bringen würde.

Heimkehr

George

Es war etwa vier Uhr morgens, als George auf Windham Manor ankam. Er drückte sein Pferd einem verschlafenen Stallburschen in die Hand und eilte zum Dienstboteneingang. Dort würde es niemanden stören, wenn er mitten in der Nacht ins Haus kam.

Leise entzündete er eine Kerze und durchquerte die Flure und Treppen, bis er zu Pennys und seinen Räumen gelangte. Er musste sie unbedingt um Verzeihung bitten und herausfinden, ob Eunice recht hatte und sie seine Liebe erwiderte. Die Chancen standen gut. Alle Anzeichen waren die ganze Zeit da gewesen, doch er hatte sie nicht erkannt.

Oder ging es ihr am Ende wie ihm? Belog sie sich selbst, was ihre Gefühle für ihn anging? Auch diese Möglichkeit musste er in Betracht ziehen. Allerdings war Penny in dieser Hinsicht mit Sicherheit reifer als er. Er dachte an die vielen kleinen Momente, in denen sie ihm ihre Liebe gezeigt hatte. Ihre intensiven Blicke, wenn sie dachte, er bemerke es nicht. Die Art, wie sie ihm ein Staubkorn vom Mantel wischte, bevor er aufbrach. Ihr Schweigen zu seinen Ausflügen, auf die er sie nicht mitnahm und deren Ziel sie nicht gekannt hatte. Ihr warmer Empfang, wenn er zurückkam, und ihre Leidenschaft in den gemeinsamen Nächten. Und nicht zuletzt die Tränen bei ihrem letzten Gespräch, als sie erfahren hatte, dass er sich mit Eunice getroffen hatte. Spätestens da hätte er es erkennen müssen. Er hatte sich wie ein Esel verhalten. Zu ändern war das nicht, aber er konnte sich entschuldigen.

Vorsichtig öffnete er die Tür zu ihrem Schlafzimmer, schlüpfte hinein und ging auf das Bett zu. Nach wenigen Schritten hielt er überrascht inne. Die Laken waren unberührt.

Binnen Sekunden schien seine Brust zu explodieren, so heftig trommelte sein Herzschlag dagegen. Wo steckte sie? Verwirrt sah er sich um und steuerte auf die Tür zum Salon zu. Ob sie es sich in seinem Bett gemütlich gemacht hatte? Das würde zu ihr passen, beruhigte er sich und durchquerte mit großen Schritten den Raum. Diesmal war er nicht leise, riss die Tür zu seinem Schlafzimmer auf, nur um seine Hoffnung zerstört zu sehen. Auch sein Bett war unberührt.

Wo zur Hölle war Penny?

Er hörte seinen eigenen Atem überlaut und spürte ein unangenehmes Prickeln im Nacken, als wenn Gefahr drohte.

Konnte es sein, dass er zu spät gekommen war und sie bei Thomas Smith weilte? Hatte sie sich ihrer alten Liebe zugewandt, weil sie sich von ihrem Ehemann betrogen und im Stich gelassen fühlte?

Ohne zu wissen, was genau er suchte, ging er zurück in ihr Zimmer und sah sich um. Sein Blick blieb am

Schreibtisch hängen. Dort lag ein sorgsam gefaltetes Stück Papier. Eine Notiz oder gar ein Brief?

Je näher er dem Schreibtisch kam, desto überzeugter war er, dort die Antwort auf all seine Fragen zu finden. Die Ahnung wurde zur Gewissheit, als er seine Kerze über das Papier hielt und darauf seinen Namen geschrieben sah. Das war eindeutig Pennys Handschrift. Mit zittrigen Fingern öffnete er den Brief und überflog die Zeilen.

Lieber George,
dies ist ein Abschiedsbrief. Ich ertrage diese Ehe nicht mehr und gehe deshalb fort, um ein neues Leben zu beginnen. Eines, das meinen Bedürfnissen gerecht wird und bei dem ich mich nicht den Launen eines Mannes unterwerfen muss, der seine Versprechen bricht, mich belügt und nie da ist.
Bitte sieh davon ab, nach mir zu suchen, denn du wirst mich niemals finden. Wenn du das liest, bin ich meilenweit entfernt, an einem Ort, an dem alles besser wird.
Auf Nimmerwiedersehen,
Penny

Kopfschüttelnd las George die Nachricht noch einmal. Das war eindeutig ihre Handschrift. War seine Einsicht zu spät gekommen? Hatte Penny ihn wirklich verlassen?

Verzweifelt irrte er durch ihr Schlafzimmer und riss Schranktüren und Schubladen auf. Fehlte etwas? Er konnte es nicht sagen. Wie es aussah, was das meiste noch da. Verständlich, es wäre ihr sicher schwergefallen, alles heimlich aus dem Haus zu schmuggeln. Aber woher hatte sie das Geld, um irgendwo ein neues Leben anzufangen? Oder war ein anderer Mann im Spiel? Thomas Smith!

Aufgebracht stürmte George aus dem Zimmer. Er musste Gabriel wecken und ihn fragen, was er darüber wusste. Es konnte doch nicht sein, dass Pennys Verschwinden niemanden in Alarmbereitschaft versetzt hatte. Selbst wenn sie mit Smith fortgelaufen war, war es kaum denkbar, dass Gabriel davon nichts mitbekommen hatte.

Dreimal klopfte George laut an Gabriels Tür, bevor er sie öffnete, ohne auf Antwort zu warten. Im Schein seiner Kerze sah er, dass sein Freund nicht allein war. Und unbekleidet, genau wie seine Frau, die sich in diesem Moment die Decke vor den geschwollenen Leib zog. Doch George hatte keine Augen für Helen, sondern wedelte mit dem Brief in der Hand in Gabriels Richtung.

»Was ist mit Penny? Wo ist sie hin?«, fauchte er seinen Freund an, der aus dem Bett sprang und nach seinem Hausmantel griff.

»Bist du noch ganz bei Trost?« Gabriels Umut war offensichtlich. »Was fällt dir ein, einfach so in mein Schlafzimmer zu stürzen? Ich sollte dir ein paar Manieren einbläuen.«

»Hast du mich nicht verstanden? Penny ist verschwunden«, erwiderte George und wedelte noch einmal mit dem Brief.

»Was für ein ausgemachter Unsinn«, knurrte Gabriel. »Sie hat uns eine Nachricht zukommen lassen, in der steht, dass sie die Zeit vergessen hat und im Gasthof von Little Crossfield übernachtet.«

»Und warum hat sie dann einen Brief hinterlassen, in dem sie behauptet, dass sie fortgehen will?«

»Was?« Der Ausruf kam von Gabriel und Helen gleichermaßen.

»Das hier lag auf ihrem Schreibtisch.« Er hielt Gabriel das Stück Papier entgegen. »Darin steht ... ach, lies es selbst.«

Gabriel nahm den Brief entgegen und überflog ihn. Danach reichte er ihn an Helen.

»Das kann niemals stimmen«, sagte Helen ruhig, die in einer Hand den Brief hielt und mit der anderen dafür sorgte, dass die Decke ihre Blöße bedeckte.

Erst in diesem Moment wurde George richtig bewusst, wie ungebührlich sein Verhalten war. »Verzeiht mein Eindringen«, sagte er an Gabriel und Helen gleichermaßen gerichtet. »Es ist nur ... Ich kam zurück und sie war nicht da und ...« Er brach ab, weil ihm die Worte fehlten. Jedes weitere würde nur dazu führen, dass seine Emotionen mit ihm durchgingen, und das war ein denkbar schlechter Zeitpunkt.

»Sie ist erst gestern Morgen aufgebrochen«, sagte Gabriel langsam. »Weit kann sie nicht sein. Vielleicht hat irgendwer vom Personal etwas mitbekommen. Gehen wir fürs Erste nach unten.«

Wie in Trance folgte George seinem Freund. Auf dem Flur begegneten sie Gabriels Kammerdiener, der angewiesen wurde, alle Bediensteten zu wecken und zur Befragung nach und nach in den Salon zu schicken.

Unten angekommen, entzündete Gabriel mehrere Kerzen und las noch einmal die wenigen Zeilen, die seine Schwester hinterlassen hatte. »Das ist eindeutig ihre Handschrift«, sagte er laut und George nickte.

»Was ist mit der Nachricht aus Little Crossfield, war der auch von ihrer Hand?«, stellte er die nächste logische Frage.

Gabriel rieb sich nachdenklich die Stirn. »Ich glaube schon, aber, ehrlich gesagt, habe ich nicht darauf geachtet. Warte, ich hole sie rasch.« Er klopfte George ermutigend auf die Schulter und verließ den Raum.

George kam sich unterdes vor wie ein gefangenes Tier. Am liebsten wäre er losgestürmt, um etwas zu tun, nur leider wusste er nicht, was.

Smith, kam es ihm wieder in den Sinn. Er würde diesen Bastard umbringen. Der Mann hatte ihr die ganze Zeit schamlos schöne Augen gemacht. Zwar hatte sie keinen Mann erwähnt, doch er musste dahinterstecken. Das beantwortete auch die Frage, wovon Penny in Zukunft leben wollte.

In seiner Brust breitete sich ein Schmerz aus, wie er ihn noch nie gespürt hatte. Hundert Nadelstichen gleich bohrte er sich in sein Herz und machte ihm das Atmen schwer. Da war nicht einmal mehr Platz für Wut oder Eifersucht. Lediglich dieser alles verzehrende Schmerz, ein Gefühl von Verlust, das sein ganzes Sein beherrschte.

Die Tür ging auf, ein Dienstmädchen brachte Tee und verschwand. Wo blieb Gabriel? Wie lange konnte es dauern, eine Nachricht zu holen? Sie sollten Penny hinterherreiten und ihre Zeit nicht hier vertrödeln. Aber brachte das etwas? Immerhin hatte sie ihn verlassen.

»Hier ist er«, kam es in diesem Moment von der Tür. Gabriel trug inzwischen zumindest Breeches, Hemd und Weste, was die Verzögerung erklärte.

Wichtiger war die Nachricht, die er in seinen Händen hielt. George griff nach dem Blatt und überflog die Zeilen. »Das ist eindeutig ihre Handschrift«, bestätigte er unnötigerweise.

»Gut, dass du die Handschrift meiner Schwester besser kennst als ich«, sagte Gabriel, was merkwürdigerweise ein wenig Druck von Georges Brust nahm. Gabriels spitze Zunge war etwas Alltägliches, etwas, woran er sich festklammern konnte.

»Die Nachrichten passen nicht zusammen«, überging George den letzten Einwurf seines Freundes. »Warum sollte sie am Abend schreiben, dass sie im Gasthof bleibt, und in ihrem Zimmer einen Brief hinterlassen, in dem sie ihre Abreise verkündet?«

»Ich habe keine Ahnung. Ein Ablenkungsmanöver, um sich einen Vorsprung zu verschaffen? Allerdings frage ich mich ...« Gabriel tippte sich mit dem Zeigefinger gegen die Lippen. »Wir sollten ihre Zofe befragen, wie lange der Brief in ihrem Zimmer liegt. Nur zur Sicherheit.« Schon war Gabriel an der Tür und bat darum, Becky hereinzuschicken. Dann wandte er sich George zu. »Was ich jetzt sage, fällt mir nicht leicht, aber ich muss das fragen: Hast du irgendetwas getan, das sie dazu gebracht haben könnte ...«

»Ja! Nein! Wahrscheinlich. Ich weiß es nicht«, sagte George so kläglich, dass er sich selbst dafür verachtete. »Nicht, seitdem ich sie das letzte Mal gesehen habe.«

Sein Freund sah ihn vorwurfsvoll an. »Vergisst du dabei nicht etwas? Hattest du ihr nicht versprochen, dich vom Spieltisch fernzuhalten?«

Hitze stieg Georges Nacken empor, doch jetzt war nicht die Zeit für Scham und Selbstvorwürfe. »Das war nur zur Pflege von Kontakten und zur Entspannung. Ich habe nie um größere Summen gespielt. Man hat mich dazu herausgefordert, aber ich habe stets abgelehnt. Außerdem weiß Penny gar nichts davon.«

»Da, mein Freund, irrst du dich. Wir sind hier zwar weit weg von London, aber Klatsch und Tratsch verbreitet sich schneller, als du glaubst. Es ist kein Geheimnis, dass du regelmäßiger Gast an den Spieltischen bei *Brook's* bist.«

»Na, und?«, brauste George auf. »Selbst wenn ich ein paar Schilling verspielt habe, ist das kein Grund abzuhauen. Wenn es ihr nur um Geld ginge, würde sie nicht weglaufen und auf unsere Vereinbarung verzichten.«

»Gut, Punkt für dich. Du bist also kein Pleitier, zumindest nicht mehr. Also ist sie doch weg, weil du ganz allgemein ein Arsch warst, herzlichen Glückwunsch.«

»Aber wieso jetzt? Das ergibt keinen Sinn. Sie hatte mir doch geschrieben, dass sie mit mir reden wolle.«

»Der Brief, den du in ihrem Zimmer gefunden hast, ist eindeutig von ihr.«

»Vielleicht hat es etwas mit Thomas Smith zu tun.«

»Wer ist Thomas Smith?«

»Der Verwalter der Ziegelei.«

»Was soll der damit zu tun haben?«

»Ich befürchte, dass sie mit ihm durchgebrannt sein könnte.«

»Wieso sollte sie das tun? Sie kennt ihn doch erst seit ein paar Wochen.«

»Du weißt es nicht, oder?« Obwohl George klar war, wie armselig er klang, konnte er dennoch nichts dagegen tun.

»Was weiß ich nicht?«, fragte Gabriel scharf.

»Sie kennt Smith schon viel länger. Er war vor Jahren hier auf Windham in der Ausbildung und er und Penny hatten ...« George rang nach Worten. »Sie waren damals ineinander verliebt.« Es laut auszusprechen, steigerte den Schmerz ins Unerträgliche.

»Penny? Bist du sicher?«

»Ja«, presste George hervor. Er würde Gabriel nichts von den Küssen erzählen, das half im Moment nicht weiter.

»Mein Gott, dann ist sie wirklich ...« Er wurde von einem Klopfen unterbrochen.

Der Butler kündigte Becky an.

Den Blick scheu auf den Boden gerichtet, trat das Mädchen ein.

»Ah, Becky«, sagte Gabriel in ruhigem Tonfall, der so gar nicht zu Georges Stimmung passen wollte. »Ich komme gleich zur Sache. Wir haben diesen Brief auf Lady Penelopes Schreibtisch gefunden.« Er hielt das Stück zusammengefaltet in die Höhe, so dass die Beschriftung zu erkennen war. »Kannst du dich erinnern, seit wann er dort gelegen hat?«

Becky sah auf und kniff die Augen zusammen. »Den habe ich noch nie gesehen, Mylord.«

»Wann warst du das letzte Mal in ihrem Zimmer?«, fragte Gabriel.

»Gestern Abend«, antwortete Becky leise. »Als ich alles für die Nacht bereitgelegt habe, da wusste ich ja noch nicht, dass Mylady auswärts übernachten würde.«

Etwas regte sich in George. »Bist du sicher, dass der Brief gestern Abend nicht auf ihrem Schreibtisch lag?«

»Ich glaube nicht.«

Gabriel sah sie nachdenklich an. »Aber wir können mit Sicherheit ausschließen, dass er seit Wochen auf dem Tisch liegt, richtig?«

»Ja, Mylord.« Sie nickte heftig. »Das wäre mir bestimmt aufgefallen.«

Gabriel strich sich nachdenklich über das Kinn. »Also kann es nicht allzu lang her sein, dass sie den abgelegt hat, wir wissen nur nicht genau, wann.« Er musterte Becky scharf. »Was war mit ihrer Abreise gestern Morgen? Ist dir dabei etwas aufgefallen? Irgendetwas, das nicht so war wie sonst?«

Becky überlegte angestrengt und verkündete anschließend: »Ja, ich hatte ihr Reitsachen herausgelegt, weil sie normalerweise nach Little Crossfield reitet. Aber sie sagte, dass sie keine bräuchte, weil sie einen Wagen nehmen würde. Das fand ich seltsam.«

»In der Tat.« Stirnrunzelnd legte Gabriel die Hände zusammen. »Hat sie gesagt, warum?«

Becky zuckte hilflos mit den Schultern. »Nein, Mylord.«

»Hmm, was könnte sie ...« Gabriels Miene erhellte sich und er schnippte mit den Fingern. »Ich glaube, ich weiß, was dahinter steckt. Sie ist bestimmt zusammen mit den Carpenters dorthin gefahren.«

»Die Carpenters? Was wollen die denn in Little Crossfield?«, fragte George überrascht.

»Der Mann arbeitet inzwischen für dich«, erklärte Gabriel.

George sah ihn überrascht an. Verdammt, er hatte sich wirklich zu wenig dafür interessiert, was im Leben seiner Frau vor sich ging. Geschah es ihm am Ende recht, dass sie weggelaufen war?

»Wir müssen nach Little Crossfield, vielleicht ist sie noch dort.«

»Reiten wir«, stimmte Gabriel zu. »Mach dir keine Sorgen George, wir werden sie finden. Aber ich kann dir nicht versprechen, dass du danach glücklicher sein wirst.«

George nickte, hin- und hergerissen zwischen leiser Hoffnung und tiefer Verzweiflung. Was würde sie in Little Crossfield erwarten?

Er folgte Gabriel schweigend nach draußen. Leere Worte und Selbstmitleid würden nicht weiterhelfen. Jetzt waren Taten gefragt.

Little Crossfield

George

Der Ritt zur Ziegelei schien sich endlos zu ziehen. Weder George noch Gabriel sagten ein Wort. Beide trieben ihre Pferde zu Höchstleistungen an und hingen dabei ihren Gedanken nach.

George hoffte, dass die seines Freundes weniger betrüblich waren als seine. Er ahnte bereits, was sie in Little Crossfield erwartete. Sie würden Thomas Smith' Haus verlassen vorfinden, ohne einen Hinweis darauf, wohin die beiden verschwunden waren. Die Verzweiflung schnürte ihm die Kehle zu und er rief sich zur Ordnung. Er durfte sich nicht der Hoffnungslosigkeit ergeben, die ihn zu lähmen drohte. Wenn er Penny finden wollte, musste er positiv denken, auch wenn es wahrlich kaum Anlass dazu gab.

Mit Glück hatte jemand gesehen, in welche Richtung die beiden abgereist waren. Das würde ihnen zumindest einen kleinen Anhaltspunkt geben. Auch wenn es möglich war, dass sie eine falsche Fährte gelegt hatten. In seinem Kopf stiegen immer wieder dieselben Bilder auf. Penny in einer Kutsche eng an Smith gekuschelt, wie sie glücklich lachend einer besseren Zukunft entgegenfuhr. Verdammt! Das durfte nicht wahr sein. Warum hatte sie ihm diesen Brief geschickt, der ihn zurückholen sollte, wenn sie doch mit Smith durchbrennen wollte? Um ihn vorzuführen? Das sah ihr nicht ähnlich. Er nahm sich vor, sie zu fragen, sobald er sie gefunden hatte, wobei seine Chancen nicht besonders gut standen. Die beiden hatten knapp einen ganzen Tag Vorsprung und konnten inzwischen sonst wo sein. Vielleicht betraten sie in diesem Augenblick ein Schiff, um England zu verlassen.

Bei diesem Gedanken schien sein Kopf bersten zu wollen, genau wie sein Herz. Am liebsten hätt er laut aufgeschrien. Zum Glück erschienen in der Ferne die ersten Lichter von Little Crossfield. Der Morgen graute und die Menschen machten sich bereit, ihr Tagwerk zu beginnen.

Nicht mehr lange und er würde Gewissheit haben. Eine Gewissheit, von der er nicht sicher war, ob er sie mehr ersehnte oder fürchtete.

Ohne sich abzusprechen, schlugen sie automatisch den Weg zur Ziegelei ein. Die Wohnung des Verwalters war das einzig lohnenswerte Ziel, da keiner von ihnen glaubte, dass Penny friedlich im Gasthaus schlief.

Sie erreichten das Haus, George sprang vom Pferd und machte sich nicht einmal die Mühe, es irgendwo anzubinden, sondern hieb mit festen Schlägen gegen die Tür.

Drinnen regte sich nichts, was seine schlimmsten Befürchtungen bestätigte. Penny hatte ihn wegen Thomas Smith verlassen. Noch einmal hieb er mit aller Wucht gegen die Tür.

Diesmal erklang eine verschlafene Stimme. »Einen Moment, bitte.«

George ließ überrascht von der Tür ab, die Stimme gehörte eindeutig dem Verwalter. Aber wenn er hier war, wo war dann Penny? Drinnen bei ihm? Dieser Gedanke ließ ihn den letzten Rest seiner Selbstbeherrschung vergessen. Er trat einen Schritt zurück, um Anlauf zu nehmen, sprintete los, drehte sich so, dass seine Schulter nach vorn stand, und traf die Tür mit voller Wucht.

Sie ächzte schwer in den Angeln, hielt jedoch.

Wie von Sinnen wollte George den Vorgang wiederholen, doch starke Arme umfassten ihn von hinten und hielten ihn zurück. »George, komm zu dir, er öffnet doch die Tür«, erklang Gabriels Stimme wie aus weiter Ferne.

Er versuchte, sich aus dem Griff zu befreien. Wenn Smith wirklich die Tür öffnete, würde er ihm an die Gurgel gehen und ...

Die Tür schwang auf und ein verschlafener Thomas Smith stand im Rahmen. Das Haar zerzaust, das Gesicht noch vom Schlaf gezeichnet, schloss er seinen Hausmantel und sah ihnen vollkommen überrascht entgegen. »Mr Burdon, Mylord, was ...«

»Wo ist sie«, knurrte George und versuchte ein weiteres Mal, die Hand seines Freundes von seiner Schulter abzuschütteln.

»Wer?«, fragte Smith, was George ein unwilliges Knurren entlockte.

»Entweder bist du mutig oder einfach nur dumm.« George sprach leise und voller Zorn. »Oder vielleicht beides«, fügte er hinzu, als der Mann nicht reagierte. »Wo ist sie? Wo ist meine Frau?!« Die letzten Worte schrie er und endlich gelang es ihm, sich aus Gabriels Griff zu lösen.

Mit einem wütenden Schrei stürzte er sich auf Thomas Smith, der vor ihm zurückwich. Feigling. Warum stellte er sich nicht zum Kampf wie ein Mann?

»George!«, hörte er erneut Gabriel hinter sich, doch er ignorierte ihn.

Alles, was er wollte, war, aus dem Mann heraus zu prügeln, wo Penny war.

»Hier ist sie auf jeden Fall nicht«, sagte Thomas Smith und hob abwehrend die Hände.

»Weil sie in deinem Schlafzimmer ist?« Der Gedanke brachte George davon ab, Smith direkt Gewalt anzutun. Wenn Penny wirklich in seinem Bett lag ... Seine Brust zog sich schmerzhaft zusammen und mit einem Mal schien es, als sei alle Energie aus ihm gewichen. Wenn Penny in Smiths Bett lag, wollte er es nicht sehen. Der Schmerz wäre zu groß. Er könnte es nicht ertragen.

George sackte förmlich in sich zusammen und verachtete sich für den kläglichen Laut, der über seine Lippen kam. Es war der eines geprügelten Hundes, der sich mit eingezogenem Schwanz in eine dunkle Ecke zurückzog. Vor seinem inneren Auge sah er Penny in dem fremden Bett liegen, die Lippen noch gerötet vom Liebesspiel der vergangenen Nacht, ein sinnliches Lächeln auf den schlafenden Zügen. Nur war nicht er der Mann, der dieses Lächeln ausgelöst hatte. Und alles nur, weil er Angst gehabt hatte. Weil er nicht bereit gewesen war, seiner Frau zu sagen, was er für sie empfand, wie wichtig sie ihm war. Der Schmerz verstärkte sich und er versuchte, nach der Wut zu greifen, die noch vor wenigen Minuten durch seinen Körper getobt war. Wut war besser als diese alles zerfressende Qual, die ihn momentan im Griff hielt.

»Ich habe Eure Frau seit gestern Nachmittag nicht mehr gesehen, das schwöre ich. Sie ist nicht bei mir.«

Die Worte drangen nur langsam zu George durch und er sah Smith für einen Augenblick verständnislos an. Hatte er sich etwa geirrt?

»Was er sagt, stimmt.« Das waren Gabriels Worte und sie sorgten dafür, dass es George gelang, Schmerz und Scham zur Seite zu schieben. »Ich habe nachgesehen, sie ist nicht hier«, führte Gabriel aus. »Er hingegen hat bis eben hier geschlafen, sein Bett ist noch warm.«

»Vielleicht hat sie sich ...«

»Sie hat sich nirgends versteckt, die wenigen möglichen Verstecke habe ich alle überprüft.« Ein weiteres Mal legte Gabriel ihm die Hand auf die Schulter, diesmal jedoch nicht, um ihn zurückzuhalten, sondern zum Trost. »Dein Verdacht war fehlgeleitet.«

»Welcher Verdacht?«

Smith' Frage brachte George endgültig zurück in die Gegenwart. Da Penny nicht bei Smith war, mussten sie in eine andere Richtung denken.

Glücklicherweise übernahm Gabriel die Erklärung dessen, was passiert war, denn George fühlte sich dazu außerstande. Wenn Penny nicht mit Thomas Smith durchgebrannt war, was hatte das dann alles zu bedeuten? War sie überhaupt mit einem anderen Mann durchgebrannt? Und wer käme dafür infrage? Oder war sie doch allein unterwegs? Wohin und warum?

»Jetzt, wo Ihr es sagt, Mylord«, kam es von Smith, der seine Fassung wiedergewonnen hatte, »hat sie sich in letzter Zeit tatsächlich etwas merkwürdig verhalten.«

»Inwiefern?«, fragten George und Gabriel gleichzeitig.

Smith kratzte sich am Kopf. »Sie schien nicht ganz bei der Sache, blickte sich oft suchend um, als erwarte sie etwas oder jemanden.«

»Hat sie gesagt, wen?«

»Sie hat nichts dazu gesagt und es steht mir gewiss nicht zu, Eurer Gattin derartige Fragen zu stellen«, antwortete der Verwalter mit demütig gebeugtem Kopf.

»Dann seid Ihr also keine guten Freunde geworden?« George war sich des beißenden Untertons bewusst, den er anschlug. Sei's drum. Es ging darum, Penny zu finden, alles andere war nebensächlich. »Sie hat Ihnen nicht ihr Herz ausgeschüttet? Das ist schwer zu glauben, immerhin waren Sie früher einmal ihr Liebhaber.«

»Lady Penny und mich verband nie mehr als eine keusche Freundschaft, das müsst Ihr mir glauben.«

»Überlegen Sie sich gut, ob Sie bei dieser Lüge bleiben wollen. Ich weiß mit Sicherheit, dass sie damals ...«

»Das tut im Augenblick nichts zur Sache«, ging Gabriel dazwischen und George war ihm im Grunde dankbar.

Er hatte sich erneut von seiner Eifersucht übermannen lassen. Was damals geschehen war, hatte nichts mit dem Heute zu tun.

»Richtig.« George straffte sich. »Ich bin nicht Herr meiner Sinne und entschuldige mich. Penny zu finden, ist das Einzige, was zählt. Also«, wandte er sich wieder an Smith, »wann genau haben Sie meine Frau zuletzt gesehen?«

»Gestern am frühen Nachmittag, ich habe ihr die Buchhaltung und das Ablagesystem des Archivs erklärt.«

»Wann ist sie gegangen?«

»Ich weiß nicht genau, Sie blieb im Archiv, während ich ging, um eine größere Lieferung zu beaufsichtigen. Als ich zurückkam, war sie nicht mehr da.«

»Wann war das?«, fragte George scharf.

»Kurz vor Einbruch der Dunkelheit?«

»Hat sie erwähnt, wohin sie danach wollte?«

»Nein, tut mir leid.« Smith schüttelte bedauernd den Kopf.

George seufzte tief. »Das führt alles zu nichts. Wir verschwenden hier unsere Zeit.« Mit diesen Worten drehte er sich auf dem Absatz um und stürmte nach draußen.

Dort angekommen, verließ ihn jedoch erneut der Elan. Was konnte er jetzt noch tun? Sie hatten keinen Ansatzpunkt mehr. Er durchforstete fieberhaft seine Erinnerung und versuchte, sich jeden Moment vor Augen zu führen, in dem sie sich positiv über einen anderen Mann geäußert hatte.

Außer Thomas Smith fiel ihm aber nur dieser Schreiner ein, den sie in Brighton aus dem Armenhaus geholt hatte. Hatte Gabriel nicht vorhin erwähnt, dass Penny dem Mann eine Anstellung in der Ziegelei beschafft und ihn gestern persönlich hierher gebracht hatte? Könnte es sein, dass ... Nein, der Gedanke war lächerlich, der Mann war verheiratet. Andererseits war Penny das auch.

»Lass uns zum Gasthof reiten und dort nach ihr fragen.« Gabriel war neben ihn getreten und drückte ihm die Zügel in die Hand. »Selbst wenn sie nicht dort übernachtet hat, wurde sie vielleicht im Dorf gesehen.«

George setzte zu einer Erwiderung an, da fügte sein Freund hinzu: »Ich weiß, es ist nicht besonders wahrscheinlich, angesichts des Briefes, den sie dir hinterlassen hat. Aber wir sollten keine Möglichkeit außer Acht lassen.«

George nickte widerstrebend. »Also gut, lass uns zum Gasthof gehen und danach zu den Carpenters. Wenn sie gestern mit Penny hierhergefahren sind, wissen sie vielleicht irgendetwas.« Von seinem Verdacht, Mr Carpenter betreffend, wollte er nichts erzählen, zu lächerlich erschien der Gedanke.

Schweigend ritten sie zum Gasthof, nur um festzustellen, was sie ohnehin geahnt hatten. Penny hatte nicht dort übernachtet und es hatte sie auch niemand am Vortag gesehen.

»Verdammt!« Gabriel machte seinen Gefühlen Luft und George konnte es ihm nicht verübeln. »Warum erschien es mir plausibel, sie würde hier allein die Nacht verbringen?«

»Du hattest keinen Grund, daran zu zweifeln«, versuchte George, seinen Freund zu beruhigen. »Die Nachricht war eindeutig von ihr und wir wissen beide, dass sie stets tut, was sie für richtig hält.«

»Trotzdem hätte ich ahnen müssen, dass etwas nicht stimmt«, murmelte Gabriel.

George klopfte ihm auf die Schulter. »Es hätte auch nicht viel geändert. Als die Nachricht eintraf, war sie ziemlich sicher schon auf und davon.«

»Trotzdem dämlich von mir.« Gabriel seufzte. »Was nun? Auf zu den Carpenters?«

George nickte grimmig. Zwar glaubte er nicht, dass Penny mit Mr Carpenter durchgebrannt war, doch irgendwie hoffte er es. Denn es hätte nicht nur alle Fragen beantwortet, sondern gäbe ihm auch die Möglichkeit, seinen Zorn auf jemanden zu richten, der nicht seine Frau war. Ganz davon abgesehen, dass der Schreiner ihre letzte Spur war. Wenn sich daraus nichts ergab, standen sie mit leeren Händen da.

Es dauerte nicht lange herauszufinden, wo die Carpenters wohnten. Neue Nachbarn sprachen sich offenbar schnell herum. Mit geballten Fäusten und klopfendem Herzen betrat George vor seinem Freund das Mietshaus. Zwei Stufen auf einmal nehmend, stürmte er die Treppen hinauf in den dritten Stock, nicht darauf achtend, ob Gabriel ihm folgte.

Oben angekommen, hämmerte er so kräftig gegen die Tür, dass diese in ihren Angeln erbebte.

»Was zu Teufel …«, erklang von drinnen eine männliche Stimme und Mr Carpenter öffnete. Er war offensichtlich im Begriff, zur Arbeit zu gehen, und hielt inne, als er George erblickte. »Mr Burdon, welche Überraschung, was kann ich …«

»Wo ist sie?«, fragte George undiplomatisch und sich bewusst, wie sinnlos sein Vorgehen war. Was sollte Penny hier bei den Carpenters machen?

»Wer?« Mr Carpenter starrte ihn verdutzt an und jetzt erschien seine Frau hinter ihm.

»Worum geht es?« Genau wie ihr Mann schien sie keine Ahnung zu haben. Woher auch?

George setzte zu einer Erklärung an, doch Gabriel, der nun auch angekommen war, kam ihm zuvor. »Lady Penelope wird vermisst.« In wenigen Worten und deutlich ruhiger, als George es vermocht hätte, fasste er zusammen, was geschehen war. »Wir wissen, dass sie gestern mit Ihnen hierhergefahren ist, und wären Ihnen sehr verbunden, wenn Sie uns erzählen könnten, was sie im Laufe des Tages alles zu Ihnen gesagt hat und wann und wo Sie meine Schwester zum letzten Mal gesehen haben. Bitte versuchen Sie, sich zu erinnern. Jedes Detail könnte wichtig sein.«

»Aber natürlich«, antwortete die Frau. »Tretet ein. Oder soll ich Euch zuerst dorthin führen, wo ich sie zuletzt gesehen habe?«

»Wenn das möglich wäre?« George hatte sich ein wenig gefangen. Auch wenn die Verzweiflung nach wie vor drohte, sich in ihm breitzumachen. Wenn Mrs Carpenter ihnen nicht gleich einen bahnbrechenden Hinweis gab, war ihr Besuch hier in Little Crossfield umsonst gewesen. Und dann?

Mit fast übermenschlicher Anstrengung schob er den Gedanken beiseite und folgte den Carpenters nach unten. Der Schreiner verabschiedete sich und die Frau führte sie in den Keller, der größtenteils leer war.

»Hier waren wir zuletzt«, sagte Mrs Carpenter. »Mylady hat mich herumgeführt und mir am Ende den Kohlenkeller und die Treppe zum Kühlkeller gezeigt.« Sie wies auf eine Falltür in der Ecke des dunklen

Raums. »Dann hat sie noch angeboten, dass wir Peter zurück nach Windham schicken können für eine Ausbildung als Stallbursche und damit er weiter in die Schule gehen kann.«

Gabriel hob die Augenbrauen in einer Geste der Verwunderung, sagte aber nichts dazu und nickte nur. Obwohl er absolut nicht in der Stimmung dazu war, musste George unwillkürlich grinsen. Es sah Penny ähnlich, aus dem Bauch heraus solch ein Angebot zu machen, ohne es vorher mit ihrem Bruder abzusprechen.

Die Frau fuhr unterdessen ungerührt fort: »Sie meinte noch, dass wir uns mit der Entscheidung Zeit lassen können, und dann ist sie gegangen.«

»Hat sie gesagt, wohin sie danach wollte?«, hakte Gabriel nach.

Mrs Carpenter nickte eifrig. »In der Tat, sie sagte, dass sie sich mit dem Verwalter treffen wollte.«

George nickte und spürte förmlich, wie der Mut ihn verließ. Wie befürchtet waren sie keinen Schritt weiter und Penny blieb spurlos verschwunden.

Mrs Carpenter sah ihn mitleidig an. »Ich hoffe, dass Eurer Frau nichts Schlimmes widerfahren ist. Wir haben ihr so viel zu verdanken. Ohne sie gäbe es unsere Familie gar nicht mehr. Und jetzt sind wir hier und haben unsere eigene Wohnung, ganz für uns allein! Für uns ist wirklich alles besser geworden, genau wie sie es gesagt hat. Ich bete, dass es ihr gut geht, Gott schütze sie.«

»Hat sie sonst noch etwas gesagt oder getan, das uns weiterhelfen könnte? Irgendein Hinweis, wo sie noch hinwollte, oder wen sie noch treffen wollte?«

Mrs Carpenter schüttelte bedauernd den Kopf. »Nein, tut mir leid.«

George hörte, wie Gabriel sich bedankte, und folgte seinem Freund nach draußen.

Gabriel kratzte sich ratlos am Kopf. »Ich glaube nicht, dass wir hier weiterkommen. Lass uns zurück reiten. Wir müssen noch einmal von vorn anfangen und herausfinden, was Penny in den letzten Tagen getan hat. Irgendwer muss etwas wissen.«

Wieder nickte George. Er hatte Angst, dass ihm die Stimme versagte und damit auch seine Beherrschung. Die musste er unbedingt wahren, denn was blieb ihm sonst? Verzweiflung brachte ihn nicht weiter.

Schweigend galoppierten sie zurück und mit jeder Meile beschlich ihn mehr das Gefühl, dass sie einen Hinweis übersehen hatten. Er bekam nur nicht zu fassen, was es war.

Erkenntnisse

George

Was war ihm entgangen? Seit Stunden lief er im Salon auf und ab, versuchte, sich an alles zu erinnern, was sie in Erfahrung gebracht hatten, und es mit dem in Verbindung zu bringen, was er sicher wusste.

Leider bracht das keine neuen Erkenntnisse. Bemerkenswert war die Tatsache, dass niemand Pennys Verschwinden hatte kommen sehen. Jeder Einzelne von ihnen war völlig überrascht und keiner hatte eine Idee, wohin Penny aufgebrochen sein könnte. Oder mit wem. Das Einzige, worin sie sich einig schienen, war der Grund für ihr Verschwinden: er.

Es konnte doch nicht sein, dass sie mit niemandem darüber gesprochen hatte. Was, wenn sie auf der Rückreise überfallen und entführt worden war? Nein, dagegen sprachen die Nachricht und der Brief, die beide eindeutig in ihrer Handschrift verfasst waren. Wussten alle Bescheid und belogen ihn, um Penny zu schützen? Unwahrscheinlich, das war nicht Gabriels Art und seine Sorge um Penny war eindeutig echt. Es musste daran liegen, dass sie mit den falschen Leuten sprachen. Hatte sie in letzter Zeit neue Freunde gefunden,

denen sie sich anvertraut hatte und die sie unterstützt
hatten? Da kam eigentlich nur Phoebe infrage, doch die
war genauso ahnungslos wie sie alle. Er mochte seine
Fehler haben, doch seine Menschenkenntnis sagte ihm,
dass sie nicht log.

Verärgert fuhr sich George durch das Haar. Wenn er
doch nur aufmerksamer gewesen wäre, sich mehr seiner Frau und ihren Bedürfnissen gewidmet hätte, als irgendwelchen Träumen von einer Karriere als Politiker
hinterherzurennen.

»George, du musst etwas essen«, wiederholte Helen
ihre Aufforderung, die er mehrmals abgelehnt hatte.

Er bekam keinen Bissen herunter. Nicht, solange er
nicht wusste, wo Penny war.

»Gib mir noch einmal, was sie geschrieben hat«, sagte
er stattdessen, nahm die Papiere in Empfang und ließ
sich auf einem Sessel nieder. Die mitleidigen Blicke von
Gabriel, Helen und Phoebe ignorierte er. Sie lenkten
ihn nur ab. Es gab einen Hinweis, irgendwo, zum Greifen nah und doch knapp außerhalb seiner Wahrneh-
mung. Er musste ihn nur zu fassen bekommen.

Wort für Wort ging er die Zeilen durch, in denen
Penny verkündete, sie würde die Nacht im Gasthaus
verbringen. Daran war nichts ungewöhnlich. Also
noch einmal der Brief, auch wenn es schmerzte, ihn zu
lesen.

Wieder und wieder ging er ihn durch, bis die Sätze
vor seinen Augen verschwammen. *Besser*, ging es ihm
durch den Kopf. *Ein Ort, an dem alles besser wird.*
Hatte er das heute nicht schonmal gehört?

Mrs Carpenter hatte etwas in der Art gesagt, als sie im
Keller gestanden hatten. Sie hatte darüber gesprochen,

dass Penny sie an diesen Ort gebracht habe, und irgendwie war es George, als habe er dasselbe Gespräch schon einmal geführt. Beinahe wie ein nachträgliches Déjà-vu. Warum überkam ihn dieses Gefühl erst jetzt?

War es die Formulierung? Unwillkürlich musste er an seinen Vater denken. Er hatte das Bauprojekt immer mit diesen Worten angepriesen. Aber das konnte Mrs Carpenter schlecht wissen. Also war die Übereinstimmung bloß Zufall. Oder nicht? Hatte Penny nicht einmal etwas Ähnliches zu ihm gesagt? Nein. Er richtete sich so plötzlich auf, dass die Papiere auf seinem Schoß zu Boden fiel. Nicht Penny hatte das gesagt, sondern er.

Und zwar bei ihrem ersten Besuch der Ziegelei, als er ihr die Mietshäuser gezeigt hatte. War es ein Zufall, dass sie in ihrem Brief dieselbe Formulierung benutzte wie sein Vater? War das ein versteckter Hinweis oder wurde er verrückt?

»George, was ist los?«, fragte Gabriel alarmiert und sah ihn fragend an.

»Ich … ich bin mir nicht sicher«, sagte er langsam, darum bemüht, seine Gedanken zu ordnen. »Wahrscheinlich ist es nichts.« Er hob den Brief vom Boden auf und deutete auf die entsprechenden Zeilen. »Dieser Satz über einen Ort, wo alles besser wird … So hat mein Vater über die Mietshäuser von Clay Industries geredet, davon habe ich Penny selbst erzählt. Ich weiß, es klingt abwegig, aber nehmen wir einmal an, dass sie nicht vor mir geflüchtet ist, sondern von jemandem gezwungen wurde, diesen Brief zu schreiben. Dann könnte das ein versteckter Hinweis sein.«

Laut ausgesprochen, kam ihm seine Idee lächerlich vor. Die verzweifelten Gedanken eines verlassenen

Ehemannes, der die Tatsachen nicht wahrhaben wollte.

Doch Gabriel schien das anders zu sehen, denn er runzelte nachdenklich die Stirn. »Ein Hinweis? Und worauf?«, fragte er skeptisch, aber mit einer Spur Hoffnung in der Stimme. »Auf deinen Vater?«

»Ich bin nicht sicher.« George schüttelte verzweifelt den Kopf. »Oder auf die Mietshäuser? Möglicherweise auch Clay Industries oder Little Crossfield im Allgemeinen.«

Gabriel stand auf. »So oder so, es ist die einzige Spur, die wir haben. Wir sollten so schnell wie möglich zurück nach Little Crossfield reiten. Wie wir dort weiter vorgehen wollen, können wir uns auch noch unterwegs überlegen. Helen und Phoebe bleiben hier, falls sich irgendetwas ergibt.«

»Ich komme mit«, verkündete Phoebe, die sich ebenfalls erhoben hatte.

»Phoebe, das ...«, setzte Gabriel an, wurde jedoch sofort von ihr unterbrochen.

»Ich glaube, Mr Burdon hat recht, irgendetwas ist faul an der Sache.« Als Gabriel zu einer Antwort ansetzte, hob sie die Hand und sprach weiter. »Ich kann mir einfach nicht vorstellen, dass sie ihre Schule im Stich lässt. Wahrscheinlich steckt sie in Schwierigkeiten und ihr zwei habt heute Morgen schon bewiesen, dass ihr lausige Ermittler seid. Ihr braucht jede Hilfe, die ihr kriegen könnt.«

»Genug! Du wirst hierbleiben.« Gabriels Ton und Miene waren unnachgiebig und George musste ihm recht geben. Das war keine Aufgabe für eine Frau, egal wie abenteuerlustig sie auch sein mochte.

Phoebes Augen verengten sich, doch sie widersprach nicht und musterte Gabriel nur feindselig, bevor sie sich umdrehte und wutschnaubend den Raum verließ. Sie schlug die Tür so fest hinter sich zu, dass George erschrocken zusammenzuckte. Was für ein Temperament.

Gabriel machte sich inzwischen an einem Kästchen zu schaffen, das George als Aufbewahrungsort seiner Duellpistolen ausmachte. »Glaubst du, die sind nötig?«

»Ich hoffe nicht. Aber ich bin lieber vorbereitet.«

»Gut«, sagte George und nahm eine der Pistolen entgegen. »Reiten wir los.« Er wollte keine weitere Zeit verlieren, auch wenn er das ungute Gefühl nicht abschütteln konnte, einer letztendlich leeren Hoffnung nachzujagen.

Penny

Penny erwachte aus einem unruhigen Schlaf und richtete sich vorsichtig auf – soweit das in ihren Fesseln möglich war. Fesseln? Mit einem Mal war sie hellwach, was jedoch den Schmerz in ihren Handgelenken dermaßen steigerte, dass sie unwillkürlich aufstöhnte. Ihr Kopf dröhnte und machte das Denken schwer.

Sie versuchte zu schreien, was ein Knebel verhinderte. Gegen den Widerstand in ihrem Mund ankämpfend, merkte sie schnell, dass ihr die Sinne zu schwinden drohten.

Also atmete sie erst einmal tief durch die Nase ein, um ruhiger zu werden. Sie musste herausfinden, was hier vor sich ging.

Ihre Beine waren taub, was entweder an den engen Fesseln lag oder an der unbarmherzigen Kälte, die ihr in alle Glieder gekrochen war. Um sie herum war es dunkel, sie konnte rein gar nichts erkennen. Entweder war es tiefste Nacht oder sie befand sich in einem Raum ohne Fenster. Das vollkommene Fehlen von Licht und Wind ließ auf Letzteres schließen. Nur: Wo war sie? An welchem Ort war es so kalt? Erneut fröstelte sie, denn ihr warmes Reisekleid war ziemlich zerfetzt. Sie würde sich den Tod holen, wenn sie nicht bald etwas fand, um sich warmzuhalten.

Stöhnend tastete sie den Boden um sich ab, was mit hinter dem Rücken gefesselten Händen gar nicht so leicht war. Doch da war nichts, womit sie sich hätten wärmen können.

Ein Geräusch ließ sie innehalten. Was war das? Sie legte den Kopf leicht schief, um besser hören zu können. In der Ferne meinte sie, Schritte zu hören. Vermutlich hatten die sie aus ihrer Ohnmacht geweckt. Wenn sie sich doch nur hätte bemerkbar machen können. Doch Wunschdenken half ihr in dieser Situation leider nicht weiter. Wie war sie überhaupt hierhergekommen? Sie schüttelte den Kopf und versuchte verzweifelt, sich zu erinnern.

Vor ihrem inneren Auge sah sie Gabriel, der mit einem Brief hin und her wedelte und darüber schwadronierte, dass er ihre Ehe mit George auflösen lassen wollte.

Sie hatte widersprochen, weil ihr klar geworden war, dass sie ihren Mann liebte, auch wenn das nicht auf Gegenseitigkeit beruhte. Trotz des kalten Bodens, auf dem sie saß, wärmte der Gedanke an George ihre Brust mit bittersüßem Schmerz. Gefolgt von einem verzweifelten Gefühl der Hoffnung, dass er eines Tages vielleicht auch etwas für sie empfinden würde. Und selbst wenn nicht, würde sie das Glück haben, an der Seite des Mannes zu leben, den sie liebte. Denn sie waren verheiratet und George war ein Gentleman, der zu seinem Wort stand, daran hatte sie nie gezweifelt.

Verärgert schüttelte sie abermals den Kopf. Das war kein guter Zeitpunkt zum Tagträumen. Wenn sie überlebte, war dafür immer noch Zeit. Stattdessen sollte sie versuchen zusammenzusetzen, was zuletzt geschehen war. Nach ihrem Gespräch mit Gabriel war sie mit den Carpenters nach Little Crossfield gefahren und danach ...

Der Schrecken fuhr ihr in die Glieder und sie konnte ein Stöhnen nicht unterdrücken, als die Erinnerung zurückkehrte. Danach war sie zu Tom gegangen, um Einblick in die Bücher zu bekommen. Und er hatte ihr diesen Einblick gewährt, vermutlich in der irrigen Annahme, dass eine dumme Frau wie sie nicht in der Lage wäre, das Offensichtliche zu erkennen: Dass er seit Jahren in die eigene Tasche wirtschaftete und die Burdons dabei um erhebliche Summen betrog.

Wie hatte sie nur so dumm sein können, ihn damit zu konfrontieren? Anstatt nachzudenken und erst einmal Hilfe zu holen, damit er seiner gerechten Strafe nicht entkommen konnte, hatte sie ihm ihre Anschuldigungen direkt an den Kopf geworfen, mitten in seinem Büro.

Er hatte sie einen Augenblick überrascht angestarrt, bevor ein schmieriges Lächeln seine an sich attraktiven Gesichtszüge überschattet hatte. »Wieso hast du es niemandem gesagt, sondern kommst direkt zu mir? Um mich zu warnen, damit ich mich rechtzeitig absetzen kann? Oder willst du, dass es unser kleines Geheimnis bleibt?«, hatte er geraunt, bevor er sie an sich gezogen und ihr einen Kuss auf den Mund gedrückt hatte. Ihre Gegenwehr hatte er dabei völlig ignoriert. »Du willst es doch immer noch. Und wenn du dieses kleine Geheimnis für dich behältst, werde ich dir alles geben, wonach du dich so lange gesehnt hast, und mehr.«

Ihren vehementen Widerspruch ignorierend, hatte er sie gegen die Wand gedrängt. »Mit dem Geld, das ich diesen reichen, eitlen Gecken abgenommen habe, können wir beide lang und glücklich miteinander leben«, war er unbeirrt fortgefahren. »Und hör damit auf, die Unnahbare zu spielen. Bei einem jungen Mädchen ist es aufregend, wenn es sich ein wenig ziert. Aber einer verheirateten Frau nimmt das niemand ab.« Er hatte sie erneut geküsst, ihre Lippen auseinander gedrückt und war gewaltsam mit seiner Zunge in ihren Mund eingedrungen.

Doch sie wusste sich zu wehren. Denn George hatte sie damals nicht nur das Küssen gelehrt, sondern auch, wie man in einer solchen Situation reagierte.

Ohne Zögern biss sie zu, so fest sie konnte, hörte Toms Aufschrei und schmeckte sein Blut.

»Kleine Hexe!«, stieß er hervor und wischte sich mit der Hand über den Mund. Nur ließ er sie leider nicht los. »Ich wusste ja gar nicht, dass das in dir steckt. Du tust so vornehm und zurückhaltend. Dabei hast du es gern ein wenig härter, hä?«

Er zog sie erneut an sich und diesmal versuchte sie, sich mit den Händen zu wehren. Dabei erwischte sie ihn mit den Nägeln am Unterarm und lauschte befriedigt seinem erneuten Schmerzensschrei.

»Haben Sie es immer noch nicht verstanden? Ich will Sie nicht. Keine Ahnung, was ich je an Ihnen gefunden habe!« Ihn weiter gegen sich aufzubringen, stellte ein Risiko dar, doch sie schaffte es nicht, sich zurückzuhalten. »Ich dachte, Sie wären ein ehrenwerter Mann, aber inzwischen weiß ich es besser. Haben Sie auch meinen Vater bestohlen und sind deshalb von einem Tag auf den anderen verschwunden?«

Sein gemeines Lachen durchdrang ihren ganzen Körper. »Du weißt es nicht?«, sagte er gefährlich leise. »Unsere Treffen waren nicht so heimlich, wie du dachtest. Irgendwer hat jedenfalls deinem Vater davon erzählt. Er ließ mich eines Abends zu sich rufen.«

»Papa hat ...« Sie schluckte, weil sie ahnte, was jetzt kommen würde.

»Er hat mich dafür bezahlt, dass ich fortgehe und dich niemals wiedersehe. Gut bezahlt, auch wenn es für ihn nur ein Klacks war. Für mich reichte es, um ein komfortables Leben zu führen, wie ich es verdient habe.«

Im Stillen fragte sich Penny, warum er es dann nötig hatte, in der Ziegelei zu arbeiten und sich dort noch mehr Geld zu ergaunern.

»Genug, offensichtlich bist du nicht bereit zu kooperieren.« Der Druck seiner Hände verstärkte sich schmerzhaft. »Alles, was jetzt geschieht, ist deine schuld. Du hättest mich haben können, dann wären wir alle glücklich. Aber, nein, jetzt muss ich dich aus dem Weg schaffen. Wie überaus lästig.«

Und genau das hatte er getan. Erst hatte er sie mit einem Taschentuch geknebelt und dann lange Streifen aus ihrem Reisekleid herausgerissen, um sie damit zu fesseln. Als Nächstes hatte er sie in einer großen Kiste nach draußen verfrachtet.

Penny erinnerte sich lebhaft an die höllische Angst, nicht mehr lebend aus dieser Kiste herauszukommen, doch nach einer gefühlten Ewigkeit hatte Tom den Deckel geöffnet und sie eine Treppe hinuntergeschleift, vermutlich in die Tunnel unter den Mietshäusern. Unten angekommen, hatte er ihre Beinfesseln gelöst und sie mit vorgehaltener Pistole durch ein Gewirr von Gängen dirigiert, bis sie in einer eiskalten Höhle angekommen waren. Dort hatte er ihr auch die Handfesseln abgenommen und sie gezwungen, im Licht einer kleinen Laterne zwei Briefe zu schreiben. Einen, in dem sie ihrer Familie mitteilte, sie würde die Nacht im Gasthof verbringen. Und einen an George, der davon handelte, dass sie ihn verlassen würde, um ein neues Leben zu beginnen. Fieberhaft hatte sie überlegt, wie sie George einen Hinweis geben konnte, ohne dass Tom etwas davon bemerkte. Leider war ihr nicht mehr eingefallen, als bewusst die Worte seines Vaters zu verwenden: ein Ort, an dem alles besser wird. Sie betete, dass George bald nach Windham zurückkommen und angesichts dieser Zeilen Verdacht schöpfen würde.

Tom musste ihr etwas angesehen haben, denn er musterte den Brief lange, bevor er spöttisch die Lippen verzog. »Hast du wirklich Hoffnung, er könnte das nicht glauben?«

Widerwillig nickte sie. Sie musste daran festhalten, um nicht in Panik zu verfallen. George würde zur Vernunft kommen und wissen, dass der Brief eine Lüge war. Auch Gabriel würde die Worte nicht glauben. Gemeinsam würden die beiden sie finden und befreien.

»Er wird es kaufen«, sagte Tom kalt. »Jedermann weiß, dass eure Ehe eine Farce ist und er sich in London mit den Ehefrauen anderer Männer vergnügt. Du bist die Einzige, die das nicht wahrhaben will.« Ein abfälliges Schnauben begleitete die Worte. »Und alles nur, weil er hier den eifersüchtigen Ehemann spielt. Ihr Frauen seid so leicht zu täuschen. Mit mir wärst du hundertmal besser dran gewesen als mit diesem Möchtegern-Lord. Aber du willst es ja nicht anders.«

»George wird mich suchen«, hatte sie zu sagen versucht, doch dank des Knebels war nur ein undefinierbares Stöhnen dabei herausgekommen.

»Ich werde dich jetzt wieder fesseln«, verkündete Tom. »Du bleibst erstmal hier unten, bis ich entschieden habe, was mit dir geschehen soll. Zunächst muss ich dafür sorgen, dass die beiden Briefe in Windham ankommen. Zum Glück kenne ich mich ja bestens dort aus. Der Dienstboteneingang wird vermutlich immer noch nicht bewacht, nehme ich an?«

Sein hämisches Lachen hatte sie den Rest ihrer Beherrschung gekostet. Sie war aufgesprungen, um sich auf ihn zu stürzen. Doch er war blitzschnell ausgewichen. Gleich darauf war etwas Hartes von hinten gegen

Pennys Schädel gekracht und die Welt um sie herum war schwarz geworden. Das erklärte auch die stechenden Schmerzen an ihrem Hinterkopf.

Die Schritte waren lauter geworden und sie meinte, in der Ferne einen Lichtschein zu erkennen. Da sie jedoch keine Stimmen hörte, ahnte sie nichts Gutes. Würde jemand, der auf der Suche nach ihr war, nicht ihren Namen rufen?

Andererseits könnten die Schritte auch von einem vollkommen Fremden stammen. Sie sollte das Risiko eingehen und versuchen, sich bemerkbar machen. Nur wie? Der Knebel saß zu fest. Aber irgendwo mussten noch die ausrangierten Möbel stehen, an denen sie die Briefe geschrieben hatte. Wenn es ihr gelang, mit gefesselten Beinen den Hocker umzustoßen, wurde man vielleicht auf sie aufmerksam. Mit neuem Elan robbte sie los.

Was lange währt

George

Viel zu laut hallten ihre Schritte durch den Tunnel. Das natürliche Höhlensystem war weitläufig. Heutzutage wurden einige Räume als Kühlkeller genutzt, aber der Großteil war mit altem Gerümpel vollgestellt oder leer. Zum wiederholten Mal hielt George Gabriel am Arm, um innezuhalten und zu lauschen.

»Hast du das auch gehört?«, fragte er in die Stille.

Gabriel schüttelte den Kopf. »Ist bestimmt nur eine Ratte. Warum nochmal stolpern wir hier unten herum und frieren uns den Hintern ab?«

»Weil der Brief uns wahrscheinlich zu diesen Miets-häusern führen soll und dieser Keller der einzige Ort ist, an dem man sich hier unbemerkt verstecken kann. Oder jemanden.«

George hatte die Worte kaum ausgesprochen, als ein entferntes Geräusch durch den Gang hallte, das klang, als wäre irgendwo ein Stuhl umgefallen.

Sein Freund nickte ihm zu. »Das habe ich gehört. Ich glaube, wir müssen da lang.«

»Penny?«, rief George laut, doch es kam keine Ant-wort.

Trotzdem gingen sie in die Richtung, aus der der leise Knall gekommen war, aufmerksam lauschend, und wurden nicht enttäuscht. Schon bald erklang ein ähnliches Geräusch, leiser, aber deutlich vernehmbar und wiederholt. Als wenn Holz auf Fels traf. Georges Herz schlug schneller, konnte das wirklich Penny sein? Warum antwortete sie dann nicht? War sie schwer verletzt? Voreilige Fragen, denn er wusste ja nicht mit Sicherheit, ob es überhaupt seine Frau war. Es war vermessen, sich Hoffnung zu machen. Am Ende fanden sie vermutlich nur ein Kind, das versuchte, wurmstichige Möbel für Feuerholz kleinzuschlagen.

Im Schein der beiden Lampen arbeiteten sie sich weiter vor. In den Höhlen war es stockdunkel und das Geräusch hallte so merkwürdig, dass es schwer war, ihm zu folgen. Sie mussten mehrfach umkehren, wenn sie merkten, dass es nach einer Abzweigung wider Erwarten leiser wurde. Der Schein ihrer Laterne zeichnete dabei geisterhafte Schatten an die Wände, was George ebenso wie die Kälte ignorierte. Das hölzerne Klappern wurde lauter und nun vermeinte er auch, ein Stöhnen zu hören. Er beschleunigte seine Schritte, bog um eine weitere Ecke und da sah er sie.

Penny lag seitlich auf dem Boden, die Arme hinter dem Rücken und trat mit ihren gefesselten Beinen einen hölzernen Hocker gegen die Felswand. Ein weiteres Stöhnen drang aus ihrem geknebelten Mund und ihre Augen waren weit aufgerissen auf ihn gerichtet.

»Penny!«, rief er aus und erkannte seine eigene Stimme kaum. Er hatte also doch recht gehabt. In seiner Brust wurde es eng und mit wenigen Schritten war er bei ihr. »O Gott, Penny«, flüsterte er und fasste hinter ihren Kopf, um den Knebel zu lösen. Seine Finger zitterten so stark, dass er mehrere Anläufe brauchte, doch dann gelang es ihm endlich.

»George«, krächzte sie, Tränen traten in ihre Augen und er zog sie, gefesselt wie sie war, spontan an sich.

Er hatte sie gefunden. Zärtlich strich er ihr über die Wange. »Bist du verletzt?«, fragte er, bevor er ihre Antwort mit einem stürmischen Kuss erstickte.

Ein weiterer Lichtschein fiel auf sie. »Ich bin ja auch froh, dass wir sie gefunden haben«, erklang Gabriels gereizte Stimme. »Aber lass uns erst einmal ihre Fesseln lösen. Und dann kann sie uns erzählen, was in drei Teufels Namen hier los ist.«

»Ja, das wäre nett«, murmelte Penny, ohne dabei den Kuss zu beenden, und George hätte gleichzeitig lachen und weinen können. Lachen, weil sie offensichtlich sehr angetan von seinem Kuss war, und weinen, weil er nicht selbst daran gedacht hatte.

Zusammen befreiten sie Pennys Arme und Beine von den verknoteten Überresten ihres zerfetzten Reisekleides und sie stöhnte gequält auf. Wenn sie seit einem Tag oder länger gefesselt in dieser Kälte gelegen hatte, tat ihr bestimmt alles weh. Georges Erleichterung wich Entsetzen und anschließend Wut, die er kaum beherrschen konnte.

»Wer hat dir das angetan?«, presste er hervor. »Und warum hast du geschrieben, dass du mich verlässt? Hat dich jemand dazu gezwungen?«

»Tom.« Sie spie den Namen förmlich aus, schmerzvoll, hasserfüllt und gleichzeitig resigniert.

»Dafür wird er bezahlen«, versicherte er und sah ihr dabei tief in die Augen, damit sie verstand, wie ernst es ihm war.

Am Rande seines Bewusstseins nahm er Gabriel wahr, der sich neben sie gekniet hatte. »Smith hat dir das angetan? Aber warum?«

»Weil er die Bücher gefälscht hat.« Pennys Stimme klang rau und sie fasste sich an die Kehle. »Habt ihr einen Schluck Wasser?«

»Nein, aber ...« George schob die Arme unter seine Frau und hob sie mühelos hoch. War sie schon immer so leicht gewesen? »Wir bringen dich hier raus. Da bekommst du ...«

»Niemand bring hier irgendwen irgendwo hin!« Die Stimme von Thomas Smith hallte unheilvoll durch den Korridor.

So schnell es mit Penny im Arm ging, drehte sich George um und sah den Mann im Gang hinter ihnen stehen. Eine doppelläufige Flinte auf sie gerichtete. Neben sich hörte er Gabriel fluchen. Auch er hatte den Verwalter nicht kommen hören.

»Tom, bitte« wimmerte Penny, was Smith nur ein kaltes Lachen entlockte.

»Hör mit dem Gejammer auf. Das hat gestern schon nicht geholfen. Was bringt dich auf die Idee, dass es heute anders sein könnte?« Er wartete nicht auf eine Antwort, sondern wedelte wegwerfend mit der Hand und sprach weiter. »Sei's drum. Viel wichtiger ist sowieso, dass sich alle hier der Lage bewusst sind, in der wir uns befinden.« Mit einer Hand deutete er auf die Flinte. »Die ist auf Euch gerichtet, Mr Burdon. Die

Durchschlagskraft reicht problemlos aus, um zwei Personen mit einem Schuss zu durchbohren. Seid versichert, dass ich keinerlei Skrupel habe, auf Euch zu schießen, ob Eure Gattin dabei im Weg ist oder nicht.« Er wandte den Blick Gabriel zu. »Die zweite Kugel ist für Euch reserviert, Mylord.« Das letzte Wort spie er förmlich aus.

»Wir können über alles reden«, sagte Gabriel ruhig und mit nach vorn ausgestreckten Händen.

»Was wollen Sie?«, presste George hervor, deutlich weniger ruhig als sein Freund. »Geld? Am Ende geht es doch immer um Geld, habe ich recht?«

»Ja, anfangs ging es ums Geld.« Smith lachte. »Nur fürchte ich, steht für mich inzwischen weit mehr auf dem Spiel.« Ein schwerer Seufzer entrang sich seiner Kehle. »Warum musstet Ihr sie suchen, statt einfach zu akzeptieren, was sie geschrieben hat? Dass Ihr nur wegen des Geldes geheiratet habt, ist allgemein bekannt. Ihr hättet froh sein müssen, dass sie weg ist.« Eine erneute wegwerfende Geste folgte. »Wie auch immer. Jetzt sind wir hier und ich bin gezwungen zu tun, was ich bisher vor mir hergeschoben habe. Nur dass ich jetzt noch zwei Leichen mehr zu entsorgen haben werde.« Der Lauf schwenkte zurück auf George und Penny.

»Sie mieser ...«

»Jetzt atmen wir erst einmal alle tief durch«, unterbrach Gabriel Georges Beschimpfung.

Der schloss kurz die Augen, denn natürlich hatte sein Freund recht. Niemandem war geholfen, wenn er die Beherrschung verlor.

»Ich bin die Ruhe in Person«, sagte Smith. »Im Grunde war mir klar, dass ich Penny nicht am Leben lassen kann. Ich habe es vor mir hergeschoben, aber damit ist jetzt Schluss.«

»Sind Sie wirklich bereit, drei Morde zu begehen?«, fragte Gabriel in einem gelassenen Tonfall, den George niemals hinbekommen hätte. »Überlegen Sie es sich gut. Noch sind Sie kein Mörder und alles kann sich zum Guten wenden. Sie müssen nur die Flinte herunternehmen und …«

»Verkauft mich nicht für dumm!«, schrie Smith. »Ich weiß, was mir blüht, wenn ich euch am Leben lasse. Und deshalb werde ich …«

George setzte Penny ab, um sie aus der Schusslinie zu bringen, als er eine Bewegung im Schatten hinter ihrem Gegner sah. Auch der schien etwas bemerkt zu haben, denn er unterbrach sich und drehte leicht den Kopf. Ein dumpfer Schlag ertönte, als etwas Großes mit voller Wucht auf seinen Kopf krachte, woraufhin er die Schusswaffe fallenließ und mit einem Augenrollen langsam in sich zusammensackte.

Mit wenigen Schritten war Gabriel bei ihm, nahm die Flinte an sich und sah zu der Gestalt, die hinter dem bewusstlosen Verwalter stand.

»Phoebe«, kam es von Penny und jetzt erkannte auch George Gabriels Schwägerin, gekleidet in Hose, Hemd und die Jacke eines einfachen Mannes. Da stand sie, mitten im Gang, in der Hand eine Schaufel, mit der sie Smith offenbar niedergeschlagen hatte.

Mit einem Mal löste sich alle Anspannung, die ihn fest im Griff gehalten hatte, und er konnte nicht verhindern, was geschah. Er brach in schallendes Gelächter aus und zog Penny erleichtert an sich.

Penny

Die Situation hatte durchaus etwas Komisches, das musste sie ihrem Mann zugestehen. Der Bösewicht niedergestreckt von Phoebe mit einer Kohlenschaufel. Dennoch verstand sie nicht, was George dermaßen erheiterte, dass er gar nicht mehr aufhörte zu lachen. Sie wand sich in seinen Armen, was zumindest dazu führte, dass er sie ein wenig lockerer ließ.

»Entschuldige«, stieß er hervor und atmete zweimal tief durch. »Ich bin einfach nur erleichtert.« Und dann küsste er sie.

Trotz allem, was geschehen war, beruhigte sie dieser Kuss. Schon der erste, direkt nach seiner Ankunft, hatte ihr gezeigt, dass zwischen ihnen nicht alles verloren war. Sie hatten eine Menge zu besprechen, aber fürs Erste war sie in Sicherheit und er war gekommen, um nach ihr zu suchen. Er hatte nicht wahrhaben wollen, was in ihrem Brief gestanden hatte, und das machte sie glücklich.

»Ich finde es ja ganz reizend, dass ihr eure Liebe zueinander entdeckt habt«, kam es von ihrem Bruder, »allerdings könnte ich hier Hilfe brauchen. Wir sollten Smith fesseln, bevor er wieder zu sich kommt.«

Penny spürte Georges Widerwillen, doch er ließ von ihr ab. »Unserer Retterin wird es bestimmt eine Freude sein, dir beim Verschnüren des Übeltäters zu helfen, nicht wahr?« Er nickte der Angesprochenen zu. »Ich für meinen Teil werde mich um meine Frau kümmern. Wenn das in Ordnung für dich ist.«

Zur Antwort schlang sie die Arme um seinen Hals, in Erwartung eines weiteren Kusses.

Gabriel gab ein unmutiges Knurren von sich, fasste den bewusstlosen Thomas Smith kurzerhand unter den Armen und zog ihn in den Raum hinein, wo er begann, ihn mit den Fetzen zu fesseln, von denen sie Penny gerade befreit hatten. Er warf dabei einen finsteren Blick in Richtung seiner Schwägerin und für einen Augenblick dachte Penny, er würde Phoebe Vorwürfe machen, dass sie hergekommen war. Das hätte ihm ähnlich gesehen. Doch stattdessen sagte er: »Danke, Phoebe. Du hattest recht und ich hatte unrecht. Bitte verzeih.«

Das war ihm gewiss schwergefallen.

Phoebe quittierte das mit einem schmalen Lächeln. »Vergeben und vergessen. Das mit dem Fesseln schaffst du ohne mich?«

Gabriels Miene verfinsterte sich noch mehr, doch er sagte nichts und zog die Fesseln mit einer energischen Bewegung fester, als es notwendig gewesen wäre.

Phoebe war indes zu Penny getreten. »Du bist ja halbnackt, meine Liebe, und das bei den Temperaturen. Du holst dir noch den Tod. George, gib ihr deine Jacke!«

Mit knallrotem Gesicht, offensichtlich peinlich berührt, dass er nicht von selbst darauf gekommen war, entledigte sich George seiner groben Männerjacke und legte sie Penny um die Schultern, die sich widerstrebend von ihm löste. »Tut mir leid, sie ist nicht wirklich warm, aber besser als die Überreste deines Kleids«, entschuldigte er sich.

Die Jacke war ihr zu groß und Penny hatte das Gefühl, darin zu versinken. Ein leichter Geruch nach Zitrone und George ging von ihr aus und sie kuschelte sich ein wenig fester darin ein. Die Aufregung der vergangenen Minuten und Georges Küsse hatten sie fast vergessen lassen, dass ihr die eisige Kälte hier unten noch in den Knochen steckte. Die Jacke, noch warm durch seinen Körper, fühlte sich himmlisch an und langsam kehrte das Gefühl in ihre Arme und Beine zurück.

»Danke«, sagte sie mit einem Krächzen, das sie beinahe ihre Stimme nicht erkennen ließ.

Phoebe nickte zufrieden und zog sie in Richtung Ausgang. »Du brauchst dringend etwas zu trinken. Gehen wir nach oben und überlassen deinen Bruder seinem Vergnügen.«

»Übertreib's nicht, Phoebe!«, ertönte Gabriels Stimme von hinten und Penny unterdrückte ein albernes Kichern.

Sie brauchte dringen Ruhe.

Sie ergriff Georges Hand und gemeinsam machten sie sich auf den Weg nach draußen. Ihr Mann war zu ihr zurückgekommen, Tom lag in Fesseln und würde seine gerechte Strafe bekommen. Sowohl für das Fälschen der Bücher als auch für ihre Entführung. Alles hatte sich zum Guten gewendet.

Drei Stunden und ein warmes Bad später, saß Penny im Garten von Windham auf ihrer Lieblingsbank am

See und genoss die Sonnenstrahlen. George hatte es sich neben ihr bequem gemacht und nahm ihre Hand.

Seit den Erlebnissen in den Tunneln unter Little Crossfield war er nicht mehr von ihrer Seite gewichen, worüber sie sehr froh war. Sie wollte in seiner Nähe sein und war zu dem Schluss gekommen, dass sie ihm ihre Liebe gestehen musste, völlig egal, ob er dasselbe für sie empfand. Sie würden eine Lösung für ihre Probleme finden, auch wenn es bedeutete, dass sie ihre geliebte Heimat verlassen musste. Sie würde sich trauen, etwas Neues zu beginnen.

»Penny«, begann er mit einer Wärme in der Stimme, die ihre Brust eng werden ließ. »Ich bin ... ich kann nicht ...« Seufzend schüttelte er den Kopf. »Ich war egoistisch, dumm und so dermaßen verbohrt, dass ich beinahe alles zerstört hätte.«

»Nein, es war nicht deine Schuld.«

»Doch, das war es. Zuallererst sind da meine Eifersucht und Eunice. Du hattest vollkommen recht damit, dass ich mit zweierlei Maß messe. Ich habe von dir verlangt, meine Freundschaft zu einer ehemaligen Geliebten zu akzeptieren, und wollte gleichzeitig, dass du dich von Smith fernhältst, obwohl ihr ein reines Arbeitsverhältnis hattet.«

»Du hattest ja nicht ganz unrecht. Ich habe ihm vertraut und das hätte uns fast das Leben gekostet.« Das war es, was Penny am meisten zu schaffen machte. Dass sie gar nicht auf die Idee gekommen war, Tom könne ihr Schaden zufügen wollen. Sie war wie selbstverständlich davon ausgegangen, sie könne mit ihm reden und ihn zur Vernunft bringen. »Er ist ein durch und durch schlechter Mensch, was ich hätte sehen müssen, wenn ich nicht so sehr darauf aus gewesen wäre, dir und der Welt zu zeigen, dass ich zu mehr imstande bin.«

»Das weiß ich doch. Sieh nur, was du alles geschafft hast, davon können sich die meisten Männer eine Scheibe abschneiden, mich eingeschlossen. Deshalb habe ich auch gezögert, dir zu erzählen, was ich vorhabe. Es ist schwer, mit einer Frau zu konkurrieren, die mit allem Erfolg hat, was sie anpackt.«

Sie lächelte ihn an und gab ihm einen spielerischen Schubs. »Alter Schmeichler.«

»Aber es ist wahr. Bitte verzeih mir auch, dass ich dich gedrängt habe, in eine Stadt zu ziehen, in der du dich unwohl fühlst. Das war egoistisch und ich hätte es niemals von dir verlangen dürfen.«

Ein Lachen stieg in Penny auf und sie ließ es gewähren. »Fällt dir auf, was wir tun? Wir nehmen beide die Schuld auf uns und versuchen, uns davon zu überzeugen, dass wir allein die Ursache aller Probleme sind.«

Auch er lächelte. »Also in etwa das Gegenteil von dem, was wir vorher gemacht haben. Was schlägst du vor?«

»Dass wir die Vergangenheit hinter uns lassen. Noch einmal dort anfangen, wo wir in den Flitterwochen waren. Damit, dass wir ehrlich zueinander sind und uns auf das besinnen, was unsere Beziehung ausmacht. Freundschaft und Verständnis und ...« Sie atmete einmal tief ein. »Liebe«, fügte sie dann hinzu. »Denn ich liebe dich, auch wenn ich mich lange dagegen gewehrt habe. Du musst es nicht erwidern, aber ich wollte ...«

»Ich liebe dich auch«, unterbrach er sie und drückte ihre Hand fester. Dabei sah er ihr in die Augen und Penny erkannte, dass er die Wahrheit sagte. »Genau wie du habe ich mich gewehrt und es vor mir selbst verleugnet. Aber ich liebe dich von ganzem Herzen und will nie wieder so lange ohne dich sein.« Mit diesen Worten beugte er sich zu ihr und küsste sie.

Dieser Kuss war anders alle vorherigen. Als ob das Eingeständnis ihrer gegenseitigen Liebe dazu führte, dass ihre Körper noch inniger aufeinander reagierten. Sanft eroberte George ihren Mund, drängte nicht, verlangte nichts und gerade deswegen war Penny bereit, ihm alles zu geben. Die Zeit stand still, es existierten nur noch sie, George und ihre Liebe.

Ihre Differenzen würden nicht einfach verschwinden. Sie würden sich einigen müssen, wo sie leben wollten, wie sie ihr Leben gestalteten und wie sie ihre Wünsche und Träume realisieren konnten. Doch Penny war zuversichtlich, dass sie das gemeinsam schaffen würden.

Januar 1819

Penny

Langsam ließ sie den Kopf und die Schultern kreisen. Es war geschafft. Helen hatte ihr erstes Kind entbunden, eine kleine Tochter. Die Geburt war langwierig gewesen und hatte sich über den ganzen Tag und die folgende Nacht hingezogen. Aber jetzt waren Mutter und Kind wohlauf, genau wie der Vater, der ihr nicht von der Seite wich.

Das gab Penny Gelegenheit, ein wenig zu entspannen. Sollte sie sich auf den Weg nach unten machen und ein frühes Frühstück einnehmen? Oder gleich zu Bett gehen? Beides verlockende Aussichten.

»Wollen wir zusammen frühstücken?« Phoebes Stimme ließ Penny den Kopf drehen. Helens Zwillingsschwester sah genauso mitgenommen aus, wie sie sich fühlte, und deutete mit einem Nicken in Richtung Treppe.

Damit war die Entscheidung gefallen. Essen und eine starke Tasse Tee konnten nicht schaden. Helen hatte sich gegen eine Amme entschieden, was bedeutete, dass sie in den ersten Tagen viel Unterstützung brauchen würde. Laut Phoebe war das bei ihrer Schwester Georgina so gewesen und würde hier gewiss nicht anders sein. Auch wenn Gabriel sich sehr um seine Frau und seine neugeborene Tochter bemühte, gab es doch Dinge, bei denen weibliche Hilfe vonnöten war.

Und dafür waren sie und Phoebe da, auch wenn keine von ihnen bisher ein eigenes Kind zur Welt gebracht hatte.

»Also diese Geburt ...« Ein offensichtliches Schaudern durchlief Phoebe. »Ich verstehe jede Frau, die nach so einem Erlebnis sagt, dass sie niemals ein Kind gebären möchte. Wer setzt sich freiwillig solchen Qualen aus?«

Penny war geneigt, ihr zuzustimmen, und doch gab es da eine leise Stimme in ihrem Inneren, die etwas anderes sagte. »Weil der Wunsch, sein eigenes Kind in den Armen zu halten, stärker sein kann als alle drohenden Gefahren und Qualen?«

»Also, das kann ich mir beim besten Willen nicht vorstellen.« Phoebe sprach in einem Brustton der Überzeugung, der Penny zum Lächeln brachte.

Vor ein paar Jahren, als sie in Phoebes Alter gewesen war, hatte sie ähnlich gedacht. Doch inzwischen gab es da diese sanfte, aber fordernde Stimme tief in ihrem Inneren, die sich nach eigenen Kindern sehnte. Das lag mit Sicherheit auch an ihrer Liebe zu George, der einen ganz famosen Vater abgeben würde.

»Ich vermute, wenn du den richtigen Mann findest, kommt der Wunsch nach Kindern von selbst.«

»Das wage ich zu bezweifeln. Die mütterlichen Instinkte haben alle meine Schwestern abbekommen, in mir steckt kein Funke davon.«

»Wir werden sehen«, beendete Penny das Thema. Es war müßig, darüber zu sprechen. Keine von ihnen kannte die Zukunft und wusste, was geschehen würde. Diese Lektion hatte Penny gelernt. Noch vor einem Jahr, ach was, vor sechs Monaten war sie überzeugt gewesen, niemals zu heiraten und eine Familie zu gründen. Und heute?

Heute war sie so glücklich wie nie zuvor in ihrem Leben. Nicht, dass sie vorher unglücklich gewesen wäre, im Gegenteil. Doch George hatte eine Seite an ihr hervorgebracht, von der sie gar nicht gewusst hatte, dass sie in ihr schlummerte.

»Jetzt haben wir erst einmal diese Geburt überstanden und wie ich meinen Bruder kenne, wird er seine Tochter vergöttern.«

»Helen wird das Mädchen ebenfalls nach Strich und Faden verwöhnen«, lachte Phoebe. »Ich bin so froh, dass du da bist.« Ihre Stimme war beim letzten Satz ernst geworden. »Mit dir kann man sich vernünftig unterhalten. Für alle andere gibt es nur noch ein Thema: das Baby. Bei Georgina war es genauso. Bitte versprich mir, dass du noch recht lang bleibst oder zumindest häufig zu Besuch kommst.«

»Das wird schwierig.« Penny hätte ihrer Freundin gern eine andere Antwort gegeben, doch sie hatten gerade erst ein Haus in London gekauft. »George braucht mich. Seit er den Sitz im Unterhaus bekommen hat, wartet eine Menge Arbeit auf ihn. Ich hätte nie gedacht, mit wie vielen Leuten man sich gut stellen muss. Wir können uns vor Einladungen kaum retten. Immerhin eine gute Gelegenheit, für mein Schulprojekt zu werben, ich werde einiges an Spenden brauchen. Außerdem muss ich mich um die Einrichtung des neuen Hauses kümmern. Personal müssen wir auch noch einstellen und ...«

»Ich verstehe schon«, winkte Phoebe ab und blickte enttäuscht zu Boden.

Einer Eingebung folgend sagte Penny: »Aber du bist herzlich eingeladen, uns jederzeit zu besuchen.«

Phoebes Gesicht hellte sich auf und ein herzliches Lächeln erschien. »Das bedeutet mir viel, ich werde diese Einladung sicher annehmen. Ich habe grundsätzlich nichts gegen das Leben auf dem Land, aber London hat seine Vorzüge wie zum Beispiel das British Museum.«

»Dir fehlt Ägypten?«, fragte Penny, die die Antwort kannte.

»Mir fehlt es, etwas Vernünftiges zu tun.« Sie hatten den Frühstücksraum erreicht und Phoebe hielt inne. »So war das nicht gemeint. Ich helfe meinen Schwestern gern, es ist nur etwas vollkommen anderes. In

Ägypten hatte ich endlich das Gefühl, das ich wirklich etwas beitragen konnte. Meiner Berufung folgen konnte. Seit unserer Rückkehr fühle ich mich irgendwie verloren.« Sie zuckte mit den Schultern. »Das vergeht sicher, sobald Chadwick beschließt, eine neue Ausgrabung zu starten. Georgina wird bestimmt nichts dagegen haben, sie hat das genauso genossen wie ich.«

Die beiden Frauen betraten den Raum, stellten sich einen Teller mit Speck, Eiern und Toast zusammen und nahmen Platz. Penny schenkte Kaffee ein, als der Butler mit der Morgenpost eintraf.

»Bringen Sie die ganzen Glückwunschbriefe am besten direkt zu meinem Bruder«, sagte sie lächelnd.

»Das habe ich bereits. Es ist aber noch ein Brief für Miss Phoebe angekommen«, sagte der Mann und hielt ihr das Tablett hin.

»Für mich?« Überrascht griff Phoebe danach.

Penny erhaschte einen Blick darauf und erkannte das Siegel des Earl of Chadwick. Das Schreiben kam also von Phoebes älterer Schwester Georgina.

Ungeduldig brach ihre Freundin das Siegel, öffnete den Brief und las. Alle Farbe wich aus ihrem Gesicht, so dass Penny sich genötigt fühlte, zu fragen: »Ist etwas Schlimmes passiert?«

»Ja, nein, eigentlich nicht.« Kopfschüttelnd las Phoebe die Nachricht noch einmal. »Georgina schreibt, dass sie erneut schwanger ist und mich erwartet, sobald Helens Zustand es zulässt.«

Das war eine gute Nachricht, nur sah ihre Freundin alles andere als glücklich aus. Was in Anbetracht ihres bisherigen Gesprächs nicht sonderlich überraschend war. Phoebes Hoffnung auf eine baldige Expedition nach Ägypten war damit zerschlagen.

»Das ist ...« Penny brach ab, weil ihr kein passendes Ende für den Satz einfiel. Es fühlte sich falsch an zu gratulieren, aber es wäre auch unangemessen gewesen, angesichts dieser Nachricht Bedauern auszudrücken.

»Unglück im Glück?«, fragte Phoebe und blinzelte mehrmals. »Kann man das so sagen?«

»Ich finde es passend.« Tröstend streichelte Penny ihrer Freundin über den Rücken. »Wie wäre es, wenn du uns im Frühjahr besuchst? Als Zwischenstopp auf dem Weg zu deiner Schwester sozusagen. Ein oder zwei Wochen Aufenthalt in London wären sicher eine willkommene Abwechslung.«

»Vielen Dank für das Angebot, ich komme vielleicht darauf zurück. Erstmal abwarten, wie die Lage ist, wenn ich abreise.«

Penny erkannte den Versuch, tapfer zu sein, wenn sie ihn sah. Obwohl sie ahnte, wie Phoebe sich fühlte, konnte sie kaum etwas tun. Sie lächelte noch einmal aufmunternd und widmete sich dann ihrem Frühstück.

Für sie würde es in wenigen Tagen zurück nach London gehen. Ein Leben, das sie sich nie vorgestellt hatte und das sie dennoch vollkommen erfüllte. Sie liebte George und vermisste ihn, obwohl sie erst eine Woche von ihm getrennt war. Eine weitere würde sie noch hierbleiben, um die Schule an die neue Lehrerin zu übergeben, bevor sie zurück nach London fuhr.

Laute Stimmen in der Halle ließen sie den Kopf drehen. Noch bevor sie sich fragen konnte, was los war, ging die Tür auf und George kam hereingestürmt.

»George, was ...« Weiter kam sie nicht, denn er hatte sie erreicht und drückte seine Lippen in einem zärtlichen Kuss auf ihre.

»Das Haus war so leer ohne dich«, murmelte er. »Und ich muss doch den neuen Erdenbürger begrüßen.«

»Bürgerin«, korrigierte Penny und freute sich insgeheim über seine Ankunft. »Aber ich dachte, du hast in der Stadt zu tun, und ...«

»Wie es der Zufall so will, muss ich mit einigen Landbesitzern in Sussex sprechen und dafür ist Windham eine bessere Basis.« Er küsste sie erneut. »Ich werde also meine Tage größtenteils im Sattel verbringen, aber die Nächte ...«

Das Funkeln in seinem Blick ließ ihr die Hitze in die Wangen steigen.

»Ich ziehe mich zurück und hole den verpassten Schlaf nach.« Überrascht sah Penny zu Phoebe, die an der Tür stand und verschwand, ohne auf eine Antwort zu warten.

Kurz überkam Penny ein schlechtes Gewissen. Das verlor jedoch in dem Moment an Bedeutung, in dem George seine Arme um sie legte.

»Was hältst du davon, wenn wir uns ebenfalls zurückziehen? Ich bin die Nacht durchgeritten und du siehst auch aus, als könntest du etwas Entspannung und Schlaf gut brauchen.«

Seine Worte erstickten jeden Widerspruch im Keim. Sie hatte ihn vermisst und freute sich auf die gemeinsamen Stunden. Außerdem hatte er recht, es war eine lange Nacht gewesen. Also stand sie auf, ging zur Tür und drehte sich dort zu ihm um. »Worauf wartest du?«

Ein Grinsen erschien auf seinem Gesicht, abgelöst
von diesem speziellen Ausdruck, der erfüllte Stunden
versprach.

Ein unbändiges Glücksgefühl durchströmte sie mit
der Gewissheit, dass sie alles meistern würden, was immer die Zukunft auch bringen mochte. Gemeinsam.

ENDE